韓國古典文學 100

3

九 雲 夢

編者

文學博士 金 起 東
文學博士 全 圭 泰

瑞 文 堂

책머리에

우리 古典文學을 현대화하는 방법에는 여러 가지가 있을 것이다. 우선 그 어려운 古文을 現代 綴字法으로 옮겨 독자들이 쉽게 읽도록 하는 방법이 그 첫째의 단계라고 생각한다.

이와 같은 고전문학의 現代化作業은 우리 學界에 꾸준히 진행되어 왔으나 현재 그 절반도 미치지 못하고 있는 實情이다.

현존하는 300여 편이나 되는 방대한 고전소설만 하더라도 현재 시판되고 있는 〈韓國古典文學全集〉에서는 40여 편만이 현대화되어 있을 뿐이다.

이에 우리는 현존하는 모든 고전소설을 현대 철자법으로 개편하되 원문에 충실하여 學的 價値가 있도록 하였고, 漢文小説은 번역하여 수록했으며, 독자의 편의를 위하여 어려운 漢字語를 노출시켰을 뿐 아니라 어려운 漢文語나 人名·地名 등 故事에는 脚注를 달았다.

부디 이 〈韓國古典文學〉이 많이 읽혀져 현대인이 가질 수 없는 우리 先人들의 인생관을 되찾아서 새로운 민족문학의 전통을 수립하는 데 이바지할 수 있다면 다행으로 여기겠다.

1984.　1.

編者　識

● 차 례

九雲夢

〔해 설〕 九雲夢

——농축된 동양의 삼대사상을 표출

숙종 15년 남해(南海) 외로운 섬에 유배 중에 있으면서 고향에 홀로 계신 노모(老母)의 파한(破閑)과 근심으로 지내시는 모습을 그린 작품이다.

이 작품에 내포되어 있는 사상에 대해서는 과거 우리 나라에 와서 30여년간 한국을 연구한 J. S. Gale 박사가 1922년⟨구운몽⟩을 영역발행하였는데 그에 대한 Elspet K. Robertson 의 서평을 보면 「구운몽은 가장 절실한 동양지식의 계시이니 그 문장과 어구가 기묘하기보다는 동양적 사상과 인생의 종교적 해석에 있어 더 한층 문학적인 가치를 발휘하고 있다. 」고 설파한 바와 같이 동양의 삼대사상인 유교, 불교, 도교의 사상이 잘 표현되어 있다고 하겠다.

유교의 공명주의(功名主義)를 내세워 주인공으로 하여금 노모에 대한 효성과 국가, 군왕에 대한 충성을 다하게 했는가 하면 도교의 향락주의를 내세워 여러 여성을 거느리고 영화와 향락을 누리게 했고 만년에는 불교적 내세주의를 내세워 주인공들로 하여금 제행무상(諸行無常)의 속세를 초탈하여 영원히 안주할 수 있는 극락세계로 돌아가게 했다.

이렇게 중국을 포함한 동양의 삼대사상과 중세기의 봉건생활을 여실히 표현했다는 점에서 높이 평가되어야 할 작품이다.

구 운 몽
九雲夢

卷　之　一

老尊師南嶽講妙法
少沙彌石橋逢仙女

천하에 명산 다섯이 있으니 동에는 동악 泰山이요, 서에는 서악 華山이요, 남에는 남악이니 즉 衡山이요, 북에는 북악 恒山이요, 가운데는 중악 崇山이니 이른바 오악이라. 이 오악 중에 오직 형산이 가장 中原에서 머니, 九疑山이 그 남녘에 있고 洞庭湖 그 북녘에 지나고 瀟湘江이 둘렀는데, 일흔 다섯 봉 가운데 그 중에서도 가장 높은 봉우리는 祝融, 紫蓋, 天柱, 石廩, 蓮花의 다섯이니, 그 형세가 자못 치솟고 가파르므로 구름이 그 낮을 가리고 안개가 그 허리를 덮어 날씨가 청명치 못하면 사람들이 그 眞相을 보지 못할러라.

옛적 大禹* 홍수를 다스리고 이 산에 올라 비석을 세워 공덕을 기록하니 하늘 글과 구름 篆字 아직 남아 있고,

---

* 대우 : 중국 고대의 성왕인 우왕의 경칭.

晉나라 때에 仙女 魏夫人이 도를 얻어 옥황상제의 명을 받아 仙童과 玉女를 거느리고 이 산에 이르러 지키니 이른바 남악 위부인이라. 예로부터 그 영검한 자취와 신기한 일은 이루 다 기억하지 못할러라.

　唐 시절에 일위 老僧이 西域 天竺國으로부터 들어와서 형산의 아름다움과 더우기 연화봉의 경개를 사랑하여 그곳에 암자를 짓고 거처하며, 大乘佛法으로써 중생을 가르치고 귀신의 발호를 제어하니 이에 그를 가리켜 「생불이 다시 세상에 내려왔다」이르더라.

　그리하여 가멸진 사람(부자)은 재물을 내고 가난한 사람은 힘을 들여 나무 없는 언덕을 깎고 끊어진 골짜기에 다리를 놓고, 재목을 모으고 공인들을 재촉하여 그윽하고 고요한 나무 숲 속에 큰 법당을 이룩하니 工部〔官署〕에서 읊기를,

절문은 동정호 들판으로 높이 열리고
전각 기둥은 적사호 물 속에 박히니,
오월의 찬 바람은 舍利를 얼게 하고
여섯 때 천악 울리고 아침에 향 피우더라.

寺門高開洞庭野　殿脚揷入赤沙湖
五月寒風冷佛骨　六時天樂朝香爐

　이 한 수의 글이 그 대법당의 웅장한 규모를 말하고도 남으려니와 山勢의 빼어남과 道場*의 웅대함이 남녘 땅에서 으뜸이라 일컫더라.

　그 화상은 다만 金剛經 한 권을 지녔는데 당호를 六如和尙 혹은 六觀大師라 일컬으며, 제자 오륙백인 가운데

---

*도량 : 불가(佛家)에서는 도량이라 읽음.

불법이 통효한 자 겨우 삼십여 인이라. 그 중 性眞이라
는 자는 얼굴이 백설 같고 정신이 가을물같이 맑아서 나
이 겨우 이십세에 三藏經文을 無不通知하고, 총명과 지
혜가 빼어나매 대사가 극히 애중하여 그에게 衣鉢을 전
하고자 하더라. 대사가 매양 제자로 더불어 설법할새 동
정호의 용왕이 白衣 노인이 되어 그 법선에 나와 강론을
듣는지라 대사가 제자들을 모아 놓고 이르되,

「내 나이 늙고 병들어 산문 밖에 나지 못한 지 십여 년
이라. 내 몸은 산문 밖에 경히 움직이지 못할 것이니
너희 중 뉘 나를 위하여 水府에 들어가 용왕께 回謝하
고 올꼬.」

이때 성진이 여쭈오되,

「소자 불민하오나 가리이다.」

대사 大喜하여 보내니, 성진이 受命하고 七斤袈裟를 걸
치고 六環杖을 끌고 표연히 동정호로 향하여 가더라.

이윽고 문 지키는 도인이 대사께 고하되,

「南嶽 魏夫人께서 여덟 명의 선녀를 보내어 문 밖에 이
르렀나이다.」

대사 명하여 부르니, 팔선녀 차례로 들어와 절하고 꿇
어앉아 부인 말씀을 전하되,

「대사는 산 서쪽에 계시고 나는 산 동쪽에 있어 서로
떨어짐이 멀지 아니하되, 자연 일이 많아 한번도 佛席
에 나아가 경문을 듣잡지 못하오니 사람을 대하는 지혜
가 없고 이웃을 사귀는 도리를 어긴지라. 이제 시비들을
보내어 대사의 안부를 묻잡고 아울러 天花와 仙菓와 七
寶紋錦*으로써 구구한 정성을 표하나이다.」

---

*칠보문금 : 문금은 무늬 있는 비단.

하고, 각기 가져온 선화, 寶貝를 눈 위에 쳐들어 대사께
바치니, 대사가 몸소 이를 받아 제자들에게 주어 부처님
께 공양하고 다시 합장사례하되,

「이 노승이 무슨 공덕이 있어 이렇게 주시는 보패를 받
 으리오.」
하여, 뒤이어 팔선녀를 후히 대접하여 보내니라.

 팔선녀들이 대사께 하직하고 문 밖에 나와 서로 이르되,
「이 南嶽天山*은 한 물과 한 언덕도 우리 집 세계이더
니, 육관대사가 거처하신 후로는 鴻溝의 난호암이 되
었는지라, 落花峰 승경을 지척에 두고도 구경하지 못
한 지 오래더니, 이제 부인의 명을 받들어 여기 왔음
은 다시 없는 기회로다. 또한 춘색이 아름답고 산길이
저물지 아니하였으니, 이때를 따라 더 높은 봉우리에
올라 시를 읊어 풍경을 구경하고 돌아가 궁중에 자랑
함이 어찌 쾌치 아니하리오.」
하고, 서로 손을 이끌고 緩步하여 나아갈새, 절정에 올
라 폭포의 근원을 보고 물줄기를 따라가다가 돌다리 위
에서 쉬는데, 이때가 바로 춘삼월이라 백화는 만발하고
운무는 자욱한데 봄새 소리 笙簧을 奏하는 듯하니 봄기
운이 사람의 마음을 駘蕩케 하더라. 팔선녀들도 자연 마
음이 들뜨는지라, 돌다리 위에 앉아 시냇물을 굽어 보니
廣陵 땅 보패의 새 거울이 걸린 듯 푸른 눈썹과 붉은 단
장이 비치어 한 폭 周昉*의 미인도라, 스스로 그 그림자
를 희롱하여 이내 일어나지 못하고 은은하게 울리는 작
은 소리로 봄날의 시름을 서로 풀면서 해가 저무는 줄을

---

* 남악천산 : 중국에 있는 오악(五岳)의 하나인 형산(衡山). 오악은 태산, 화
　　　　　산, 형산, 항산, 숭산.
　* 주방 : 당(唐)의 유명한 화가.

깨닫지 못하더라.

이때, 성진이 동정호에 이르러 물결을 헤치고 水晶宮에 들어가니 용왕이 이미 대사의 사자가 오는 줄 알고 문무백관을 거느리고 몸소 궁문 밖에 나와 맞아들이어 자리를 잡은 다음 성진이 伏地하여 대사의 말씀을 상주하니, 용왕이 공경하여 사례하고 잔치를 베풀어 성진을 대접할새, 성진이 자세히 보니 다 인간 음식이 아니요 仙菓珍菜러라. 용왕이 친히 잔을 들어 권하거늘 성진이 사양하여 이르되,

「술은 마음을 흐리게 하는 狂藥이라. 佛家의 큰 경계니 감히 破戒를 못 하나이다.」

용왕이 이르되,
「부처의 五戒 가운데 술을 경계하였는 줄 내 어찌 모르리오마는 과인의 술은 인간계의 狂藥과는 크게 달라 능히 사람의 기운을 화창케 함이요, 마음을 호탕케는 아니하나니 上人*은 사양치 말라.」

성진이 그 후의에 감격하여 감히 사양치 못하고 연하여 삼배를 기울이고 용왕께 하직하고 수부를 떠나 바람을 타고 연화봉을 향하여 돌아올새, 산 밑에 이르니 자못 취기가 낯에 오르고 눈앞이 어른거려 어지러움을 깨닫고 스스로 생각하되,
「師父 만약 내 滿面 주기를 보시면 어찌 꾸짖지 아니하시리오.」

하고, 냇가를 임하여 옷을 벗어 정한 모래 위에 놓고 두 손으로 물을 움켜 취한 낯을 씻더니, 문득 신기한 향내가 바람결에 코를 찌르는데 정신이 자연 震蕩하여 가히

---

* 상인 : 승려의 존칭.

14

형언치 못할러라. 성진이 생각하되,

「이 시내 상류에 무슨 신기한 꽃이 있기에 향기가 물을 좇아오느뇨. 내 마땅히 나아가 찾으리라.」

하고, 다시 의복을 정제한 다음 시냇물을 좇아 올라가더니 팔선녀 돌다리 위에 앉았다가 바로 성진과 더불어 만난지라. 성진이 즉시 육환장을 버리고서 합장하여 공손히 사례하되,

「모든 보살님은 잠깐 천승의 말씀을 들으소서. 소승은 연화봉 도승 육관대사의 제자로서 스승의 명으로 용왕궁에 갔삽는데, 이제 좁은 다리에 보살님이 앉아 계시니 천승의 갈길이 없사와 아뢰옵나니 잠깐 蓮步*를 움직여 길을 빌고자 하나이다.」

팔선녀들이 답례하되,
「첩들은 남악산 魏夫人의 시녀러니 부인의 명으로 육관대사께 문안하고 돌아가는 길에 잠깐 이곳에 쉬었사오나 예문에 이르기를「행로에서는 男左女右라」이 다리가 본래 협소한데 첩들이 이미 먼저 앉았으니, 바라건대 和尚은 다른 길로 가소서.」

성진이 이르되,
「냇물이 깊고 다른 길이 없사오니 貧僧으로 하여금 어디로 가라 하시나이까.」

팔선녀들이 이르되,
「옛날에 達摩尊者*는 갈대잎을 타고 물을 건넜다 하옵는데 화상이 진실로 육관대사의 제자이면 도를 배웠을지라, 조그만 시냇물 건너지 못하여 어찌 아녀자로 더

---

* 연보 : 미인의 걸음걸이. 발걸음.
* 달마존자 : 교종(教宗)에 대하여, 좌선을 닦는 종지(宗旨)라는 뜻으로 불교의 한 종파인 선종(禪宗)의 제일조(祖).

불어 길을 다투시나뇨.」

성진이 웃고 대답하되,

「모든 낭자의 뜻을 살피건대 필연 행인에게 길 값을 받으려 함인즉, 다른 보화는 없고 마침 여덟 明珠가 있삽더니 이것으로 길 값을 드리나이다.」

하고는, 桃花 한 가지를 꺾어 팔선녀 앞에 던지니 그 꽃이 화하여 여덟 개 명주가 되어서 瑞氣 영롱하고 향내 진동하는지라, 팔선녀 각기 한 개씩 받아 가지고서 성진을 돌아보며 찬연히 웃고 즉시 몸을 솟아 구름을 타고 공중을 향하여 날아가는지라, 성진이 석교 위에 나아가 사방을 돌아보나 팔선녀는 간 곳이 없고, 이윽고 彩雲이 흩어지며 향내 사라지더라.

성진이 茫然自失하여 마음을 진정치 못하고 돌아와 용왕의 말씀을 대사께 고한대, 대사 그가 늦게 돌아옴을 꾸짖으니 성진이 대답하되,

「용왕이 지성으로 만류하오매 차마 떠나지 못하여 저물었나이다.」

대사 다시 묻지 아니하고 곧 물러가 쉬라 하거늘 성진이 초막으로 들어가 빈 방 안에 홀로 앉았으니, 팔선녀의 玉音이 귀에 쟁쟁하고 花容이 눈에 선하여 앞에 앉아 있는 듯 심사가 황홀하여 진정치 못하겠는지라 번뇌와 망상으로 잠을 이루지 못하더니 문득 생각하되,

「세상의 남아로 생겨나서 어려서 孔孟의 글을 읽고 자라서 성군을 섬겨 나아가면 三軍의 장수가 되고 들어오면 百官의 어른이 되어 몸엔 금의를 입고 허리엔 金印을 차고 눈으로 고운 빛을 보고 귀로 신묘한 소리를 들어 미녀와의 애련과 功名의 자취를 후세에 전하는

것이 대장부의 떳떳한 일이어늘, 슬프다. 우리 불가의 道는 한 그릇 밥과 한 잔 정화수머 수십 권 경문에 백팔염주를 목에 걸고 설법하는 일뿐이라, 그 도가 비록 높고 깊다 할지라도 아주 적막하며, 설령 최상의 교리를 깨달아 대사의 도를 이어받아 蓮花臺* 위에 앉을지라도 三魂七魄*이 한번 불꽃 속에 흩어지면 뉘라서 性眞이 생겨났던 줄을 알리오.」

이렇듯 심란하여 잠을 이루지 못하더니 밤이 깊은 후, 눈을 감은즉 팔선녀들이 앞에 있고 눈을 뜨면 흔적이 없는지라, 이에 이르러 몹시 참회하되,

「불가의 법은 心界를 淸淨하는 것이 제일 공부어늘 내 중 된 지 십년에 일찌기 조금의 허물도 없더니, 이제 邪思 妄念이 이렇듯 자심하니, 어찌 내 앞날에 해롭지 아니하리오.」

매향을 피우고 꿇어앉아 목에 건 염주를 세어 가며 가만히 一千佛을 생각하더니 갑자기 창 밖에서 동자가 부르되,

「사형은 취침하였나이까. 사부 부르시나이다.」

성진이 크게 놀라 생각하되,

「깊은 밤에 급히 부르시니 필연 연고가 있도다.」

하고, 동자로 더불어 법당에 이르니라.

육관대사 모든 제자를 모아 놓고 法筵에 앉았는데 威儀 엄숙하고 촛불이 휘황한지라, 이에 성진을 크게 꾸짖되,

「성진아, 네 죄를 네 아느냐.」

---

* 연화대 : 불상을 모셔 놓은 대(臺).
* 삼혼칠백 : 삼혼(三魂)과 칠백(七魄)이라는 뜻으로 사람의 혼백(魂魄)을 통틀어서 일컫는 말.

성진이 大驚하여 階下에 꿇어앉아 대답하되,

「소자 스승님을 섬긴 지 십여 년이오나 조금도 불공불순한 일이 없삽더니, 이제 엄히 나무라시니 어찌 隱諱*하리까마는 실로 제 죄를 알지 못하겠나이다.」

대사 더욱 노하여 꾸짖되,

「중의 공부 세 가지 수행이 있는데, 네 용궁에 가 술을 먹었으니 그 죄 적지 아니하고, 또한 돌아오다가 석교 위에서 팔선녀와 더불어 수작이 장황하고 꽃가지를 꺾어 던져 명주로 희롱하고, 돌아온 후에도 불법을 적연히 잊고 세상의 부귀를 꿈꾸어 호탕한 마음이 涅槃의 경지를 싫어하니, 이제는 도저히 여기 머물지 못하리라.」

성진이 머리를 조아려 울며 호소하되,

「스승님, 소자 실로 죄가 있나이다. 그러하오나 용궁에서 술을 먹음은 주인의 강권함을 이기지 못함이요, 석교에서 선녀들과 수작하옵기는 길을 빌자 함이요, 제 방에서 망상함이 있었으나 즉시 뉘우치며 자책하였사오니 이밖에 다른 죄는 없나이다. 설사 다른 죄가 있사온들 사부께서 종아리를 쳐 경계하심이 또한 교훈하시는 도리이거늘, 어찌 박절히 내치시어 스스로 고치는 길을 끊게 하시나이까. 이 몸이 열 두 살에 부모를 버리고 사부께 돌아와 중이 되었사오나 친부모의 은혜와 같삽고, 또한 義를 말하오면 이른바 「無子하여도 有子함」이오니 師弟之分이 중하온데 蓮花道場을 버리고 어디로 가리이까.」

대사 이르되,

---

*은휘 : 꺼리어 숨기고 피함.

「네 가고자 하는 데로 나가게 함이니 어찌 머물러 있으리오. 또 네가 「어디로 가리이까」 하니. 네 가고자 하는 곳이 바로 마땅히 네가 돌아갈 곳이라.」

하고, 다소 소리를 크게 지르되,

「黃巾力士*야, 이 죄인을 이끌고 酆都獄*에 가서 염라 대왕께 부치라.」

성진이 이 말씀을 듣자 간담이 떨어져 눈물이 쏟아지며 머리를 조아려 애걸하되,

「사부님, 사부님은 들으소서! 阿難尊者*는 창녀와 동침하였으나 석가여래께서 죄를 주지 아니하시고 벌만 내리셨으니, 소자 비록 조심하지 못한 죄 있사오나 아난존자께 견주오면 오히려 적거늘, 어찌 연화도량을 버리고 풍도지옥으로 가라 하시나이까.」

대사 嚴切하게 이르되,

「阿難尊者는 비록 창녀와 동침을 하였으나 그 마음은 변치 아니했거늘, 너는 妖色을 보고 단번에 그 본심을 잃었으니 한번 輪廻하는 고생을 면하지 못하리라.」

성진이 눈물만 흘리면서 부처와 대사께 하직하고 師兄 師弟를 이별하고 장차 황건역사를 따라가려 할새, 대사 다시 위로하되,

「마음이 정결치 못하면 비록 산중에 있으나 도를 가히 이루지 못할 것이요, 근본을 잊지 아니하면 비록 열 길 티끌 속에 떨어질지라도 필경 돌아올 날이 있나니, 네가 이곳에 돌아오고자 할진대 내가 친히 데려올지니,

---

＊황건역사 : 도사(道士)가 부린다는 신장(神將)의 이름. 또 염왕(閻王)의 차사(差使).
＊풍도옥 : 지옥의 이름.
＊아난존자 : 석가모니의 십대 제자(十大弟子)의 한 사람이며 십육 나한(十六羅漢)의 한 사람인 아난타(阿難陀)를 높이어 이르는 말.

너는 의심 말고 곧 행할지어다.」

성진이 역사와 地府에로 들어가 望鄕臺를 지나 풍도성 밖에 이르니 守門鬼卒이 所從來를 묻는지라, 역사 대답하되,

「육관대사의 명을 받아 죄인을 영솔하고 왔노라.」

귀졸이 성문을 열고 들어가라 하거늘, 역사가 염라전에 이르러 성진을 잡아온 연유를 아뢰니, 염라대왕이 성진을 가리켜 이르되,

「上人의 몸은 연화봉에 매였으나 이름은 地藏王*, 香案에 있었으니, 신통한 술수로써 천하중생을 구제할까 여겼더니 이제 무슨 일로 이르렀느뇨.」

성진이 크게 부끄러워 주저하다가 겨우 고하되,

「소승이 불민하와 스승께 죄를 얻어 이에 왔나니 처분대로 하옵소서.」

이윽고 한 역사가 또한 팔선녀들을 거느려오거늘, 염라대왕이 호령하여 꿇리고 묻되,

「남악선녀야, 仙道는 스스로 무궁한 경개가 있고 무한한 쾌락이 있거늘, 어찌하여 이 땅에 이르렀느뇨.」

선녀들이 부끄러워 주저하다가 고하되,

「첩들이 위부인의 명을 받자와 육관대사께 문안하옵고 돌아오는 길에 석교상에서 성진과 더불어 문답하온 일이 있삽기로 대사가 위부인께 글발을 보내어 첩들을 잡아 대왕께 보내니, 바라건대 자비심을 내리사 좋은 땅에 태어나게 하옵소서.」

염라대왕이 使者 아홉을 불러 분부하되,

「이 아홉 사람을 각각 영솔하고 인간계로 나아가라.」

───────────────
＊지장왕 : 부처의 이름.

말을 마치매 갑자기 모진 바람이 전각 앞을 스치니, 아홉 사람을 공중으로 휘몰아 올려 사면팔방으로 흩어지게 하더라.

성진은 사자를 따라 바람에 몰려 지향없이 가더니 한 곳에 다다르자 바람소리 비로소 멎으면서 두 발이 땅에 닿으므로 성진이 놀라 혼을 수습하고 눈을 들어 보니 울창한 푸른 산이 사면에 둘러 있고 잔잔한 맑은 시내가 여러 갈래로 흐르는데, 울타리 초가지붕이 수목 사이로 보일락말락하는 것이 겨우 여남은 집이더라. 두어 사람이 마주서서 한가로이 하는 말이,

「楊處士 부인이 오십이 넘어 태기 있으니 참으로 인간에 희한한 일이러니, 産漸 있은 지 오래되었으나 아직 아이 소리가 나지 않으니 괴이하고 염려롭다.」

하거늘, 성진이 가만히 생각하되,

「내 이제 세상에 還生하겠으나 지금의 신세로서는 다만 혼백뿐이요, 골육은 바로 연화봉 위에 있어 벌써 태워 버렸을지니, 내가 연소한 까닭으로 제자를 두지 못하였으니 누가 나를 위하여 내 舍利를 감추어 두었으리오.」

이렇듯 두루 생각하니 마음이 처창할 따름이더니 이윽고 사자가 나와 손짓하여 부르되,

「이 땅은 곧 大唐國 淮南道 秀州縣이요 이곳은 양처사 집이니, 처사는 너의 부친이요 柳氏는 너의 모친이라. 네가 전생의 인연으로 이 집 아들이 되는 것이니 속히 들어가 좋은 때를 놓치지 말라.」

성진이 즉시 들어가 보니, 처사는 葛巾野服의 허름한 차림으로 대청에 앉아 화로에 약을 달이니 향내가 옷에

젖었고 방 안에서는 부인의 신음소리가 은은한지라, 사자가 재촉하여「방 안으로 들어가라」 하거늘 성진이 의심하여 주저하니, 사자가 다시 등을 밀치는지라 성진이 땅에 엎어지며 정신이 아득하여 천지를 분별치 못하고 크게 부르짖어「사람살류〔救我救我〕」하되, 소리가 목구멍에 걸려 제대로 말을 이루지 못하고 다만 어린 아이의 우는 소릴러라.

이때 양처사, 부인을 위하여 약을 달이다가 문득 아이 소리가 나는 것을 듣고 且驚且喜하여 빨리 방으로 들어가니 부인이 벌써 순산 得男한지라 기쁨을 이기지 못하여 香湯에 아이를 씻겨 눕히고는 부인을 위로하더라. 성진이 주리면 젖먹고 배부르면 울음을 그치고 갓나서는 마음에 도리어 연화봉 일이 생각히더니, 차차 자라나 부모의 정을 알게 되면서부터는 전생의 일이 망연하여 능히 알지 못하더라.

처사 兒子의 골격이 청수함을 보고 이마를 어루만지며 부인을 돌아보고 이르되,

「이 아이는 필연 하늘 사람이 인간계로 내려왔도다.」

인하여 이름을 少游*라 하고 字를 천리라 하였다. 애지중지 키워 소유 나이 어언 열 살이 되니 용모가 고운 옥 같고 눈빛이 샛별 같으며, 기질은 청수하고 지혜 또한 너그러워 엄연한 大人君子나라.

처사 유씨더러 이르되,

「내가 본래 세속 사람이 아니요 부인으로 더불어 어느덧 인연이 있는고로 오래 티끌 속에 머물렀더니, 봉래산 신선 친구가 글월을 보내어 부른 지 이미 오래되,

─────────────
＊소유 : 선계에서 인간계로 잠시 놀러온다는 뜻임.

부인의 외로움을 염려하여 가지 못했더니, 이제 하늘
이 도우셔 영민한 아들을 얻어 총명함이 예사 아이보
다 나으니, 부인이 의지할 데가 생겼고 늙어서도 반드
시 영화를 보고 부귀를 누릴 것이니, 내가 떠나서 없
는 것을 掛念(괘념)치 말지라.」

말을 끝맺자 공중을 향해 손짓하여 백학을 잡아타고 표
연히 사라지니, 부인이 미처 한 말을 묻지 못하여 이미
간 곳이 없는지라, 부인은 어린 자식과 더불어 서러워함
은 이루 말할 나위도 없으며, 다만 양처사는 간혹 공중
으로 글월을 보내올 따름이요, 마침내 그 종적이 집에 이
르지 아니하더라.

華陰縣閨女通信

藍田山道人傳琴

양처사가 신선이 되어 간 후로 모자가 의지하여 세월을 보내더니, 소유의 재주와 총명이 뛰어나므로 그 고을 태수 신동이라 하여 조정에 천거한대, 양소유는 노모를 위하여 사양하고 즐겨 나가지 아니하더라. 그의 나이 십사오 세에 이르매 청수한 풍채는 潘岳* 같고 문장은 李白 같고 필법은 王羲之 같고, 아울러 지략이 孫臏*, 吳起 같아 천문 지리와 六韜 三略*과 창 쓰고 칼 쓰는 수법이 귀신 같아서 모르는 바 없이 통달하니, 이는 대체로 전세에 행실을 닦은 사람으로서 心界가 淸淨하고 胸襟이 灑落하여 이치에 통달함이 여느 사람이나 속된 선비에 견줄 바 아니겠더라. 하루는 모친께 고하되,

「부친이 하늘에 올라가실 때 집안이 지체가 높고 귀하기를 소자에게 부탁하신지라, 이제 가세가 빈한하여 노모께서 늙도록 고생하시니, 만약에 소자가 집 지키는 개가 되고 꼬리를 끄는 거북이 되어 세상에 나아가 공명을 구하지 아니하면 가문을 빛내지 못하고, 따라서

---

* 반악 : 진대(晉代)의 미남(美男).
* 손빈 : 중국 전국 시대 제(齊)나라의 병법가. 기원전 367년 경 위(魏)나라 군사를 계릉(桂陵)에서 대파하고, 기원전 353년 조(趙)나라를 도와 위나라 군사를 재차 하남 대량(河南大梁)에서 격파하여 병법가로 이름이 높았음.
* 육도 삼략 : 병법(兵法)의 고전.

늙으신 어머님의 마음을 위로할 길이 없사오니, 이는 부친이 바라시던 뜻을 어김이나이다. 소자가 듣자온즉, 지금 나라에서 과거를 베풀어 인재를 고른다 하오니, 소자 잠시 모친 슬하를 떠나 과거를 보러 가려 하나이다.」

유씨 아들의 뜻이 근본 녹록치 않은 것을 보았으나 소년에 먼 길 行役(행역)이 염려되고 한편 이별이 길어질까 염려되었으나 이미 그 활발한 기상을 막지 못하겠기로 허락하고 행장을 꾸려 주며 경계하되,

「네 나이 어려 경험이 적고 먼 길이 처음인지라, 부디 조심하여 수이 돌아와 이 늙은 어미의 倚閭之望(의려지망)을 저버리지 말라.」

楊少游(양소유)가 受命(수명)하고 하직한 후 삼척동자와 작은 나귀 한 필로 길을 떠나 여러 날을 가다가 華州(화주) 땅 화음현에 이르니 長安(장안)이 멀지 아니한지라. 산천경개가 무척 아름다울 뿐더러 과거 보는 날짜도 아직 먼고로 매일 수십 리씩 가며 명산도 구경하고 혹은 옛 사적도 찾으니 객지의 회포가 그다지 쓸쓸하지 않더라. 문득 보니 그윽한 곳에 집이 있는데, 수풀이 보기좋게 무성하고 늘어진 수양버들이 그림자를 엉기고 연기는 비단을 깐 듯하고, 그 속에 조그만 다락집이 있는데 丹靑(단청)이 찬란하며 깨끗하고 시원하고 그윽하여 맑은 경치가 매우 사랑할지라. 이에 채찍을 끌며 천천히 더듬어 가보니, 긴 가지 짧은 가지가 땅에 얽혀 하늘거리는 품이 미녀가 머리를 감고 바람을 맞으며 빗질하는 것 같으니, 가히 아름답고 구경할 만하므로 손으로 버들가지를 휘어잡고 머뭇거리며 더 나아가지 못하고 탄식하기를,

「우리 시골 楚中(초중)에도 비록 아름다운 나무가 많으나 내

일찌기 이 같은 버들은 보던 중에 처음이렷다! 」
하고는 드디어 楊柳詞(양류사)를 지으니,

수양버들이 푸른 비단을 짜는 듯이
늘어진 가지가 그림다락을 스치더라.
그대가 수양버들 심은 뜻은
이 나무가 가장 풍류 있음에서이리라.
　　楊柳青如織　長條拂畫樓
　　願君勤種意　此樹最風流

수양버들은 어찌 그리 푸를꼬
늘어진 가지가 무늬기둥에 스치더라.
그대여, 휘어잡아 꺾지 마라
이 나무에 가장 정이 끌리도다.
　　楊柳何青青　長條拂綺楹
　　願君莫攀折　此樹最多情

소리를 높여 한번 읊으니 완연히 쇠를 치고 돌을 치
는 듯, 가던 구름이 머무르고 山鳴谷應(산명곡응)하여 다락 위에 들
리니, 그 속에서 마침 가인이 낮잠에 취했다가 깜짝 놀
라 깨어나 베개를 밀치고 수놓은 창문을 밀어 젖히고는
아로새긴 난간에 의지하여 사면으로 소리나는 곳을 찾다
가 흩어졌는데, 옥비녀는 비스듬히 걸려 있고 잠자던 눈
은 몽롱하여 꽃다운 정신이 어리석은 듯하고 약한 기질
이 힘이 없어 졸음의 흔적이 아직도 눈썹 끝에 맺혔으며,
뺨의 연지는 반이나 지워져서 본디의 자색과 예쁘장한 몸
가짐은 말로써는 형용치 못하고 그림으로도 나타내지 못

하겠더라. 두 사람은 서로 물끄러미 바라볼 뿐이요, 한 마디 말도 건네지 못하더니, 양생이 동자를 객사로 먼저 보내어 저녁상을 차리게 하였더라. 오래지 않아 동자가 다시 돌아와서 저녁을 갖추었음을 알리건만 문을 열고 들어가니 오직 그윽한 향기가 떠돌 뿐이라.

양생이 동자의 되돌아옴을 도리어 원망하였고 한번 구슬발을 내리매 수삼천 리를 격한 듯하여 동자와 함께 돌아가면서도 한 걸음에 세 번씩 돌아보았으나 이미 가인의 창문은 닫힌 채라, 객사에 돌아와 창연히 앉으매 정신이 혼미하더라.

원래 이 여자의 성은 秦씨요 이름은 彩鳳이니 秦御史의 딸이라. 모친을 일찌기 여의고 또 그 형제가 없으며 나이는 겨우 비녀를 꽂을 때에 이르렀으되 아직은 시집 가지 아니하였더라. 이 무렵 어사는 서울에 올라가 있고 소저가 홀로이 집에 남아 있었는데, 뜻밖에도 용모가 비범한 楊生이란 사나이를 만나 그 詩 소문을 듣고 그의 뛰어난 재주를 흠모하였는지라, 이에 생각에 잠기되,

「여자가 남자를 좇는 것은 終身大事이라, 한 세상 榮辱과 백년의 苦樂이 다 사나이에게 달린지라, 그런고로, 卓文君은 과부의 몸으로 司馬相如를 좇았거늘, 하물며 나는 처자의 몸이라 스스로 알게 된 혐의는 있을지라도 신하도 임금을 가린다는 옛말과도 같이 저 사나이의 성명과 거주를 묻지 아니하였다가 후일에 부친께 사뢰어 중매를 보내고자 한들 동서남북 어느 곳에서 찾으리오.」

하고, 이에 한 폭 詩箋紙를 펴서 두어 구 글을 써서 유모에게 주어 이르되,

「이 글봉을 가지고 저 객사에 가서 아까 작은 나귀를 타고 이 누각 아래에 와 양류사를 읊조리던 상공을 찾아가 전하되, 내가 꽃다운 인연을 맺어 이 한 몸을 의탁하려는 뜻을 알아차리게 하려니와 허수이함이 없도록 삼갈지어다. 이 상공은 용모가 옥 같고 눈썹이 그림 같아서 만인이 모인 가운데서도 우뚝하여 봉이 닭 무리 속에 있는 것 같으리니, 유모는 몸소 찾아 보고 이 글을 전하라.」

유모 대답하되,

「삼가 가르치시는 대로 하려니와 후일 老爺(노야)께서 아시고 물으시면 어찌 대답하며 그 상공이 이미 成娶(성취)했었던지 혹은 또 혼인을 정하였다면 어찌하리이까.」

소저는 이 말에 대답하되,

「부친이 물으시면 내 스스로 대답할 것이요, 그 상공이 이미 아내를 맞이했다면 내가 副室(부실) 되기를 꺼리지 않으리라. 그러나 내 이 사람을 보니 나이 이팔청춘이라 아내를 가진 것 같지는 아니하도다.」

유모가 객사에 가서 양류사를 읊조리던 손님을 찾아 물으니, 양생이 얼른 만나 주며 묻되,

「양류사를 지은 이는 곧 소생이라, 무슨 일로 찾느뇨.」

유모가 양생의 수려한 얼굴을 보고 다시 의심치 아니하고 이르되,

「여기가 말씀할 곳이 아니로소이다.」

양생은 의아하여 노파를 인도하여 객사로 들어가 조용히 찾아온 뜻을 물으니, 유모가 묻되,

「상공이 양류사를 지으실 때에 어떠한 사람과 상면한 일이 있나이까.」

양생이 망연히 대답하되,

「소생이 과연 누상의 선녀를 만났더니, 그 고운 자태가 아직도 내 눈에 있고 신기한 향내가 아직도 내 옷에 풍기노라.」

유모는 이르되,

「바로 말씀하리이다. 그 댁은 곧 우리 주인 진어사 댁이요, 그 소저는 우리 댁 규수요, 이 늙은이는 젖어미〔乳娘〕오라. 우리 소저 어려서부터 마음이 맑고 성품이 영민하여 知人之鑑이 있더니, 오늘 상공을 첫눈에 알아보고 한 평생을 의탁코자 하나 어르신네가 지금 서울에 계시니 돌아오셔야 하겠고, 대사를 정하려 해도 그 동안에 상공은 아마도 다른 곳으로 떠나실 터이니, 큰 바다에 뜬 부평초와 같은지라 어찌 종적을 찾을 수 있으리오. 三生*의 연분은 중하고 한때의 혐의는 경한고로 잠시 權道로써 부끄러움을 무릅쓰고 이 늙은이를 시켜서 상공의 성함과 거주를 묻삽고, 아울러 아내가 있나 없나를 알아 오라 하시더이다.」

양생이 喜動顔色하여 사례하되,

「소생의 성명은 양소유요 집은 초나라 땅에 있으며, 나이가 어려 아직 장가들지 아니하고 오직 한 분 노모가 계시니, 예식은 두 집 부모께 아뢰고 하려니와 꽃다운 언약은 이제 한 말로써 정하노니, 華山이 길이 푸르고 渭水가 마르지 아니함으로 맹세하노라.」

유모가 역시 기꺼워하며 소맷자락에서 글봉을 꺼내어 양생에게 주거늘, 떼어 보니 그 또한 楊柳詞라, 그 글에 하였으되,

---

*삼생 : 전생(前生)과 현생(現生)과 후생(後生).

다락 머리에 수양버들 심었음은
낭군의 말 매어 머무르게 함이어늘
어찌하여 꺾어 채찍을 만들어
서울길을 재촉하여 향하는고.
　樓頭種楊柳　擬繫郎馬住
　如何折作鞭　催向章臺路

　양생이 한 번 읊고 그 글귀가 청신함을 사랑하여서 칭찬
하여 마지 않기를 王右丞이 아무리 학사라도 이에서 더할
수 없다 하고 이어서 시전지에 글 한 수를 써서　유모에
게 주니, 유모 이를 받아 품에 넣고 주막문을 나가려　하
니, 양생이 다시 불러 이르되,
「소저는 秦 땅 사람이요 나는 楚 땅 사람이라, 한번 헤
어지면 산천이 멀고 소식을 전하기 어려울 터이니, 오
늘의 이 약속에 확실한 중매가 없어 믿을 만한 거리가
없는지라, 오늘밤 월색을 타서 소저의 모습을 다시 바
라보고자 하나니, 老娘은 소저께 아뢰어 물어보라. 소
저의 글에 그 뜻을 비쳤으니 즉시 회보하라.」
유모는 응낙하고 돌아와 소저께 고하되,
「양공이 화산과 위수로써 맹세하여 꽃다운 인연을 완
전히 맺고, 또한 소저의 글을 칭찬하며 인하여 글지어
화답하더이다.」
하고 양공의 글을 바치거늘, 소저가 받아 보니 그 글에
하였으되,

늘어진 수양버들 천만 갈래 실가지에
올올이 애틋한 심정이 맺혀 있네.

실버들 가지로 달 아래 노를 꼬아
좋이 봄소식을 맺으리라.
　楊柳千萬絲　絲絲結心曲
　願作月下繩　好結春消息

　소저가 글을 읽고 나니 꽃다운 얼굴에 기쁜 빛이 가득
한지라, 유모 또 고하되,
「양공이 오늘 밤에 조용히 만나 글을 지어 서로 화답
하여 봄이 어떠할지 아뢰어 보라 하더이다.」
　소저는 이 말에 미소하고 이르되,
「남녀가 예식을 올리기에 앞서 사사로이 서로 만남은
예절에 어긴 듯하나 이내 몸을 그 사람에게 의탁하려
하니 어찌 어길 수 있으리오. 그러나 야밤중에 만나
면 남의 말이 무서울 뿐더러 부친이 아시면 필연 중죄
로 다스릴 터이니, 밝은 날을 기다려 대청에 모여서 언
약을 맺음이 옳으니 유모는 다시 가서 이 말을 전하
라.」
　유모는 곧 객사로 달려가서 양생을 보고 소저의 말을
자세히 고하니 양생이 탄복하되,
「소저의 영민하신 생각과 올바르신 말씀은 내가 따르
지 못하리라.」
하고 유모에게 신신부탁하여 내일 일을 틀림없이 하라 하
니, 유모는 곧 응낙하고 돌아가더라.
　이 밤에 양생이 객관에서 쉴새, 輾轉反側^{전전반측}*하여 잠을 이
루지 못하고 닭 울기만 기다리니 봄 밤이 도리어 지루
하기만 하거늘, 이윽고 샛별이 비치며 북소리가 들려오

------

*전전반측 : 전전은 순환 부족이고 반측은 좌불안석하는 모양.

는지라 동자를 불러 나귀를 먹이게 하였더니, 갑자기 千_천兵萬馬_{병만마}의 들끓는 소리가 문 밖에서 요란하며 서쪽으로부터 달려오기에 양생이 대경실색하여 급히 옷을 걸치고 길가에 나가 본즉, 병기 가진 군사와 피란 가는 사람들이 산에 가득하고 들판에 넘쳐 소란하며 분잡한데, 군사의 소리는 풍우 같고 백성의 곡성은 원근에 울리는지라, 옆의 사람한테 물은즉「神策將軍 仇士良_{신책장군 구사량}이 자칭 왕이라 일컫고 군사를 일으켜 모반하매 천자가 揚州_{양주}로 나아가 순행하시는데 關中_{관중}이 요란하고 적병들이 흩어져 백성의 집을 노략질한다」하며, 또 들은즉「函谷關_{함곡관}*을 닫고 오가는 사람을 막고서 귀천을 막론하고 군대로 집어넣는다」하거늘, 양생이 기겁을 하여 황망히 동자로 하여금 나귀를 재촉하여 藍田山_{남전산}에 올라가 바위 틈에 숨으려 하였더니, 홀연 산 위에 자그만 초가집이 보이는데 색구름이 가리고 맑은 학의 울음소리가 들리기에 인가가 있음을 알고 동자를 잠시 서 있게 한 다음 더듬어 올라가니, 도사 한 분이 책상을 의지해서 누워 있다가 일어나 앉으며 묻되,

「그대는 피란하는 사람이니 필시 회남 땅 양처사의 아들이로다.」

양생이 놀라 공손히 재배하고 눈물을 흘리며 대답하되,

「소생은 과연 양처사의 아들이로소이다. 부친을 여읜 후 다만 노모께 의지했삽더니, 비록 재주는 없사오나 마음에 바라는 바 있어 외람되이 과거를 보러 가옵는데, 화음 땅에 이르러 졸지에 난리를 만나 피란하려고 깊은 산을 찾아 들어가다가 뜻밖에 신선께 뵈옵게 되

---

* 함곡관 : 중국 하남성 서북에 있는, 위수분지에서 중원평야에 통하는 요지.

니 이는 하늘이 도우사 仙境(선경)을 밝게 하심이외다. 부친
의 소식을 오래 듣지 못하와 세월이 흐를수록 사모하
는 마음 간절하옵는데, 지금 말씀을 듣자온즉 부친의
소식을 아실 듯싶사오니 부디 바라옵건대, 仙君(선군)은 한
말씀을 아끼지 마시고 남의 아들의 마음을 위로해 주
소서. 부친은 지금 어느 산에 계시며 또한 기체 어떠.
하시나이까.」
도사가 웃고 이르되,
「尊君(존군)이 나와 함께 紫閣峯(자각봉) 위에서 바둑을 두다가 작별
한 지 오래지 아니하되, 어디로 가신지는 모르거니와
안색이 변치 아니하고 머리도 희어지지 않았으니 그대
는 너무 염려치 말라.」
양생이 울며 고하되,
「혹 선군의 힘을 입어 부친께 한번 뵈옵기를 바라나
이다.」
도사 또 웃고 이르되,
「부자의 정이 비록 깊으나 선계와 속세가 자별하니, 그
대를 위해 주선하려 하여도 할 수 없을 뿐더러 三神山(삼신산)
이 멀고 十州*(십주)가 넓어서 그대 어른의 거처를 알기 어
렵도다. 그대가 이미 여기 왔으니 좀더 머물러 있다가
도로가 트이거든 돌아간다 해도 늦지 아니하도다.」
양생이 부친의 안후는 들었으나 도사가 주선할 뜻이 없
으니, 부친을 뵈올 길이 끊어지매 심회가 처량하여 눈물
로 옷이 젖으니, 도사 위로하되,
「모였다 떠나고 떠났다 모이는 것은 또한 떳떳한 이치
이니 悲泣(비읍)하여도 쓸데없는 일이니라.」

―――――――――――――
*십주 : 신선이 사는 곳.

양생이 눈물을 거두니 세상 생각이 頓然히 사라져서 동자와 나귀가 산문 밖에 있음을 잊어버리고 자리를 옮겨 앉으며 도사께 사례하더라.

도사 벽상의 거문고를 가리키며 이르되,

「그대는 능히 이것을 탈 줄 아느뇨.」

양생이 대답하되,

「본디 이에 癖好는 있사오나 스승을 만나지 못해 신묘한 곡주를 배우지 못하였나이다.」

도사 동자를 시켜 거문고를 양생에게 주고 한번 타 보라 하거늘, 양생이 이를 받아 무릎 위에 놓고는 風入松 한 곡조를 타니, 도사 웃으며 이르되,

「손 놀리는 법이 輕捷하여 가히 가르치겠다.」

하고, 스스로 거문고를 옮겨 천고에 전하지 못하던 너덧 가지 곡조를 차례로 가르치니, 그 소리가 맑고 아담하여 천하에서 듣지 못하던 바라.

양생이 본디 정신이 신통하여 음률을 한 번 배우면 그 신묘한 것을 능히 통달하는지라, 도사가 매우 기꺼워하여 다시 백옥으로 만든 퉁소를 꺼내어 몸소 한 곡초를 불어 양생을 가르치며 또 이르되,

「知音을 하는 사람이 서로 만나기란 옛 사람들도 어렵게 여기던 바라, 이제 거문고 하나와 퉁소 하나를 그대에게 주노니 후일에 반드시 쓰일 곳이 있을 터이니 기억하여 둘지어다.」

양생이 받아 가지고 拜謝하되,

「선군은 곧 가친의 친구이시라 소생이 가친이나 다름없이 섬기고자 하오니, 바라건대 소생을 제자로 삼아 주사이다.」

도사 웃고 이르되,

「인간이 당하는 부귀의 핍박함을 그대 가히 벗어나지는 못하리라. 어찌 나를 좇아 산 속에서 세월을 보내리오. 또한 그대가 돌아갈 곳이 나와는 다르니 나의 제자 될 사람이 아니라. 그러나 간절한 뜻을 저버릴 수 없어 彭祖方書 한 권을 주노니, 이 법을 익히면 비록 長生不死는 못 할지라도 평생 병이 없고 늙는 것을 물리치리라.」

양생이 다시 일어나 절하고 이를 받으며 이르되,

「선군께서 소자더러 인간 세상의 부귀를 누리겠다 하시니 외람되이 앞날의 일을 묻겠사온데, 소자는 화음현에서 진씨 댁 딸과 장차 혼인할 것을 의논하옵다가 난리에 쫓겨 여기에 왔사온즉, 모를 일이긴 하오나 이 혼인이 제대로 이뤄지겠나이까.」

도사 大笑하고 이르되,

「혼인은 밤같이 어두운 것이라 쉽사리 경솔하게 누설치 못할 것이라. 그러나 그대의 아름다운 인연은 여러 곳에 있으니 진씨만을 외곬으로 생각할 것은 아니로다.」

양생이 꿇어앉아 명을 받고 객실에서 잠을 자는데, 날이 아직 밝기에 앞서 도사가 양생을 불러 깨우되,

「도로가 이미 트이고 과거는 내년 봄으로 물렸거니와 생각건대 그대의 모친 기다리실 터이니 속히 고향으로 돌아가 모친의 근심을 끼치지 말라.」

하고는 이어서 노비를 장만해 주므로 양생이 백배사례하고 거문고와 퉁소와 方書를 거두어 가지고 동구 밖으로 나갈새, 슬픔을 이기지 못하여 돌아보니 그 집과 도사는 이미 간 곳이 없고 오직 밝은 날에 산에 색구름이 아롱

질 뿐이요, 양생이 산에 들어갈 때는 버들꽃이 떨어지지 않았더니 하룻밤 사이에 국화가 만발하였기에 양생 매우 이상스레 여겨 사람한테 물어본즉「나라에서 각도 군사를 불러 올려서 겨우 다섯 달 만에 역적을 쳐부셔 진정시키고, 천자는 서울로 돌아가시고 과거는 내년 봄으로 물려 놓았다」하더라.

양생이 다시 진어사 집을 찾아가니 뜰 앞에 선 버들은 풍상을 겪어 옛날 빛이 없고, 채색한 누각은 다 재가 되어 타다 남은 주춧돌과 기와만이 빈 터전에 쌓였을 뿐이요, 동리가 황량하여 닭이나 개 소리가 들리지 아니하니, 사람의 일이 쉽사리 변함을 슬퍼하고 백년 기약을 어기게 됨을 차탄하며, 버들가지를 휘어잡고 석양을 등지고서 한갓 진소저의 양류사만 읊조리고 있는데, 글자와 글귀마다 솟구치는 눈물이 批點* 치더라. 서운한 마음으로 돌아와 주막집 주인더러 묻되,

「진어사의 가족이 이제 어디 있느뇨.」

주인이 얼굴을 찡그리며 대답하되,

「상공은 듣지 못하였나이까. 전일에 어사가 서울에 올라가 벼슬을 하고 오직 소저가 비복을 거느리고 집을 지켰더니, 난리가 가라앉은 후에 어사가 역적의 벼슬을 살았다 하여 극형에 처해져 내다 베고서 소저를 서울로 잡아가더니 그 후에 들은즉, 어떤 이는 끔찍한 화를 면치 못하였다 하며, 또는 관비로 끌려갔다고도 하며, 그리고 오늘 아침에 관원들이 많은 죄인의 가솔들을 호송하여 이 주막 앞으로 지나가기에 그 연고를 물어본즉, 이 무리가 英南縣에 노비로 들어가는 사람들

---

*비점 : 시문을 평론할 때 권점(圈點)을 가(加)함.

이라 하는데, 어떤 이는 말하기를, 그 속에 진소저도 끼어 있더라 하더이다.」

양생이 이 말을 듣고 눈물을 흘리고 괴이하게 여기며 탄식하기를, 「남전도사가 진씨와의 혼인은 어두운 밤 같다 말씀하시더니 필시 소저는 죽었으리라」하고는, 이에 행장을 거두어 秀州로 떠나가더라.

이 무렵 유씨부인은 서울의 난리 소문을 듣고 아들이 兵禍에 죽을까 염려되어 주야로 하늘을 우러러 정성들여 축수하니, 안색이 초췌하고 온몸이 파리하여 아무래도 오래 부지 못 할 듯하더니, 아들이 돌아오는 것을 보자 붙들고 통곡하며 죽었던 사람이 다시 살아나 만난 듯이 기뻐하더라.

어언 묵은 해는 지나가고 새봄이 돌아오니, 양생이 또 과거를 보러 가려고 하는지라, 유씨 경계하되,

「거년에 네가 서울 가서 위험한 고비를 겪던 것이 지금까지 무섭고 놀라운지라, 네 나이가 어리니 아직은 공명을 다툼이 늦지 않으나 말리지 아니하는 것은 나도 역시 뜻하는 바 있는 연고로다. 이 수주는 심히 좁고 궁벽한 곳이므로 문벌이든지 재주나 용모가 너의 배필될 만한 사람이 없는지라, 네 나이 열 여섯이 되었으니 지금 정혼치 아니하면 때를 넘기기 쉽도다. 서울 紫淸觀*의 杜鍊士는 곧 나의 외사촌 형님인데, 도사가 된 지 비록 오래나 그 연세를 헤어 본즉 혹시 생존하셨을 듯하다. 그 분의 기상이 비범하고 지식이 넉넉하여 명문거족에 출입하지 않음이 없으니, 반드시 너를 친자식같이 알고 극력 주선하여 현명한 배필을 구

---

*자청관 : 선도관(仙道館) 이름.

하여 줄 터이니 네 이를 유의하라.」

하고 편지를 써 주거늘, 소유는 모친의 그 말을 듣고 비로소 화음현 진씨가의 일과 언약을 아뢰고 처량한 빛을 보이니, 유씨가 탄식하되,

「진녀가 비록 아름다우나 이미 연분이 없어 그러하도다. 또 禍敗를 당한 집 자식이 설혹 죽지 아니하였다 할지라도 만나기란 어려우니, 네 빨리 단념하고 다른 곳에 婚娶하여 늙은 어미의 마음을 위로하라.」

소유는 모친께 하직하고 길을 떠나니라. 洛陽에 이르러 졸지에 소나기를 만나 남문 밖 술집으로 들어가 비를 피하며 술을 사 먹을새, 주인더러 이르되,

「이 술이 상품이 아니로다.」

주인이 대답하되,

「상공이 만일 상품을 구하실진댄 천진교 다리목에서 파는 술이 제일이요, 그 이름이 洛陽春이니 값이 천 냥이라.」

하거늘, 양생이 속으로 생각하되,

「낙양은 예로부터 帝王之州라, 번화하고 화려함이 천하의 으뜸이거늘, 내 지난 해에는 다른 길로 갔으므로 그 좋은 경치를 못 보았더니, 이번 길에는 잠깐 遲滯하리라.」

하더라.

楊千里酒樓擢桂
桂蟾月鴻被薦賢

　　양생이 동자로 나귀를 몰아 천진교를 향해 가더니 성
안에 들어서매, 物華가 번창하고 누각과 정자가 화려하
여 洛水는 푸른 그림을 비스듬히 펴놓은 듯하고, 천진교
에는 채색 무지개가 양끝에 꽂히고 朱樓, 畫閣은 공중에
솟아 햇빛을 받아 물 위에 거꾸로 아롱지고 주렴의 그림
자는 향내나는 거리에 비꼈으니 가히 장관을 이룬 곳이
더라. 화려한 누각 앞에 이르니 은 안장의 백마는 길가
에 매였고, 마부와 아이 종들이 드나들기에 누각 위를 우
러러본즉, 풍악 소리는 중천에 울리고 비단옷 향기는 십
리에 퍼지는지라, 양생이 동자를 시켜서 물어보니 성 안
소년들과 모든 공자가 이름난 기생을 데리고 놀이한다 하
더라. 양생이 들으니 호기가 등등하고 시흥이 도도하므
로 이에 누 머리에서 나귀를 내려 곧장 누상에 오르니,
소년 서생 십여 명이 미인을 거느리고 비단 자리 위에 앉
아 술상이 낭자하고 高談峻論하는데, 옷차림이 말쑥하고
의기양양한지라 양생이 좌중을 향하여 인사하되,

　　「생은 시골 선비로 과거 보러 가는 길에 이곳에 이르렀
　　는데, 풍류 소리에 젊은 몸이 그저 지나칠 수 없어 염
　　치를 돌아보지 않고 不請客이 스스로 왔사오니,　바라
　　건대 제공은 용서하시라.」

여러 서생이 양소유의 용모가 수려하고 차림새가 말쑥함을 보매 일제히 일어나 절하며 맞아들여 자리를 나누어 각기 성명을 통한 후에 좌중에 杜生이라 하는 자 있어 이르되,

「양형이 정말로 과거 보러 가는 선비라면 비록 청하지 않은 손이라도 오늘 놀이에 참여함이 무방하고, 또 이런 귀한 손이 우연히 모였으니 흥취가 더할 나위 없는지라, 무슨 부끄러움이 있으리오.」

양생이 이르되,

「이 모임을 보건대, 단지 술잔으로 서로 권하실 뿐 아니라 아무래도 詩會를 겸하여 글을 비교하시는 듯하니, 소제가 외람되이 제공들의 연회에 참여함은 심히 분수에 넘치는 일이외다.」

여러 사람이 양생의 말씨가 공손하고 나이 어림을 업신여겨 대답하되,

「양형은 나중에 온 손이니 글을 지어도 좋고 아니 지어도 무방하니, 우리로 더불어 술이나 마시고 노는 것이 좋도다.」

하고, 인하여 재촉하여 순배를 돌리고서 기생으로 하여금 풍류를 아뢰거늘, 양생이 잠깐 취한 눈을 들어 기생들을 둘러보니 이 여인들은 각기 재주가 있으되 오직 한 기생만은 단정히 앉아 풍류도 아니하고 접대도 하지 않되, 맑은 용모와 고운 태도가 실로 천하의 일색이라 소유가 심신이 산란하여 어느 새 순배를 잊었고, 그 미인이 또한 양생을 바라보고 가만히 추파로써 정을 보내더라. 다시 양생이 자세히 보니 여러 폭 詩牋이 쌓여 있거늘, 서생들을 향하여 이르되,

「저 시편은 필시 제형들의 아름다운 글일 것이니 가히 한번 구경하리이까.」

서생들이 미처 대답하기 전에 미인이 불쑥 일어나 시전을 가져다 양생 앞에 놓거늘, 소유가 낱낱이 훑어본즉 도합 십여 장 글인데, 그 가운데서 우열은 있으나 모두 그만그만하여 驚人句가 없는지라, 생이 속으로 이르되,

「내 일찌기 들으니 洛陽에는 인재가 많다고 하더니, 이것으로 미루어 본즉 거짓말이로다.」

이에 시전을 미인 앞으로 되돌리고서 서생들을 향하여 허리 굽혀 이르되,

「楚 땅 사람이 당나라의 글을 보지 못했다가, 이제 다행히 제형들의 주옥 같은 글을 대하게 되니 흉금이 열리며 안목이 높아졌소이다.」

이때 여러 사람이 대취하였는지라 昏昏히 서로 이르되,

「양형이 다만 글귀의 묘한 것만을 알고 그밖의 묘함은 알지 못하였도다.」

양생이 이르되,

「제형들의 보살핌을 입어 소제는 의심없는 벗이 되었거늘, 어찌 그밖의 묘한 것을 가르쳐 주지 않느뇨.」

좌중에 王生이라 하는 자 크게 웃으며 이르되,

「형에게 말하기 무엇이 어려우리오. 우리 낙양은 본디 인재가 많다 일컫는고로, 전부터 과거에 낙양 사람이 장원을 못하면 探花郎*이 되는지라, 우리 여럿이 다 글로써 헛된 이름은 얻었으나 스스로는 그 우열과 高下를 매겨 보지 못했는데, 지금 저 낭자의 성은 桂씨요 이름은 蟾月이라, 자색 가무가 東京〔洛陽〕에서 으

─────────────
＊탐화랑 : 과거에 세째로 급제한 자.

뜸일 뿐 아니라 고금의 글을 無不通知하고 더욱 글을 보는 안목이 묘하고 신통하므로 낙양의 모든 선비가 글 지어 물으면 평론과 彫琢이 능란하여 털끝만큼도 손색이 없으니, 이러므로 우리가 지은 글을 桂娘에게 넘겨 주어 그 눈에 드는 것을 가곡에 넣고 풍류에 실어 그 고하를 매기며, 한편 계랑의 성명이 달 속의 계수를 따랐으매 이번 과거에 장원할 길조가 실로 여기에 있으니 이 어찌 묘하지 아니하뇨.」

杜生이 또 덧붙여 이르되,

「이밖에도 기기묘묘한 것이 있으니, 즉 모든 글 중에서 한 수를 가려내어 계랑이 노래하면 그 글을 지은 사람이 오늘 밤에 꽃다운 인연을 계랑과 더불어 맺고 우리들은 이를 치하하는 사람이 될 것이니 이 어찌 절묘한 일이 아니리오. 양형도 역시 사내라 흥취가 없지는 않을 터이니, 또한 우리와 더불어 高下를 다툼이 좋으렷다.」

양생이 대답하되,

「제형들이 글 지은 지 已久하니 아지 못게라, 계랑이 벌써 어떤 사람의 글을 노래하였느뇨.」

왕생이 이르되,

「계랑이 아직은 맑은 목청을 아껴 앵두 같은 입술을 꼭 다물고 고운 입술을 열지 아니하여 아직도 맑은 노래 곡조를 우리에게 들려 주지 아니하였노라.」

양생이 이르되,

「소제 일찌기 초 땅에 있으면서 다소 글귀나 지어 보았으나 판 밖의 사람이니 제형으로 더불어 재주를 겨룸은 외람하외다.」

왕생이 외치되,

「양형의 용모가 여자보다 아름다우니 丈夫의 뜻이 없
고 글 재주도 또한 없소그려! 어찌 부질없이 고집하
여 겸손하느뇨.」

　양생이 비록 겉으로는 사양하였으나 계랑을 한번 보매
방탕한 마음을 누르지 못하여 그 곁에 빈 시전지가 있
음을 보고 한 폭을 뽑아 단숨에 내리써서 글 세 수를 지
으니, 순풍을 만난 배가 바다에서 달리고 목마른 말이 물
을 마시는 것 같으매 모두들 놀라 낯빛이 달라지니라. 양
생이 붓을 자리에 내던지고 이르되,

「마땅히 제형들에게 가르침을 청할 것이로되 오늘의 試
官은 계랑이라 하니, 글장 바치는 시각이 혹시 늦을까
염려스럽소이다.」

하고, 곧 시전지를 계랑에게 보내니, 그 글에 하였으되,

초나라 객이 서으로 놀 때 秦나라로 드니
주막에 와 낙양춘에 취하였더라.
달 가운데 붉은 계수나무 뉘 먼저 꺾을꼬
금대 문장에 쓸 만한 사람 있도다.
　　楚客西遊路入秦　酒樓來醉洛陽春
　　月中丹桂誰先折　今代文章自有人

천진교 위에 버들꽃이 날려
석양 비친 주렴에 쌓이는데
귀 기울여 노래 한 곡조를 들으려니
화려한 자리에다 비단옷 춤도 아름다와라.
　　天津橋上柳花飛　珠箔重重映夕暉

側耳要聽歌一曲　錦筵休復舞羅衣

꽃가지도 미인의 단장을 부끄러워하도다
고운 노래 안 불러도 입이 이미 향기롭더라.
대들보 위의 낙화가 다 날린 뒤
동방화촉에 신랑 축하하기를 대비하라.
　花枝羞殺玉人妝　未吐纖歌口已香
　待得樑花飛盡後　洞房花燭賀新郎

섬월이 샛별 같은 눈을 잠깐 들어 한번 보더니, 맑은
노래 소리가 흘러나와 학이 구름 높은 하늘에서 우짖고
봉이 대숲에서 우는 듯 피리가 소리를 빼앗기고 거문고
가 곡조를 잃으니, 만좌한 사람들이 넋을 잃고 얼굴빛을
고치더라. 처음 제생들이 양생을 업신여기다가 필경에는
글 세 수를 섬월이 노래부르게 됨으로 자연 罷興되어 面
面相顧하고 黙黙無言이어늘, 이는 섬월을 양생에게 내주
기가 분하고 그렇다고 언약을 저버리기도 어려운 탓이리
라. 양생이 그 기색을 알아채고 훌훌 일어나며 작별하
되,
「소제 우연히 제형들의 두터운 대접을 받아, 놀이에 이
미 취하고 배부르니 참으로 多感하도다. 앞길이 아직
멀고 갈길이 바쁘니, 후일 다시 즐거운 曲江*의 큰 잔
치에 끼어들어 사나이의 정분을 다하리라.」
하고, 인하여 조용히 누각을 내려가거늘, 서생들도 또한
만류치 아니하더라.
양생이 樓에서 내려와 나귀를 타고 길에 오를새 계랑

---

*곡강 : 장안 근교의 강(江). 매년 과거에 급제한 수재들이 놀이하는 곳.

이 뒤쫓아 내려와 양생한테 이르되,

「이 길로 가시면 길가에 회칠한 담이 있고 그 바깥에 앵두꽃이 만발한 곳이 첩의 집이오니, 바라건대 상공은 먼저 가셔서 첩을 기다리소서. 첩이 또한 뒤쫓아가리이다.」

소유가 연락하고 가니라. 섬월이 누에 다시 올라가 제생에게 이르되,

「모든 상공이 첩을 더럽다 아니하시고 한 곡조 노래로 오늘밤의 인연을 정했사오니, 이제 어찌하리이까.」

제생이 대답하되,

「楊哥는 客이라. 우리가 약속한 사람이 아니니 어찌 구애하리오.」

서로들 이 말 저 말을 하여 결정을 짓지 못하거늘, 섬월이 또 이르되,

「사람이 무심하면 어찌 옳다 하리오. 첩이 마침 병이 있어 먼저 돌아가오니, 바라건대 상공들은 종일토록 못 다한 歡情을 다하소서.」

하고 내려가니, 서생들이 불쾌하되 처음의 약속이 있고 보니 冷笑함을 보고 감히 무어라 한 마디도 못하더라.

이때, 양생은 객사로 돌아와 머물다가 날이 저물매 섬월의 집을 찾아가니, 벌써 뜨락을 쓸고 등불을 밝히고 어김없이 기다리기에 소유가 나귀를 앵두나무에다 매어 놓고 문을 두드리니, 섬월이 신도 못 신고 달려나와 맞으며 이르되,

「상공이 먼저 떠났거늘 어찌 이제야 오시나이까.」

양생이 대답하되,

「 감히 뒤늦게 오려 한 것이 아니라 말이 앞으로 나

아가지 않는다」라는 옛말이 있도다.」

하고, 서로 붙들고 들어가 두 사람이 마주 앉아 기쁨을 이기지 못하더라. 섬월이 옥잔에 술을 가득히 따라 金縷衣 한 곡조로써 권하니 花容月態와 고운 소리가 능히 사람의 정신을 홀려 빠져들게 하는지라, 소유가 춘정을 억누르지 못하고 보드라운 손을 이끌고 금침에 누우니 巫山의 꿈*과 洛浦의 인연*이라도 그 즐거움에 견주지 못하겠더라. 섬월이 자리 속에서 양생에게 이르되,

「첩의 한 몸을 낭군에게 의탁코자 하는지라, 청컨대 첩의 심정을 대강 말씀드리겠사오니 굽어 들으시고 불쌍히 여기소서. 첩은 본디 韶州 땅 사람이온데, 부친이 일찌기 고을 아전이 되었으나 불행히 타향에서 죽었나이다. 살림살이는 구차하고 고향은 먼데다가 몹시 외로와 형편이 運柩할 도리 없고, 또한 장사를 아니 지내지도 못하겠기에 계모가 첩을 창기로 팔아서 백냥 돈을 받아 갔나이다. 그로부터 첩이 욕을 참으며 설움을 머금고 몸과 마음을 굽혀 손님을 섬기었는데, 하늘이 무심치 않다면 다행이 군자를 만나서 다시 일월의 밝은 빛을 보기 바라오며, 첩의 집 누각 앞이 곧 長安으로 가는 길목이오라, 오가는 나그네들이 집 앞에서 쉬어 가지 않는 분이 없사오되 이러구러 사오년 동안에 낭군 같은 분을 만나지 못했삽더니, 평생 소원을 오늘 밤에야 이루었나이다. 낭군이 만일 첩을 더럽다 아니 하오시면 첩은 밥 짓는 종이 되기를 원하오니, 낭군의 尊意 어떠하시나이까.」

---

*무산의 꿈 : 초(楚)나라 회왕과 양왕이 고당(高唐)의 산대(山臺)에서 낮잠을 자다가 선녀(仙女)를 만남.
*낙포의 인연 : 낙수의 여신이 된 밀회를 조식이 만남.

양생이 欸曲히 대접하여 좋은 말로 위로하되,

「나의 깊은 정이 계랑과 조금이나 다르리오마는 나는 가난한 선비요 또한 노모가 살아 계시니, 계랑과 함께 백년해로를 기약코자 하면 모친의 의향이 어떠하실지 모르고 만일 처첩을 다 거느리게 되면 계랑이 달갑게 여기지는 않을 것이요. 계랑이 비록 믿지는 않는다 하더라도 천하에 그대 같은 숙녀가 없으리니 가히 염려로다.」

섬월이 대답하되,

「당금 천하에 재주가 낭군을 따를 자 없으리니 이번 과거에 장원하실 것이요. 또한 정승의 인끈과 대장의 節鉞이 멀지 않아 낭군께 돌아올 것이오며, 그러하오면 온천하의 미녀가 다 낭군을 따르고자 하오리니, 이 몸이 무엇이 귀하다고 털끝만치라도 감히 사랑을 독차지할 마음을 가지겠나이까. 바라옵건대, 낭군께서는 명문의 규수에게 장가드사 어머님을 봉양토록 하옵시고, 한편 천한 이 몸을 버리지 마옵소서. 첩은 이후로 몸을 정히 하여 명을 기다리이다.」

양생이 대답하되,

「내 일찍 화주 땅을 지나다가 우연히 진가 여자를 만나니, 그 용모와 빛나는 재주가 족히 계랑으로 더불어 견주어 볼 만하더니, 불행히도 이제는 만날 수 없으니 계랑이 이제 날더러 숙녀를 어디서 구하라 하느뇨.」

섬월이 이르되,

「낭군이 말씀하시는 사람이 필시 진어사의 딸 채봉이로소이다. 진어사 노야 일찌기 이 고을의 원님으로 계실 적에 진소저는 첩과 더불어 지냈사오며, 그 낭자 역시 卓文君의 모습이 있사오니, 낭군께서 어찌 司馬長卿 같은 정이 없사오리까. 그러하오나 지금 생각하옴은 무익한 일이오니, 소청하거니와 낭군께서는 다시 다른 집에 구혼하소서.」

양생이 대답하되,
「자고로 絶色이 대마다에 나지 않거늘, 이제 계랑과 진랑이 같은 때에 있으니 精明한 기운이 이미 盡하였는가 하노라.」

섬월이 크게 웃고 대답하되,
「낭군 말씀이 「井底蛙」라 비평을 면키 어렵도소이다. 첩이 잠시 우리 창기들의 공론을 낭군께 고하오리이다. 천하의 靑樓에 三絶色이란 말이 있사온데 강남 땅에 萬玉燕이요, 하북 땅에 狄驚鴻이요, 낙양에 계섬월은 바로 소첩이오라 홀로 헛된 이름만 얻었거니와 옥연과 경홍은 참으로 당대의 절색이오니 어찌 천하에 절색가인이 없다 하시나이까. 옥연은 서로 멀리 떨어져 있으므로 비록 한번도 만나보지 못하였으나 남방에서 오는 사람들이 칭찬치 않는 이가 없으니 헛말이 아님을 미루어 알 것이오며, 경홍은 첩과 더불어 따뜻한 정이 형제 같으니 그 내력을 대충 말씀드리겠나이다. 적경홍은 파주 땅 양가집 딸로서 부모를 일찍 여의고 고모한테 의지하여 살다가 십여 세부터 절묘한 재색이 하북 땅에 널리 소문이 났기로 근방 사람들이 千金으로 사첩을 삼고자 하므로 중매가 문턱이 닳도록 드나들었는데, 경홍은 고모에게 말하여 모두 다 물리쳤다 하옵니다. 그리하오니, 모든 중매들이 그 고모를 힐난하면서,
「낭자가 죄다 물리치고 허락치 아니하니 도대체 어떤

사람을 얻어야 마음에 들겠는고. 大丞相의 첩을 삼고자 하느냐. 절도사의 부실을 삼고자 하느냐. 名士에 몸을 바치고자 하느냐. 秀才에게 보내고자 하느냐」 하고 성화같이 물으니 경홍이 가로맡아 대답하옵기를, 「만일에 晉 때 동산에서 기생을 이끌던 謝安石 같을진댄 족히 대승상의 첩이 될 것이요, 만일에 삼국시대 사람들에게 곡조를 알게 하던 周公瑾 같을진댄 족히 절도사의 부실이 될 것이요, 唐玄宗 때 淸平詞 드리던 한림학사 이태백 같을진댄 명사를 족히 따를 것이요, 漢武帝 때 鳳凰曲을 들려 주던 司馬相如 같은 이 있을진댄 족히 수재를 따르리라. 마음 가는 대로 할 터이니 어찌 미리 요량하리오」 하니, 여러 중매장이들이 비웃고 흩어졌다 하옵니다. 그리고는 경홍이 홀로이 생각하기를, 「궁벽한 시골 처자가 이목이 밝지 못하니 장차 어찌 천하에 뛰어난 사나이를 가리어 점잖은 집안의 어진 배필을 구할 것이랴. 오직 창녀는 영웅호걸과 같이하여 수작을 피우고 또 학문을 열어 귀공자나 왕손을 맞아들일 수 있으니, 賢愚를 가려내기 쉽고 우열을 쉽사리 판단할 수 있을 것이나 이를테면 대를 楚岸에서 구하고 옥을 藍田山에서 캐내는 것과 같으니, 어찌 奇才와 妙品 얻기를 근심할 것이랴」 하면서 뒤이어 스스로 몸을 팔아 창기가 되어 뛰어난 사나이에게 몸을 맡기고자 하더니, 수년이 못 가서 이름을 널리 떨치게 되온지라, 상년 가을에 山東, 河北 열 두 고을의 문인과 재사가 鄴都에 모여 잔치를 베풀고 놀이할새, 그 좌석에서 霓裳曲을 부르며 한바탕 춤을 추니, 편편하여 놀란 기러기 같고 교교하여 나는 봉 같아서 수

없이 늘어앉은 이름난 미녀들이 모두 다 낯빛을 잃었
다 하오니, 그 재주와 용모를 가히 짐작할 수 있으오
리다. 잔치가 파하매 홀로 同雀臺(동작대)에 올라 달빛을 받고
거닐면서 옛글을 더듬어 사모하다가 가슴을 찌르는 글을
읊조리며 향을 나눠 준 지난날의 일을 조상하고, 이어
서 曹操(조조)가 二喬子(이교자)*를 樓中(누중)에 감추지 못했음을 웃으니,
보는 사람마다 그 재주를 사랑하고 그 뜻을 기이히 여
기지 않는 이 없었으니, 지금 閨中(규중)에 어찌 또 이런 처
녀가 없사오리까. 경홍이 첩과 더불어 상국사에서 놀
이할새 서로 마음에 간직한 일을 의논하다가 경홍이
날더러 말하기를, 「우리 두 사람이 만일 뜻에 맞는 군
자를 만나거든 서로 천거하여 한 낭군을 같이 섬기면
거의 백년 신세를 그르치지 않으리라」 하기에 첩도 또
한 뜻을 같이하기로 하였는데, 이제 낭군을 뵈오니 문
득 경홍이 생각나오나 경홍이 벌써부터 山東諸侯(산동제후)의
궁중에 들어갔으니 이른바 好事多魔(호사다마)라 하겠나이다.
제후의 후궁 생활이 비록 극진하오나 이 역시 경홍의
바라던 바 아니오니 분하오이다. 어찌하오면 경홍을
다시 보고 이 사정을 말해 볼까 하고 안타깝기만 하나
이다.」
양생이 이르되,
「청루 속에 비록 재주 있는 여자가 많다 하나 어찌 사
대부가 규수대신으로 창기를 맞아들이도록 양보할 수
있을까보냐.」
섬월이 대답하되,
「첩이 목도한 바로는 진낭자 같은 여자는 없으니, 만

---

*이교자 : 국색이녀(國色二女).

일 진낭자만 못하오면 첩이 어찌 낭군에게 천거하오리까. 그러하오나 첩이 익히 듣자오니, 장안 사람들이 모두 칭찬하되 鄭司徒의 딸이 아름다운 자색과 그윽한 덕행으로 요즘 여자 가운데 제일이라 하오니, 첩이 비록 보지는 못했으나 예로부터 헛칭찬으로 이름나는 일은 없다 하오니, 낭군이 서울에 가시거든 유의하여 찾아보시기 바라나이다.」

이야기하는 사이에 동방이 旣白*이라. 두 사람이 같이 일어나 세수하고 섬월이 이르되,

「이곳은 낭군께서 오래 머무르실 자리가 아니오며 더구나 어제의 모든 공자들의 심술궂은 생각이 없지 않을 터이오니, 상공께서는 일찍 길을 떠나시도록 하소서. 이후도 모실 날이 허다하오니 어찌 여자의 섭섭한 심정을 말할 수 있사오리까.」

양생이 사례하되,

「계랑의 말이 금석 같으니, 마땅히 폐부에 새기리라.」

하고 눈물을 뿌려 작별하니라.

---

* 기백 : 소식(蘇軾)의 《전적벽부(前赤壁賦)》에 「동방지기백(東方之旣白)」.

倩女冠鄭府遇知音
老司徒金榜擇賢婿

　　양생이 낙양에서 발행하여 장안에 이르러 사관을 정하
고 과거 날을 기다릴새 오히려 멀었는지라, 사관 주인더
러 紫淸觀의 소재를 물으니 춘명문 밖이라 하거늘 곧 예
물을 갖추어 가지고 杜鍊士를 찾아가니, 그 연세가 육십
여 세에 戒行이 심히 높아 자청관 女冠 가운데 으뜸이 되
어 있더라. 소유가 절하며 뵈옵고 모친의 편지를 올리니,
연사가 안부를 묻고 눈물을 흘려 이르되,
　「그대 자당으로 더불어 이별한 지 이십여 년에 아들이
저렇듯 軒昂하니 세월이 빠르도다. 내 몸이 늙어 서울
같은 번화하고 소란스러운 데 있기가 싫어 장차 멀리
崆峒山으로 가서 仙道를 닦으며 마음을 세상 밖에 붙이
려 하였더니 그대 자당의 편지 부탁이 이러하시니 내
마땅히 그대를 위하여 더 머물러 있겠노라. 그대의 풍
채가 빼어나서 천상의 신선 같으니, 요즘 규수 가운데
상대가 될 만한 배필을 얻기가 어려울까 하노라. 그러
나 차차 골라 볼 것이니, 겨를이 있거든 한번 올지어
다.」
양생이 대답하되,
　「小姪이 집안은 빈한하고 자친이 연로하신데, 나이 이

십이 가깝도록 궁벽한 시골에서만 살았던 탓으로 마음대로 아내 될 사람을 가려내지 못하면서도 喜懼*를 간절히 바라고 계시던 차에 도리어 衣食의 근심을 끼치고 효성을 펴지 못하여 죄송하옵더니, 감격하여옴이 무궁하도소이다.」

곧 하직하고 물러가더니, 이즈음 과거 날짜가 차츰 박두하나 혼처 구한다는 말을 들은 이후로는 공명을 바라는 마음이 떨어져 가기에 수일 후 다시 자청관을 찾으니 연사가 웃으며 이르되,

「한 곳에 처녀가 있으니 그 재주와 용모가 실로 양생의 배필이 됨직하나 그 문벌이 너무도 높으니, 육대가 내려오는 公侯요, 삼대나 내려오는 대신 집안이라 양생이 이번 과거에 장원을 하면 혼인 가망이 있거니와 그렇지 못하면 말을 꺼내 보아도 쓸데없으니, 그대는 번거롭게 나를 찾지 말고 과거 공부에 힘써 장원을 따도록 하라.」

양생이 묻되,
「大貴 뉘 집 색시오니까.」

연사가 가르쳐 주기를,
「鄭司徒의 딸인데, 붉은 문이 한길로 트이고 문 위에 창을 걸쳐 놓은 것이 바로 그 집이니라. 그 딸이 바로 선녀요, 속세 사람이 아니더라.」

소유가 문득 섬월의 말이 생각나 이 여자가 어떠하길래 이토록 칭찬을 듣는가 하면서 연사에게 묻되,
「정씨 규수를 숙모께서 이미 보신 일이 있나이까.」

연사 대답하되,

---
*회구 : 즐거움과 두려움.

「내 어찌 보지 못하였으리오. 정소저는 바로 하늘 사람이니 그 아름다움을 입으로 형용키는 어려우니라.」

소유가 이르되,

「소질이 감히 자랑하는 말 같사와 송구하오나, 이번 과거에 장원하기는 囊中取物* 같사오니 이것은 염려할 거리가 되지 않으오나, 평생 병통 같은 소원이 있사온즉, 처녀를 보지 못하고서는 구혼할 생각이 없사오니, 숙모님께서는 자비로운 마음을 베푸시와 소질로 하여금 그 용모를 한번 보게 하소서.」

연사가 대답하되,

「재상집의 여자를 어찌 쉽사리 볼 수 있으리오. 그대가 혹 내 말을 믿지 못하는 것이 아닌고.」

양생이 대답하되,

「소질이 어찌 숙모의 말씀을 의심하오리까마는 사람의 소견이 같지 않은 법이오니, 숙모의 눈이 어찌 소질의 눈과 같사오리까.」

연사가 이르되,

「봉황과 기린은 어린 아이라도 다 祥瑞라 일컫고 靑天白日은 어질고 어리석은 이가 모두들 보나니, 참으로 눈 없는 사람이 아니거늘 어찌 그 자태와 心德을 알아보지 못하리오.」

양생이 불쾌히 사관으로 돌아갔다가 기어이 연사의 허락을 듣고 싶어서 이튿날 새벽에 또 도관으로 찾아가니 연사가 웃고 대답하되,

「楊郎이 필연 일이 있도다.」

소유가 또한 웃고 대답하되,

---

* 낭중취물 : 얻기 쉬움을 이르는 말.

56

「소질이 정소저를 보지 못하면 의심이 가시지 않겠사오니 다시 말하옵건대, 모친이 부탁하신 뜻을 돌아보시고 소질의 간절한 생각을 살피시어 신기한 계책으로써 또 한번 바라보게 하소서.」

연사 머리를 흔들며 이르되,

「극히 어렵도다.」

하고 沈吟半晌 후 또 이르되,

「내 보건대 양생이 총명 영민하니 학문을 배우는 여가에 음률을 익힌 바 있느뇨.」

소유가 대답하되,

「소질이 일찍 도사를 만나 신묘한 곡조를 배워 五音六律을 다 아나이다.」

연사 이르되,

「재상의 집이라 담이 높고 중문이 다섯겹이요 화원이 아주 깊으니 몸에 날개가 돋지 않고서는 넘어갈 길이 없고, 정소저가 글을 읽고 예절을 알아서 일거일동이 예절에서 벗어남이 없으며, 지난날 우리 도관에서 분향도 한 바 없고 또 절에 가서 재를 올리는 법도 없고, 정월 보름날에 등불 구경도 아니하고 삼월 삼짇날 즐거운 曲江놀이에도 끼지 아니하니, 남이 어디로 따라가 엿볼 수 있으리오. 또 한 가지 일에 다 잘되기를 바라나 양랑이 즐겨 따르지 않을까 하노라.」

소유가 대답하되,

「만일 정소저를 볼진대 昇天入地*하고 赴湯蹈火*할지라도, 어찌 감히 좇지 아니하오리까.」

---

*승천입지 : 하늘로 오르고 땅으로 들어간다는 뜻. 도가(道家)의 말. 조식(曹植)의 《승천행(昇天行)》에 있음.
*부탕도화 : 어려운 일을 감행함.

연사 이르되,

「정사도는 근래 늙고 병들어 벼슬 살기를 좋아하지 아
니하고, 오직 흥을 산수와 음률에 두고 그 부인 최씨
도 본디 음률을 좋아하므로 소저 총명하고 영민하여
천만 가지 일에 모르는 것이 없고, 음률에 있어서도 淸
濁高低를 한번 들으면 쉽사리 이를 분석하여 비록 師
曠之聰*과 鍾子期의 신통이라도 이를 넘지 못할 것이
니, 최부인이 언제나 새 곡조를 들으면 반드시 그 사
람을 불러 앞에서 아뢰게 하여 소저로 하여금 높낮
음을 평론케 하며 책상머리에 몸을 기대고 노래 듣는
것을 낙으로 삼으니, 내 의향으로는 양랑이 진실로 거
문고를 탈 줄 알거든 미리 한 곡조를 익혀 두고 기다
리고 있노라면 삼월 그믐날은 靈道府君*의 생신이라
정사도 집에서는 해마다 계집종을 보내어 香燭을 가지
고 도관으로 오나니, 양랑이 이때에 여복으로 바꾸어
입고 거문고를 뜯어 계집종이 듣게 하면 필연 돌아가
서 부인께 여쭐 것이요, 그러면 부인께서 틀림없이 청
해 갈 터이니 정사도 집에 들어간 후에 소저를 만나보
거나 못 보거나 하는 것은 모두가 연분에 달렸으니 내
가 알 바 아니요, 별로 다른 계책은 없도다. 또한 그
대의 용모가 아리따운 여자의 모습이고 수염이 나지
아니하였으니 변장하기 어렵지 않도다.」

소유 대희하여 물러가 손꼽아 그믐날을 기다리더라.

원래 정사도의 슬하에는 다른 자식이 없고 오직 딸 하

---

*사광지총 : 사(師)는 악사(樂師), 광(曠)은 악사 이름을 뜻함.《맹자(孟子)》
　　　　　에, 「사광지총 불이육률 불능정오음(師曠之聰 不以六律 不能正
　　　　　五音)」.

*영도부군 : 오제(五帝)의 하나. 한문본(漢文本)에는 「영부(靈符)」로 되어
　　　　　있으나 잘못된 것임.

나뿐인데, 그 부인이 해산하던 날 잠결에 본즉, 하늘에서 선녀가 내려와 明珠(명주) 한 개를 방 안에다 놓더니 오래지 않아 소저를 낳았으므로 이름을 瓊貝(경패)라 붙이니라. 점점 자라남에 따라 아름다운 자색과 기이한 재주가 실로 만고에 제일이라, 사도 부처가 이를 매우 사랑하여 그 배필 될 사람을 구하고자 하나 마땅한 곳이 없어 나이 열여섯 살이 되도록 아직 혼처를 정치 못하였더라.

하루는 최부인이 소저의 유모인 錢嫗(전구)를 불러 이르되,

「오늘은 영도부군의 탄일이니 네가 향촉을 가지고 자청관에 가서 두 연사에게 전하고, 아울러 옷감과 다과로써 나의 戀戀不忘(연연불망)하는 뜻을 이르라.」

유모 분부를 듣고서 작은 가마를 타고 도관에 이르니, 그 향촉을 받아 三淸殿(삼청전)에 공양하고 또한 비단과 다과를 보내 주심을 깊이 사례하며 유모를 대접하여 보내려 할새, 이때 양생이 별당에서 거문고 한 곡조를 타는지라, 유모가 교자를 타려 하다가 무심코 들은즉 거문고 소리가 별당 서편에서 나는데, 그 음률이 맑고 새로와서 구름 위에 떠 있는 듯하기에 교자를 머무르게 하고 귀를 기울여 듣다가 연사를 돌아보고 묻되,

「우리 부인 좌우에 모셔 유명한 사람들의 거문고를 많이 들었으되 이 같은 음률은 금시초문이니 알지 못하겠소이다만 어떠한 사람이 타는 바니이까.」

연사가 대답하되,

「일전에 소년 女冠(여관)이 초 땅에서 올라와 서울 구경을 하고자 하면서 아직 이 도관에 머물러 때때로 거문고를 타는데, 이 몸은 음률을 잘 모르는고로 그 淸濁(청탁)을 아직 분간치 못했더니, 이제 그대가 이렇듯이 칭찬하는

것을 보니 필경 逸手*^{일수}로다.」

유모 전구가 말하되,

「우리 부인께서 이 말을 들으시면 필시 부르실 터이니, 그 사람을 좀더 만류하여 다른 곳으로 떠나지 못하게 하소서.」

연사가 이를 승낙하고 유모를 돌려 보낸 다음 들어와, 유모 전구의 말을 소유에게 전하니, 소유가 기뻐하며 부인이 부르기를 고대하더라.

차시 유모 정사도 댁에 돌아와 부인께 고하되,

「자청관에 어떤 여관이 있어 거문고를 타는데 신기한 음률을 내니 참으로 이상하더이다.」

부인이 聽罷^{청파}에 이르되,

「내가 한번 듣고자 하노라.」

하고 이튿날 步轎^{보교} 한 채와 시비 한 사람을 보내어 연사에게 말을 전하되,

「젊은 여관의 거문고를 한번 듣기를 원하니, 그 사람이 오기를 꺼리더라도 아무쪼록 권하여 보내라.」

하거늘, 연사 그 시비를 돌아보며 양생더러 이르되,

「귀인이 부르시니 그대는 사양치 말고 갈지어다.」

양생이 대답하되,

「遐方賤踪*^{하방천종}이 귀부인 앞에 나아가 뵈옵기 어려운 노릇이오나 연사의 말씀을 어찌 감히 거역할 수 있겠나이까.」

이에 女道士^{여도사}의 두건과 의복을 갖추어 입고 거문고를 가지고 나오니 魏夫人^{위부인}의 모습에 謝自然*^{사자연}과도 같은 풍채이

＊일수 : 명수(名手).
＊하방천종 : 시골의 비천한 사람.
＊사자연 : 선녀의 이름.

므로 정씨 댁의 시비가 탄복하기를 마지 않더라. 소유가 정사도 댁에 이르러 시비의 전내로 들어가니, 최부인이 대청에 앉았는데 그 몸가짐이 엄전한지라, 소유가 당하에서 재배하니 부인이 답사하되,

「시비로 말미암아 거문고 한번 듣기를 원하여 道人(도인)의 맑은 거동에 접하니, 세속의 어지러운 思念(사념)이 일시에 없어지는 것을 깨닫겠도다.」

인하여 좌석을 마련해 주거늘, 소유가 자리를 避席(피석) 사례하되,

「이 몸은 본디 초 땅 사람으로서 떠돌아다니는 신세이온데, 촌스러운 재주로써 외람되이 부인 앞에 나아오니, 過望(과망)이로소이다.」

부인이 시비를 시켜 거문고를 가져다가 만지면서 칭찬하되,

「眞箇(진개) 묘한 재목이로다.」

소유가 대답하되,

「이 재목은 龍門山(용문산)에서 백 년이나 묵은 오동나무이온지라, 성질이 굳고 단단하여 金石(금석) 같사오니 천금을 주고도 사지 못하리이다.」

문답하는 사이에 섬돌에 그늘이 이미 옮아 오거늘 소저의 움직임이 막연하도다.

양생은 마음이 조급하고 걱정이 되기에 부인께 고하되,

「빈도 비록 옛 곡조를 많이 얻었으나 금세에 타지 못하올 뿐 아니오라 곡조의 이름조차 모르옵는데, 자청관 여관에게 들사온즉 댁 따님께서 知音(지음)이 금세에 鍾子期(종자기)라 하오니, 원컨대 천하에 으뜸가는 재주를 가지신 따님의 가르침을 받고자 하나이다.」

부인이 응낙하고 시비로 하여금 소저를 부르니, 이윽고 수놓은 창문이 열리며 기이한 향내가 풍기더니, 소저 나아와 부인 곁에 앉으므로 양생이 몸을 일으켜 절한 다음 눈을 얼핏 들어 바라보니, 아침해가 붉은 놀을 헤치며 솟아오르고 연꽃이 바로 푸른 물에 비친 것 같아 정신이 오락가락하고 눈앞이 아른거려 능히 바라볼 수 없더라. 소저의 앉은 자리가 멀어 눈길이 미치지 못함을 안타까이 여겨 부인께 고하되,

「빈도 소저의 자상한 가르침을 받고자 하오나 대청이 너무 넓어서 聲音(성음)이 흩어져 자세히 듣지 못하지 않을까 두렵소이다.」

부인이 시비로 하여금 여관의 자리를 앞으로 옮기어 앉기를 권하니, 비록 부인의 자리에 가깝고 마침내는 소저의 오른편이 되어서 멀리 서로 마주 볼 때만 못하나 양생이 감히 두 번 다시 간청하지 못하더라. 시비를 시켜 화로에 향을 피우니 양생이 자리를 고쳐 앉아 거문고를 당기며,

「여섯 가지 꺼리는 것이 없나이까.」

소저 이르되,

「크게 찬 것과 매우 더러운 것과, 크게 바람 부는 것과 비가 많이 오는 것과, 빠른 우뢰와 눈 오는 것을 꺼리는데, 지금은 이 여섯 가지가 다 없도다.」

양생이 또 이르되,

「일곱 가지 타지 못하는 일이 없나이까.」

소저 이르되,

「初喪(초상)을 들은 자와 마음이 어지러운 자와, 일에 의심을 가진 자와 몸이 정결치 못한 자와, 의관을 정제치

못한 자와 향을 피우지 않은 자와, 知音을 만나지 못
한 자가 타지 못하나 지금은 또한 이런 결점이 없도
다.」

양생이 진심으로 탄복하고 먼저 霓裳曲을 타니, 소저
가 이르되,

「아름답도다! 이 곡조여, 완연히 天寶 太平의 氣象이
라, 사람마다 다 알아듣기는 하되 그 신묘함이 도인의
솜씨와 같은 자 없을 터이니, 이는 이른바 「漁陽鼙鼓
動地來하니 驚罷霓裳羽衣曲」*이라는 곡조가 아닌가.
음란한 곡조라 족히 듣지 못하겠으니 다른 곡조 타기
를 원하노라.」

양생이 다시 한 곡조를 타니, 소저 이르되,

「이는 즐겁되 음란하고 슬프되 촉급하니, 곧 陳後主*
의 「玉樹後庭花」*라. 이른바 「地下若逢陳後主 豈宜重
問後庭花」라 하는 것이 아닌가. 숭상할 바 못 되니
다른 곡조를 아뢰라.」

양생이 또 한 곡조를 탄대, 소저 이르되,

「이 곡조는 슬픈 듯 기쁜 듯, 감격한 듯 상념하는 듯
하니, 옛날에 蔡文姬*가 난리를 만나 오랑캐에게 잡혀
갇혀 두 아들을 낳았는데, 그 후에 曹操가 문희를 위
하여 몸 값을 치르고 돌아오게 하니, 두 아들과 이별
할새 이 곡조를 지어 슬픈 뜻을 붙이니, 이는 이른바
「胡人落淚霑邊草요 漢使斷腸對歸客」*이라는 그것이로다.

---

*어양비고동지래 경파예상우의곡 : 당(唐) 백거이(白居易)의 《장한가 (長恨
歌)》중의 한 구(句). 어양은 지금 직례
성(直隷省)의 지명.
*진후주 : 중국 남북조 시대(中國南北朝時代)의 진(陳)나라 마지막 군주.
*옥수후정화 : 악부(樂府)의 오성가곡(吳聲歌曲).
*채문희 : 중국 고대의 재원(才媛).
*호인낙루점변초 한사단장대귀객 : 출전미상.

그 소리는 들음직하나 절조를 잃은 사람이라 어찌 족히
논의할 수 있으리오. 새 곡을 청하노라.」

양생이 다시 한 곡조를 타니, 소저 이르되,

「이는 王昭君의 出塞曲*이니 몸이 그곳에 이름을 슬
퍼하고, 畫工이 불공평하였음을 원망하고 불평하는 마
음으로 곡조 가운데 붙였으니, 이는 「誰憐一曲傳樂府하
여 能使千秋傷綺羅오」* 하는 것이라. 그러나 이는 胡
姬의 곡조요 변방의 소리라 바른 것이 아니니 다른 곡
조가 없을꼬.」

양생이 또 한 곡조를 타니, 소저가 얼굴을 고치고 이
르되,

「내 이 소리를 들은 지 오래더니, 도인은 실로 범인이
아니로다. 이는 반드시 영웅이 때를 만나지 못하여 마
음을 속세 밖에 붙이고 충의의 기운이 문란하여진 가
운데 가득하니, 嵇叔夜*의 廣陵散이 아닌가. 그가 東
市에서 참형될 때 해그림자를 돌아보고 한 곡조를 타
되「원통하다! 광릉산을 배우려 하는 자 없기에 내 아
껴 전하지 않았더니, 슬프다 광릉산이 이로부터 끊어졌
노라」하니 이는 곧 「獨鳥下東南하니 廣陵何處在오」*
하는 것이라. 후세에 전하는 자 없다 하는데 도인이 정
녕 혜숙야의 넋을 만나 보았도다.」

「소저의 英慧하심이 오늘날 미칠 이 없도다. 이 몸이
지난날 스승께 들은 그 말씀이 지금 소저의 말씀과 같
도소이다.」

---

*출새곡 : 한(漢)의 횡취곡명(橫吹曲名).
*수련일곡전악부 능사천추상기라 : 유장경(劉長卿)의 《왕소군가(王昭君歌)》
　　　　　　　　중의 한 구.
*혜숙야 : 죽림 칠현(竹林七賢)의 한 사람. 이름은 강(康).
*독조하동남 광릉하처재 : 출전미상.

하고, 양생이 꿇어앉아 대답하되 또 한 곡조를 타니 소저가 稱善*하되,

「청산은 峨峨*하고 녹수는 양양한데 신선의 자취가 속세에 보이니 이는 伯牙*의 水仙操*가 아니요. 이는 곧 「鍾子期를 이미 만났으니 流水를 아뢰매 무엇이 부끄러울꼬」하는 것이라, 도인의 知音을 백아의 넋이 안다면 종자기의 죽음을 그다지 슬퍼하지는 아니하리로다.」

양생이 또 한 곡조를 타니, 소저가 옷깃을 여미고 꿇어앉아 이르되,

「거룩하고 극진하다. 聖人이 亂世를 당하여 온 천하를 돌아다니며 백성을 구제할 뜻이 있으니, 孔宣父*가 아닌가. 누가 능히 이 곡조를 지으리오. 필연 猗蘭操이니 이는 곧 「九州*를 떠돌아 정처가 없다」함이 아닌가.」

양생이 꿇어앉아 향을 피우고 다시 한 곡조를 타니, 소저가 탄복하며,

「높고 아름답도다, 이 곡조여! 천지만물이 부드러워 모두가 봄빛이요, 巍巍蕩蕩*하여 무어라 이름 지을 수 없으니, 이는 大舜* 南薰曲이라. 이는 곧 「南風之薰兮여 可以解吾民之慍兮」로다. 眞善眞美함이 이에 앞설 자 없으니, 비록 다른 곡조가 있을지라도 더 바라지 않노라.」

---

*칭선 : 칭찬하여 좋게 여김.
*아아 : 높이 솟아 있는 모양.
*백아 : 춘추 시대의 음률인.
*수선조 : 금곡(琴曲).
*공선보 : 공자(孔子). 당 현종(唐玄宗) 때 문선왕(文宣王)의 시호(諡號)를 추증(追贈)받았음.
*구주 : 전 중국(全中國).
*외외탕탕 : 높고 넓다는 뜻.
*대순 : 순(舜)임금의 경칭.

양생이 우러러 대답하되,

「빈도 듣사오니「음률이 아홉 번 변함에 천신이 하강한다」하오니, 이제 이미 여덟 곡조를 타고 아직도 한 곡조가 남았으니 다시 타보고자 하나이다.」

하고, 거문고 기둥을 바로 잡고 줄을 골라 타니, 그 소리가 悠揚*하고 開悅*하며 능히 사람으로 하여금 심신을 방탕케 하며 뜰 앞에 백 가지 꽃이 일시에 활짝 피어나고 제비는 쌍쌍이 날고 꾀꼬리가 서로 우짖는 듯하니, 소저는 잠깐 고운 눈길을 떨어뜨리고 눈을 바로 뜨고 잠잠히 앉았더니, 「鳳兮鳳兮歸故鄕하여 遨遊四海求其凰」이란 곡조의 대목에 이르러서는 소저가 번득 눈길을 들어 양생을 보고 그 기상을 보더니, 붉은 빛이 두 뺨에 오르고 누른 기운이 눈썹으로 사라지며 취한 듯 갑자기 낯빛이 달라지더니 조용히 몸을 일으켜 내당으로 들어가므로 양생이 깜짝 놀라 거문고를 밀치고 눈을 바로 뜨고 소저를 바라볼새 정신없이 흙으로 만든 사람같이 섰는지라, 부인이 앉으라 하며 묻되,

「도인이 시방 탄 것은 무슨 곡조인고.」

양생이 잠깐 대답하되,

「빈도 스승께 배워 얻었사오나 이름은 알지 못하는고로 소저의 가르침을 기다리나이다.」

소저가 오래도록 나오지 아니하기에 부인이 시비를 보내어 연고를 물어본즉, 시비가 돌아와 고하되,

「소저 반 나절을 觸風*하였더니 신기 불편하시와 나오지 못하겠다 하옵니다.」

---

* 유양 : 듬직하여 급하지 않음.
* 개열 : 열락(悅樂).
* 촉풍 : 찬 바람을 쐼.

　양생이 소저가 짐작하지 않았을까 하여 마음으로 미안하게 여겨 감히 더 머무르지 못하고 부인께 하직하되,

「소저 옥체 불편하시다 하온즉 이 몸이 지나쳤나 보옵니다. 생각건대 부인께서 몸소 가 보실 듯하옵기에 그만 물러가고자 하나이다.」

　부인이 은과 비단을 내다가 상급으로 주거늘,　양생이 사양하여 받지 않으며,

「빈도 비록 다소의 음률을 아오나 스스로 즐길 따름이오니, 어찌 광대같이 놀이채를 받으리이까.」

　인하여 머리를 조아려 사례하고 섬돌에 내려가더라.

　부인이 소저의 병을 근심하여 곧 불러 물으니　관계치 않더라. 이때 소저가 寢房^{침 방}으로 돌아와 시비더러 묻되,

「春娘^{춘 랑}의 병이 오늘은 어떠하냐.」

　시비 대답하되,

「오늘은 소저, 거문고를 들으신다는 말씀 듣고　병이 차도 있어 일어나 세수를 했사옵니다.」

　본디 춘랑의 성은 賈氏^{가 씨}이니 西湖^{서 호} 사람이라, 그 부친이 서울에 올라와 丞相府^{승 상 부}의 아전이 되어서 정사도 집에 공로가 많이 있더니, 불행히 병으로 죽으니 그때 춘랑의 나이 겨우 십세라, 정사도 부처 그 의지할 곳이 없음을 불쌍히 여겨 거두어 집안에 두고 소저와 더불어 놀게 하였는데, 그 나이는 소저와 한 달이 틀리나 용모가 매우 곱고 백 가지 태도를 갖추어 단정하고 존귀한 기상은 비록 소저를 따르지 못할지언정 절세의 미인이라, 문필과 바느질 솜씨의 신통함이 소저와 다름 없으므로　소저는 동생같이 알고 잠시도 곁을 떠나지 못하게 하여 종과 주인의 구분은 있으나 실로 친구의 정이 있는지라,　본 이

름은 <ruby>楚雲<rt>초 운</rt></ruby>이었는데 소저는 그 태도를 사랑하여 <ruby>韓退之<rt>한 퇴 지</rt></ruby>
글에 「<ruby>多態度春空雲<rt>다 태 도 춘 공 운</rt></ruby>」이라는 글귀를 떼어서　그　이름을
고쳐 <ruby>春雲<rt>춘 운</rt></ruby>이라 하니 집안에서는 모두들　그렇게 부르더
라.

　　춘랑이 소저를 보고 묻자오되,

　「아까 모든 시녀 다투어 말하되, 대청에서 거문고　타
는 여관이 용모가 신선 같고 희한한 곡조를 타므로 아
가씨께서 대단히 칭찬하신다 하옵기로　제가 불편함을
참고 한번 구경코자 했사온데, 그 여관이 어찌　그다
지도 속히 돌아갔나이까. 」

　소저 얼굴을 붉히며 천천히 이르되,

　「내 몸 움직이기를 예로 하고 마음가짐을 옥같이 하여
발자취가 중문 밖을 넘지 아니하고, 하는 말이 친척에
게도 미치지 않는 것은 너도 잘 아는 바러니, 하루 아
침에 남한테 속아 수치를 당하니 차마 어찌 낯을 들어
사람을 대하리오. 」

　춘랑이 가로되,

　「그 여관이 어떠하더이까. 」

　소저 대답하되,

　「그 여관이 예상곡을 타고 나중에 대순의 남훈곡을 타
기로 칭찬해 주고 그치기를 부탁하였더니, 여관이 또
한 곡조 있다 하여 다시 새 곡조를 탔는데, 이것이 <ruby>司<rt>사</rt></ruby>
<ruby>馬相如<rt>마 상 여</rt></ruby>가 <ruby>卓文君<rt>탁 문 군</rt></ruby>의 마음을 돋구던 <ruby>鳳求凰曲<rt>봉 구 황 곡</rt></ruby>이라, 내 비
로소 의심나기에 자세히 보니 그 얼굴과 행동거지가 여
자와는 판이하니, 필시 간사한 사내가 춘색을　구경코
자 변복하고 들어온 것이니, 다만 분한 것은　네가 병
만 없었던들 같이 보고서 그 진위를 가려냈을 것이 아

니겠느냐. 내가 규중 처녀로서 알지 못하는 남자와 함
께 반나절이나 마주 앉아서 이야기를 하였으니, 천하
에 어찌 이런 일이 있겠는가. 아무리 모녀간이라도 차
마 이런 말은 아뢰지 못하였으니, 네가 아니고서야 뉘
한테 이런 말을 밝히리오.」

춘랑이 웃고 이르되,

「사마상여의 봉구황곡을 處子인들 듣지야 못하오리까.
아가씨께서는 필시 술잔 속에 활 그림자를 보셨나이다.」

소저가 대답하되,

「그렇지 않다. 이 사람이 곡을 타는 데 차례가 있었으니
만일 마음에 없을진댄 하필이면 봉구황곡을 모든 곡조
끝에 탔겠느냐. 하물며 여자 가운데는 용모가 혹 가
냘픈 자도 있고 혹은 억세게 생긴 자도 있으니, 기상
이 씩씩하기를 이 같은 사람은 보지 못하였으니 내 생
각으로는 과거가 임박하여 사방 선비들이 모두 서울로
모여들었으니, 그 중에서 내 소문을 잘못 들은 자가
망령되이 꽃 구경이나 하자고 계교를 내었는가 하노
라.」

춘랑이 이르되,

「그가 과시 남자이오면 그 얼굴의 청수함이 이와 같고
그 기상의 호탕함이 이와 같고, 음률에 정통함이 이와
같으니 그 재주가 높고 많음을 족히 알 수 있겠나이
다. 어찌 미리 사마상여가 되지 않을 줄 아리나이까.」

소저 이르되,

「그자가 설혹 사마상여가 되더라도 나는 결코 탁문군
이 되지 아니하리로다.」

춘랑이 대답하되,

「탁문군은 과부요 아가씨는 처녀이오며, 탁문군은 有意하여 뒤를 따랐고 아가씨는 무심히 들으셨나니, 아가씨께서 어찌 탁문군을 들치시나이까.」

두 사람이 희희낙락하게 웃어 가며 이야기하더라.

하루는 소저가 부인을 모시고 앉아 있노라니, 정사도 새로 난 科擧榜을 들고 들어와 부인을 주며 이르되,

「여아의 혼사를 지금까지 정하지 못하온고로 이번 과거방 속에서 훌륭한 신랑을 가려내고자 하였더니, 이제 본즉 장원은 楊少游로 淮南 사람이요, 나이는 십육 세, 또한 과거문 지은 것을 사람마다 칭찬하니 필시 一大文章이요. 또한 들은즉, 풍채가 빼어났고 골격이 비범하여 장차 큰 그릇이 되리라 하고 아직까지 장가들지 아니하였다 하니, 이 사람으로써 사위를 삼으면 내 마음에 좋을 듯하오.」

부인이 대답하되,

「귀로 듣는 것이 눈으로 보는 것만 못하니, 남들이 비록 칭찬하나 어찌 다 그 말을 믿으리오. 몸소 보신 후연에 결정을 내리심이 좋을 듯하오.」

사도가 대답하되,

「이 또한 어렵지 아니하다.」

하더라.

卷　之　二

영 화 혜 투 로 회 춘 심
詠花鞋透露懷春心
환 산 팽 성 취 소 성 연
幻山庄成就小星緣

　소저 그 부친의 말씀을 듣고 침방으로 돌아와 춘운더
러 이르되,

「일전 거문고를 타던 여관이 초 땅 사람이라 칭하고 나
이 십육세 가량이러니, 이제 장원이 회남인이라 회남
은 바로 옛날의 초 땅이라. 나이도 근사하니 의심이 없
지 못하리로다. 필연 부친께 와 뵈이리니 네가 유의하
여 볼지어다.」

춘운이 대답하되,

「그를 첩이 일찍 보지 못하였으니, 어린 소견에는 소저
께서 몸소 문 틈으로라도 엿보시는 것만 못하리라 믿
소이다.」

양인이 서로 쳐다보며 웃음짓더라.

회 시　　　전 시
이때 양소유 연하여 會試와 殿試에 다 장원으로 뽑히

어 곧 翰林 벼슬에 올라 이름이 세상에 떨치니, 公侯
貴族 가운데 딸 가진 사람들이 다투어 가며 청혼하되, 소
유는 이를 다 물리치고 禮部로 權侍郎을 가 보고 정사도
집에 통혼할 뜻을 고하고 소개함을 청하니, 권시랑이 곧
편지를 써 주거늘, 소유가 받아 간수하고 정사도에 나아
가 名帖* 드리니 정사도 맞아들여 객실에서 만나는데 양
장원이 머리에 桂花를 꽂고 양옆으로 풍악을 거느려 풍
채의 아름다움과 예절의 공손함이 사람으로 하여금 기껍
게 하더라.

사도 댁의 사람들이 소저 한 사람을 빼놓고는 모두 구
경하는데 춘운이 시비더러 묻되,

「내 노야와 부인의 의논하시는 말씀을 들은즉, 일전에
거문고 타던 여관의 表從 양장원이라 하시니 그때 모
습과 같나뇨.」

시비들이 다투어 대답하되,

「內外從 남매간인들 어찌 용모가 그렇듯 흡사한고.」

하거늘, 춘운이 소저께 고하되,

「과연 짐작하심에 一毫도 어긋남이 없소이다.」

소저가 이르되,

「네 모름지기 다시 가서 그 사람이 말하는 바를 들어
오라.」

춘운이 나아가더니 오랜 후에 다시 돌아와 고하되,

「우리 노야, 소저를 위하여 양장원께 통혼하시니 양공
이 사례하여 대답하옵기를「소생이 과연 소저가 얌전
하고 그윽하시다 함을 듣자옵고 분수에 넘치는 욕망
에서 오늘 아침에 외람되이 통혼할 생각으로 권시랑

─────────────

*명첩 : 명자(名刺), 곧 지금의 명함.

을 가 뵈온즉, 시랑이 편지를 써 주며 大人(대인)께 드리라
하옵기에 소매 속에 넣고 왔나이다」 하고는 이어서 받
들어 드리니, 노야께서 이를 보고 크게 기뻐하시며 酒(주)
按(안)*을 재촉하러 내당으로 들어가시더이다.」

소저가 놀라 무슨 말을 하려고 할 즈음에 시비, 부인
의 분부로 부르시거늘, 소저 나아가 보니 부인이 이르되,
「장원 양소유는 科榜(과.방)에서 제일이요 너의 부친이 이미
정혼하시니, 우리 두 늙은이가 이제 비로소 의탁할 사
람을 얻었으매 다시는 근심할 거리가 없도다.」

소저가 여쭈오되,
「소녀가 시비의 전하는 말을 듣자오니, 일전에 거문고
를 타던 여관의 용모와 흡사하다 하온데 과연 그러하
나이까.」

부인이 대답하되,
「그들의 말이 옳도다. 내 그 여관의 仙風道骨(선풍도골)을 사랑
하여 오래도록 잊지 못하더니, 이제 양장원을 보매 그
여관을 마주 대함과 같으니 그 아름다움을 가히 알지
로다.」

소저는 머리를 숙이고 가냘픈 목소리로,
「그가 비록 아름다우나 그 사람과 더불어 혐의쩍은 바
있사오니 정혼하심은 불가하니이다.」

부인이 이르되,
「이 심히 고이한 말이로다! 너로 말하면 깊은 규중에
있고 양공은 회남 사람이거늘, 무슨 혐의쩍은 事端(사.단)이
있으리오.」

소저가 여쭈오되,

---
*주안 : 술과 안주.

「소녀 이 말씀을 하기 심히 부끄럽삽기로 여태까지 아뢰지 못하였나이다. 전일의 여관이 바로 양장원이온데 여복으로 변장하고 거문고를 타면서 소녀의 자태를 보려 함이었거늘, 그 간계에 빠져 종일토록 이야기를 주고받았사오니 어찌 혐의가 없다 하리이까.」

부인이 비로소 놀라 묵묵히 앉았더니, 정사도가 양장원을 접대하여 보내고 내당으로 들어와 희색이 만면하여 소저에게 이르되,

「瓊貝*야, 네가 오늘 용을 타니 매우 유쾌한 일이로다.」

부인이 소저의 말을 사도께 전한대, 사도 다시 소저에게 물어 양생이 봉구황곡을 타던 이야기를 듣고 크게 웃고 이르되,

「양장원은 참 풍류남아로다. 옛날에 王維學士가 악공의 의복을 입고 태평공주 집에서 비파를 타고 뒤이어 과거에 장원을 하였다고 오늘까지 일러 오는 말이 있더니, 양생이 숙녀를 구하고자 여복으로 換着하였으니 실로 재주가 비상한 사람이거늘, 한때 희롱한 일이 어찌 혐의할 것이랴. 하물며 너는 여도사를 보았을 뿐 양장원을 보지는 않은 것이니, 양장원의 여도사 차림한 것이 네게 무슨 관계가 있으리오.」

소저 여쭈오되,

「소녀 남에게 속음이 이에 이르렀사오니 진실로 부끄러워 죽을 듯하도소이다.」

정사도 다시 웃고 이르되,

「이는 늙은 아비가 알 바 아니니 네가 후일 양생에게 물어 보도록 하라.」

---

*경패 : 정소저의 이름.

하고 威儀(위의) 정중하거늘, 부인이 사도께 묻자오되,

「양공이 혼례를 어느 때 거행코자 하더이까.」

사도 대답하되,

「納采(납채)는 시속대로 행하고 成禮(성례)는 가을을 기다려 저희 대부인을 모셔온 연후에 날짜를 받고자 하더이다.」

하고, 인하여 택일하여 한림학사의 예폐를 받고 한림을 청하여 후원 별당에 거처케 하니, 양한림은 사위의 예로써 정사도 내외를 섬기고 사도 내외는 친자식같이 사랑하더라.

하루는 소저 우연히 춘운의 침방을 지나치는데, 춘운이 비단신에 수를 놓다가 춘곤을 이기지 못하여 수틀을 베고서 자는지라, 소저가 방 안으로 들어가 바느질 재주가 신묘함을 탄식하다가 수틀 밑에 글씨 쓴 종이가 있기에 펴본즉 곧 시를 읊은 글이라, 하였으되,

으뜸가는 가인을 얻어 사귐을 어여뻐 여기니
다닐 적마다 서로 따라 잠시도 놓지 못하더라.
촛불 끄고 비단 장막 속에서 허리띠를 풀 적에
너로 하여금 상아침상 아래에 던지게 하리라.

憐渠最得玉人親　步步相隨不暫捨
燭滅羅帷解帶時　使爾抛却象床下

소저가 읽고 나서 스스로 이르되,

「춘랑의 글재주 더욱 長進(장진)하였도다! 수놓은 신으로써 제 몸을 비하고 옥으로써 나를 비기어 여느때도 내 곁을 떠나지 못하더니, 제가 장차 시집을 가면 나와 더불어 사이가 뜸을 가리킨 것이니, 춘랑이 진실로 나를

사랑하였도다 !」

이에 그 글을 다시 보다가 빙긋 웃고 이르되,

「춘랑의 글 뜻이 나의 침상에 오르고저 하였으니 이는
나와 함께 한 낭군을 섬기려 함이라. 그 마음이 이미
동하였도다.」

하고는, 춘랑의 꽃다운 꿈을 깨게 할까 하여 몸 놀림을
조심하여 가만히 나와 내당으로 들어가서 부인께 뵈온즉,
부인이 바야흐로 시비를 독촉하여 양한림의 저녁상을 차
리기에 소저가 여쭈오되,

「모친께서 양한림의 음식 의복을 염려하사 몸소 지휘
하시니, 정신이 흐려질까 저허하오니 소녀 마땅히 그
괴로움을 당할 것이로되, 남들이 꺼리는 바이오며 또
한 예법에도 없삽기로 이제 춘랑이 나이 들어 장성하
여 수종들기를 감당하겠사오니, 별당으로 보내어 양한
림의 儀式凡節을 받들게 하옴이 좋을까 하나이다.」

부인이 이르되,

「춘운의 신묘한 재질로써야 무슨 일을 못 하랴마는 다
만 그의 아비가 우리집에 유공하고 또 춘운의 인물이
남에게 뛰어나니 부친께서 사랑하사 장차 어진 배필
을 구하고자 하실 터이니, 끝내 너를 섬김이 춘운의 소
원이 아닐까 하노라.」

소저가 여쭈오되,

「저 애의 뜻을 알아 보오니 소녀로 더불어 서로 떠나지
않으려 하더이다.」

부인이 이르되,

「시집갈 때 婢妾이 좇는 것은 또한 예법에도 있으나
춘운을 여느 婢子에 견줄 바 아니니 너와 한가지로 간

다는 것은 거리가 먼 생각이 아닌가 하노라.」

소저 여쭈오되,

「양한림이 芳年 십육세의 서생으로 전날 거문고로 재상가의 규수를 희롱하였으니, 그 기상으로 어찌 홀로 이 한 여자만 지키고 있사오리까. 타일 丞相府에서 萬鍾祿을 누리면 그 집에 장차 몇 사람의 춘운이 있을 줄 아리이까.」

말을 맺지 못하여 마침 사도 들어오거늘, 부인이 소저의 말을 옮겨 아뢰니 사도가 點頭*하고 이르되,

「여아가 行禮 전이나 춘랑이 여아와 서로 헤어지기를 싫어할 것이로되, 필경은 매한가지라 먼저 보냄을 무엇이 가로막느뇨. 젊은 사나이가 비록 春情이 일지라도 펴보지 못할 것이로되, 빨리 춘랑을 별당으로 보내어 양공의 적막한 회포를 위로케 하오. 그러나 경패의 마음에 불평이 있을 듯하니 어찌하면 치우치지 않게 할 수 있을꼬. 부인이 경패의 의중을 알아보고 조처함이 좋을까 하오.」

인하여 외당으로 나아가니라.

소저 모친께 여쭈오되,

「소녀 한 계교 있으니, 춘랑의 몸을 빌어 소녀의 부끄러움을 씻고자 하나이다. 十三郎을 시켜서 여사여사하오면 전일의 수치를 씻을 수 있을 듯하나이다.」

정사도의 모든 조카 중에서 대체로 십삼랑의 성품이 순량하고 재질아 명민하며 재치가 발랄하여 어느때나 농지거리와 장난을 잘하므로 양한림과 더불어 마음과 뜻이 맞아들어 莫逆間이라.

---

*점두 : 머리를 끄덕이는 것.

소저 침방에 돌아와 춘운더러 이르되,

「내 너로 더불어 머리털이 이마를 덮었을 때부터 정이 두터워 서로 놀면 꽃가지를 다투어 갖고자 서로 울며 싸우기도 하였더니, 내 이미 聘幣*를 받았으니 너도 필경은 백년대사를 자량하였을 것이나 내 아지 못하니, 어떠한 사람에게 몸을 의탁하고자 하느냐.」

춘운이 대답하되,

「천첩이 편벽되이 아가씨의 撫愛하시는 은혜를 입사와 여태까지 지내 왔사오니, 만분의 일이라도 은혜에 보답하는 길은 이 몸을 마치도록 아가씨의 경대를 받드는 외에는 다른 도리가 없사오리다.」

소저가 이르되,

「그러면 내 너와 더불어 한 가지 계책을 의논코자 하는데, 전일 양랑한테 당한 수치를 네 아니면 누가 씻어 주겠느냐. 우리 집 山亭은 終南山 궁벽한 곳이니 경개가 비길 데 없어 속세 같지 않은지라, 그 산정에다 네가 신방을 차리고 또한 십삼랑으로 하여금 여사여사하여 계교를 쓰면 대략 雪恥할 것이니, 너는 잠시의 수고를 꺼리지 마라.」

춘운이 대답하되,

「어찌 소저의 명을 어길 수 있으리오마는 후일 무슨 면목으로 양한림을 대하오리까.」

소저가 이르되,

「남을 속이는 수치가 남에게 속는 수치보다 낫지 아니하냐.」

춘운이 그리하리이다 하더라.

---

*빙폐 : 경의(敬意)를 표하여 드리는 예물.

양한림이 入直하고 公故*를 치르는 외에는 달리 분주한 일이 없고 出番* 후에는 오히려 한가한 날이 많은지라, 혹은 친구 심방도 하고 혹은 들 밖에 나가 訪花隨柳*하더니 하루는 鄭十三郎이 찾아와 청하기를,

「성남 멀지 않은 곳 한 고요한 境地에 경개가 비길 데 없으니 내 형과 더불어 한번 소풍코자 하오.」

양한림이 대답하되,

「이 정히 내 뜻이라 !」

하고, 드디어 주효를 이끌고 추종을 물리고 십여 리를 나아가니 「山高水淸하여 別有天地非人間」*이라. 琪花瑤草는 향기를 뿜어 속객의 코를 찔러 속세의 생각을 잊게 하는지라, 양한림이 정생과 더불어 물가에 앉아 술잔을 나누며 글을 읊으니 바야흐로 때는 봄과 여름의 어름이라, 백 가지 꽃이 피어 있고 만 가지 나무가 물 위에 비치는데, 홀연 떨어진 한 떨기 꽃이 시내에 떠오거늘 한림이 「春來徧是桃花水」*란 글귀를 외며 이르되,

「이 사이에 필연 武陵桃源이 예 있으렷다 !」

정생이 대답하되,

「이 물이 紫閣峯에서 근원이 발하여 내려오는지라, 지난날 들으니 꽃피고 달밝을 때면 간혹 신선의 풍악소리 나는고로 들은 사람이 있다 하되, 소제는 仙緣이 심히 없어 그 동구에도 들어가 보지 못하였소그려. 오늘 형의 발자취를 따라 선경에 다다라 신선의 약을 먹

---

*공고 : 벼슬아치가 조회(朝會), 진하(進賀),등 궁중의 행사에 참여하는 일.
*출번 : 당번의 출석.
*방화수류 : 자연(自然)을 벗삼는다는 뜻.
*산고수청 : 이백(李白)의 시 《산중문답(山中問答)》의 한 구. 「도화유수요 연거 별유천지비인간(桃花流水窅然去 別有天地非人間)」.
*춘래편시도화수 : 왕유(王維)의 《도화원행(桃花源行)》의 한 구. 「춘래편시 도화수 불변선원하처심(春來徧是桃花水 不辨仙源何處尋)」

고 옥녀의 술을 맛볼까 하오.」

한림이 기꺼워 이르되,

「천하에 신선이 없으면 모르되, 만일 있다면 이 산중
에서 구하리라.」

하고 찾아가 구경코자 하더니, 홀연 정생집 하인이 땀을
흘리며 빨리 와 헐떡이며 이르되,

「娘子의 환후가 졸지에 위급하나이다.」

정생이 급히 일어나며 이르기를,

「室人의 병이 이렇듯 급하니, 역시 아까 말한 바 인연
이 없음을 가히 짐작하겠도다!」

하고는, 나귀를 채찍질하며 돌아가더라.

양한림이 정생을 보낸 후에 심히 무료하나 구경할 홍
취 오히려 다하지 아니하여 물줄기를 따라 동구로 들어
가니, 물과 돌이 깨끗하여 한 점의 티끌도 없으니 마음
이 저절로 상쾌한지라 홀로 배회하더니, 붉은 계수나무
의 잎새 하나가 물 위에 떠내려 오더라. 잎새에 글씨 두
어 줄이 씌었거늘 집어 보니 한 수의 글귀라, 하였으되,

　　　신선 삽살개가 구름 밖에서 짖으니,
　　　알괘라, 이는 양랑이 오는도다.
　　仙狵吠雲外　知是楊郎來

한림이 괴이히 여기어 이르되,

「이 산 위에 어떻게 사는 사람이 있으며 이 글이 어
떠한 사람의 소작인고.」

인하여 점점 들어가니 거의 칠팔리는 가는데, 길은 험
하고 날이 저물어 밝은 달이 동녘 하늘에 오르기에　달빛

을 따라 수풀을 뚫고 시내를 건너니, 오직 놀란 새가 지저귀고 슬픈 원숭이가 울 따름이요, 별은 높은 봉우리에 흔들리고 이슬은 솔가지에 내리니 밤이 깊어감을 알겠더라. 몹시 창황할 즈음에 십여 세 난 푸른 옷의 계집아이가 냇가에서 옷을 빨다가 한림이 오는 것을 보고 놀라 일어나며 한편 소리쳐 아뢰기를,

「아씨, 낭군이 오시나이다.」

하거늘, 한림이 듣고 괴이히 여기며 다시 수십 보를 나아가니, 산이 둘려 있고 길이 막혔으나 작은 정자 물가에 날아갈 듯이 다가섰는데 진실로 신선 사는 곳일러라.

한 선녀 노을 빛을 헤치고 달빛을 띠고 碧桃*나무 아래 홀로 섰다가 한림을 향하여 허리를 굽혀 절하고서,

「양랑이 오기를 어찌 늦게 하시나이까.」

한림이 크게 놀라 자세히 보니 여자 몸에 紅綃衣*를 입고 머리에는 비취 비녀를 꽂고 허리에 백옥패를 비꼈으며 손에는 鳳尾扇*을 들었는데, 산뜻하고 시원스런 자태가 속세 사람은 아니더라. 양한림이 황급히 대답하되,

「소생은 塵世俗人*이라 그대와 더불어 달 아래서 기약한 바 없거늘, 늦게 온다함은 어찌된 연고이뇨.」

그 선녀 정자에 올라 이야기를 청하고 인하여 정자로 들어가 주인과 손이 자리를 잡은 후에 계집 아이를 불러,

「낭군이 멀리서 오시니 주린 빛이 있을지니 약간 다과를 올리라.」

한대, 이윽고 구슬상에 진찬을 베풀고 백옥잔에 紫霞酒

---

* 벽도 : 선과(仙果)의 이름.
* 홍초의 : 붉은 빛의 생사(生絲)로 만든 옷.
* 봉미선 : 의장(儀仗)의 한 가지. 봉황(鳳凰)의 꽁지 모양으로 만든 부채를 말함.
* 진세속인 : 이 세상 사람. 즉 범인(凡人)을 뜻함.

를 내오니, 맛이 淸洌하고 향기 무르녹아 어느덧 한잔 술에 취하는지라, 한림이 이르되,

「이 산이 비록 높으나 하늘 아래 있거늘, 仙娘은 어찌하여 玉京의 짝을 떠나 속되이 예서 기거하시나이까.」

미인이 탄식하되,

「옛날 일을 말씀하고저 하면 悲懷만 더하오이다. 첩은 西王母*의 시녀요 낭군은 紫微宮 仙官이었는데 옥제께서 왕모께 잔치를 베푸실 제 여러 선관이 모였는데, 낭군이 우연히 첩을 보시고 선과를 던져 희롱하였더니, 잘못되어 중벌을 받아 인간으로 환생하시고 첩은 다행히 형벌을 받아 귀양살이로 여기 있사오니, 낭군은 이미 인간 세계의 연기와 티끌에 가리어 능히 전생의 일을 생각해 내지 못하시거니와 첩은 귀양 기한이 벌써 찼기에 장차 瑤池로 돌아갈 터인데, 한번 낭군을 보고 잠깐 옛 정을 펴보고자 하여 선관께 간청을 드려 기한을 물리고, 또 낭군이 이에 나오실 줄 미리 알고서 고대하였더니, 이제 욕되이 오시니 옛 인연을 가히 잇겠도소이다.」

이때 계수나무 그림자는 비끼려 하고 은하수는 이미 기울어졌거늘 한림이 미인을 이끌고 취침하니, 바로 옛날에 劉晨과 阮肇가 天台山에 이르러 선녀와 더불어 인연을 맺음과 흡사하니, 꿈 같되 꿈이 아니요 참일 같되 참일이 아니더라. 겨우 은근한 정을 다 풀매 산새는 벌써부터 꽃가지에 지저귀고 동녘이 밝았는지라, 선녀가 먼저 일어나 한림더러 이르기를,

「오늘은 첩이 하늘에 오를 기한이오라, 선관이 上帝의

---

*서왕모 : 중국 곤륜산(崑崙山)에 있는 선녀.

勅教를 받들고 旗幟를 갖추어 소첩을 맞을 적에 만일 ·낭군께서 여기 계시온 줄 아오면 피차 다 죄를 입을 것이오니, 낭군은 빨리 산을 내려가 몸을 피하소서. 낭군께서 만일 옛정을 잊지 아니하오면 다시 만나 뵐 날이 있사오리다.」

하고, 드디어 비단 수건에 이별시를 써서 한림에게 주니, 하였으되,

서로 만날 젠 꽃이 하늘에 가득하더니
서로 이별하매 꽃이 땅에 졌더라.
봄빛은 꿈결인 듯
약수 천리가 아득하여라.
相逢花滿天　相別花在地
春色如夢中　弱水杳千里

한림이 그 글을 보매 이별하는 회포 愴然하여 汗衫을 찢어 화답하는 글 한 수를 써서 선녀에게 주니, 하였으되,

하늘 바람이 패옥에 부니
흰 구름이 어찌 그리 흩이는고.
다른 날 무산 밤비에
양왕의 옷을 적시과저.
天風吹佩玉　白雲何離披
巫山他夜雨　願濕襄王衣

선녀 받들어 보고 이르되,

「나무에 달이 숨고 桂殿*에 서리가 날리는데 구만 리 밖의 모습을 그려내는 것이 오직 이 글뿐이옵니다.」

하고, 드디어 香囊에 감추고 거듭거듭 재촉하되,

「때가 이미 다 되었으니 낭군은 급히 떠나소서.」

한림이 손을 들어 눈을 씻고「몸 조심하라」고 당부한 후에 작별하고 겨우 수풀 밖에 나와 정자를 돌아보니, 푸른 나무는 첩첩하고 흰 구름은 자욱하여 마치 瑤池의 한 꿈을 깬 듯하기에 별당에 돌아와 후회하되,

「선녀의 귀양 풀릴 기약이 지금이라 하나 잠깐 산중에서 몸을 깊은 곳에 숨기어 여러 선관들이 맞아가는 것을 보고 돌아와도 또한 늦지 아니하거늘, 내 어찌 조급히 내려왔을꼬.」

한탄함을 마지 않다가 새벽에 일찍 일어나 동자를 거느리고 다시 전일에 선녀를 만났던 곳을 찾아가니, 복사꽃은 웃는 듯 냇물은 우는 듯한데 빈 정자만 덩그러니 남아 있고 향기로운 티끌이 이미 고요하거늘, 난간에 의지하여 푸른 하늘을 바라보고 색구름을 가리키며 탄식하되,

「仙娘이 저 구름을 타고 상제께 朝會하리니 바라본들 미치지 못하리로다.」

이에 정자에서 내려 복사나무를 의지하고 눈물을 뿌리고 스스로 이르되,

「이 꽃이 응당 내 무궁한 한을 알리로다.」

양한림은 섭섭히 돌아오더라.

하루는 일어나 鄭生이 양한림에게 와서 이르되,

「향일에 안사람의 신병으로 인하여 형과 더불어 끝까

---

* 계전 : 월궁(月宮).

지 놀지 못하더니 지금까지 서운하오. 아직도 도성 밖 長林(장림)에 버들 그늘이 확실히 좋으니, 마땅히 반나절의 겨를을 내어 한바탕 놀이를 벌이고 형과 더불어 꾀꼬리 노래를 들음이 좋을까 하노라.」

양한림이 대답하되,

「녹음방초가 꽃철보다 낫다!」

하고, 두 사람이 동행하여 성문 밖으로 나아가 무성한 수풀을 가려서 풀을 자리삼아 앉고는 꽃가지로 수놓으며 술을 마실새, 문득 보니 가까이 황폐한 무덤이 하나 있는데, 쑥대는 우거지고 잡풀이 떨기를 이루어 구슬픈 바람에 나부끼고 두어 떨기 말라 빠진 꽃이 거칠은 언덕 위 어지러이 선 나무 사이로 그윽하게 보이는지라, 한림이 취흥으로 말미암아 무덤을 가리키며 탄식하되,

「사람의 貴賤(귀천) 賢愚(현우)를 막론하고 누구나 다 한 번 죽어 흙으로 돌아가는 법이니, 옛적에 孟嘗君(맹상군)의 부귀로도, 당시의 雍門(옹문)의 거문고 곡조에 「천년 만년 후에도 樵童牧豎(초동목수)가 무덤 위에서 뛰놀며 이것이 맹상군의 무덤이로구나」하는 소리에 눈물을 흘렸다 하니 어찌 살아 생전에 취하지 아니하리오. 」

정생이 이르되,

「형은 저 무덤의 유래를 알지 못하리로다. 저것인즉, 張女娘(장여랑)의 무덤이니 여랑의 아름다운 자색이 세상에 떨침으로 張麗華(장여화)라 일컫더니, 불행히 이십세에 죽으매 여기 묻어 주고 그 뒤에 사람들이 불쌍히 여겨 꽃과 버드나무를 무덤 앞에 심어 표하고 애석한 죽음을 위로케 한 것이니, 우리 두 사람도 또한 술 한 잔을 부어 꽃다운 넋을 위로함이 어떠하뇨.」

한림은 본디 다정한 사람이라, 이에 이르되,
「형의 말이 극히 옳다!」
하고, 정생으로 더불어 무덤 앞에 이르러 술을 들어 붓고
각기 글을 지어 외로운 넋을 조상하니, 한림의 글에 하
였으되,

절색이 일찌기 나라를 기울이더니
꽃다운 혼이 이미 하늘에 올라갔도다.
산새들은 관현악을 타는 듯 지저귀고
들꽃은 기라인 양 아름다와라.
고총엔 봄 풀만 쓸쓸하고
빈 다락엔 저녁 연기 끼었어라.
지난날 진천의 명성은
오늘날 뉘집에 붙였는고.

美色曾傾國　芳魂已上天　管絃山鳥學　綺羅野花傳
古墓空春草　虛樓自暮烟　秦川舊聲價　今日屬誰邊

정생의 글에 하였으되,

묻노니 옛적 번화한 곳
뉘집의 얌전한 낭자런고.
蘇小*의 집이 황량하고
薛濤*의 별장이 적막하더라.
풀은 깁치마 빛을 띠었고
꽃은 검은 복사마귀의 향기를 지녔더라.
꽃다운 넋을 불러 일으키지 못하는데

---

*소소 : 제 전당(齊錢塘)의 명기(名妓). 기녀(妓女)의 범칭(凡稱)으로 쓰
　　이는 말.
*설도 : 당(唐)의 명기, 음률과 시사에 능함.

저녁 까마귀만 날고 있도다.

問昔繁華地 誰家窈窕娘 荒凉蘇小宅 寂寞薛濤莊

草帶羅裙色 花留寶靨香 芳魂招不得 惟有暮鴉翔

두 사람이 朗吟(낭음)하더니, 정생이 무덤 둘레를 배회하다가 莎草(사초)가 떨어진 틈에서 흰 비단 헝겊에 쓴 글을 들어 읊으며 이르되,

「어떤 多事(다사)한 사람이 이 글을 지어 장여랑 무덤에 넣었을꼬.」

하거늘, 한림이 받아 본즉, 일전에 자기 한삼에 찢어 글을 써서 선녀에게 주었던 것이라 가슴이 내려앉도록 놀라, 「지난번에 만났던 미인이 바로 장여랑의 신령이라」 하고 汗出沾背(한출첨배)* 놀란 가슴을 진정치 못하더니, 이윽고 깨닫되,

「신선도 하늘이 정한 연분이요 귀신도 하늘이 정한 연분이니, 선관과 귀신을 구태여 분별할 필요는 없다.」

하고, 정생이 마침 일어나 돌아선 틈을 타서 다시 한잔 술을 따라 무덤에 붓고 마음 속으로 축원하되,

「幽明(유명)은 비록 다르나 情義(정의)에는 간격이 없으니 오직 바라건대 꽃다운 혼령은 이 작은 정성을 굽어살피고 오늘 밤에 거듭 옛인연을 이을지어다.」

양생은 축원을 마치자 정생과 더불어 돌아와 홀로 화원 별당에서 베개를 의지하고 미인을 생각하는 마음이 간절하여 잠을 이루지 못하니, 이때 月色(월색)은 발에 비치고 나무 그림자는 창에 가득하고 사방이 고요한데 사람의 소리가 은은히 들리며 발자취가 완연하기에 한림이 문

---

* 한출첨배 : 《십팔사략(十八史略)》에 나오는 글귀로서 식은땀이 등골에 흐른다는 뜻.

을 열고 본즉 자각봉에서 만났던 선녀더라.

마음에 놀랍고도 또한 기꺼운지라, 문지방을 뛰쳐나가 여인의 가냘픈 손을 이끌고 방으로 들어오려 하니 미인이 사양하되,

「첩의 근본은 낭군이 알고 계시오니 아마도 꺼림칙한 마음이 없지 않으오리다. 첩이 처음으로 낭군을 만났을 적에 바로 말씀드리고자 하였으나 혹시 낭군이 놀라실까 두려워 신선이라 거짓 일컫고 하룻밤 고임을 입사와 영광이 극진하고 정의가 이미 깊어서 끊어진 혼이 두 번 잇고 썩은 살이 되살아나는 듯하옵더니, 오늘 다시 첩의 무덤을 찾아 술 부어 제사지내시고 글을 읊어 조상하여 임자 없는 고혼을 위로하여 주시니, 첩은 감격한 마음을 이기지 못하옵고 厚恩大德을 사례하고 작은 정성이나마 몸소 말씀드리고자 잠시 들린 것이오니, 어찌 감히 썩은 몸으로 다시 군자의 몸에 가까이할 수 있겠나이까.」

한림이 다시 그 소매를 당기며 이르되,

「세상에 귀신을 미워하는 자는 우매하고 겁많은 사람이라. 사람이 죽으면 귀신이 되고 귀신이 변하면 사람이 되나니, 사람으로서 귀신을 두려워하는 자는 못 생긴 사람이요, 귀신으로서 사람을 피하는 자는 신령치 못한 귀신이라. 그 근본인즉 하나이니 어찌 幽明을 판단하리오. 내 소원인즉 이와 같고 내 정이 또한 이러하니 낭자는 어찌 나를 배반할 수 있으리오.」

미인이 말하기를,

「첩이 어찌 낭군의 온정을 저바리리오. 첩의 눈썹이 검고 두 뺨이 붉은 것을 보시고 사랑하시나 이는 다 헛

것이요 참된 모습은 아니오니, 이는 모두 요사한 꾀로
교묘하게 꾸며서 산 사람으로 하여금 상접케 하려 함
이나이다. 만일 낭군이 첩의 참모습을 보고자 하실진
댄, 곧 두어 조각 백골에 푸른 이끼가 서로 얽혀 있을
따름이오니, 이같이 추하고 더러운 물건을 귀하신 몸
에다 가까이하려 하나이까.」

「부처 말씀에「사람의 몸은 물거품과 바람결의 꽃이 거
짓으로 이뤄진 것이라」하였으니 뉘 능히 참인 줄을 알
며 또 거짓인 줄을 알리오.」

이끌고 들어가 자리에 누워 그 밤을 편히 지내니 오가
는 정이 전보다 몇 갑절이나 더한지라, 한림이 미인더러
일러 두기를,

「이제부터 밤마다 만나서 齟齬*하게 말지어다.」

미인이 대답하되,

「사람과 귀신이 길이 비록 다르나 깊은 정에 이르는 바
에는 서로 자연히 감응되나니, 낭군이 첩만을 생각하
심이 실로 지성에서 우러나는 것이온즉, 첩이 의탁하
려는 마음이 어찌 간절치 아니하리이까.」

이윽고 새벽 종소리에 여인이 일어나 꽃나무 사이로 사
라지더라.

한림이 난간에 의지하며 보낼새, 밤으로써 期約하나 미
인이 대답치 아니하고 총총히 가더라.

---

*서어 : 서먹서먹하게. 의견이 맞지 않음을 뜻하는 부사.

가 춘 운 위 선 위 귀
賈春雲爲仙爲鬼
적 경 홍 사 음 사 양
狄驚鴻乍陰乍陽

한림이 선녀를 만난 후로는 붕우심방도 아니하고 손님도 맞는 일이 없이 고요히 화원에 처하여 밤이면 선녀가 오기를 기다리고 날이 밝으면 다시 밤을 기다려서 스스로 감격하여 마지 아니하되, 미인이 즐겨 자주 오지 아니하니 한림의 기다림이 점점 간절하더라.

하루는 두 사람이 화원 협문을 거쳐 들어오는데 앞에 선 이는 정 십랑이요, 뒤에 따르는 이는 처음 보는 사람이더라.

정생이 뒤에 따르는 사람을 불러 한림에게 뵈며 이르되,

「이 선생은 太極宮의 杜眞人인데 상 보는 법과 점치는 술법이 李淳風*이나 袁天剛* 같은고로, 이제 양형의 상을 보고자 하여 맞아왔소.」

한림이 두진인을 두 손 잡아 맞아들이며 이르기를,

「높으신 聲華*를 이미 듣잡고 이제 또 뵈오니 천만 뜻밖이로소이다. 선생이 필시 정형의 상을 보았을 터인데 어떠하더뇨.」

정생이 대답하되,

---

*이순풍 : 중국 당대(中國唐代)에 있었던 신선(神仙)의 도술(道術)을 연구한 사람.
*원천강 : 중국 당나라 때에 있었던 점장이의 이름.
*성화 : 성예(聲譽)가 빛남.

「이 선생이 내 상을 보고「삼년 안에 과거하고 또 장
차 八州刺使*가 되리라」하니, 나에게는 넉넉히 맞을
것이니 형도 시험삼아 물어 보오.」

한림이 이르되,

「어진 사람은 곧 福을 묻지 아니하고 다만 재앙을 물
을 따름이니, 오직 선생은 바른대로 말해 보라.」

두진인 한동안 자세히 본 뒤에 이르되,

「양한림의 두 눈썹이 다른 사람과는 다르고 봉의 눈이
살쩍*을 향했으니 벅벅이* 벼슬이 三政丞에 이를 것이
요, 얼굴빛이 분을 바른 듯하고 둥근 구슬 같으니 이
름이 장차 천하에 날 것이요, 龍行虎步*하니 손에 병
권을 잡아 위엄이 떨치고 公侯를 만리 밖에 봉할 것
이니 百無一欠*이나, 한갓 오늘 이 마당에 橫厄*이 있
으니 만일 나를 만나지 못하셨더면 위태할 뻔했소이다.」

한림 가로되,

「사람의 吉凶 禍福이 다 저에게로 좇아 구하지 아니
하면 모두 생기지 아니하나, 오직 병이라 하는 것만은
사람이 피하기 어려우니 나에게 중병 들린 징조가 있
느뇨.」

두진인이 대답하되,

「이는 심상한 재액이 아니로다! 푸른빛이 天庭*을 꿰

---

*팔주자사 : 자사는 관명(官名).
*살쩍 : 뺨의 귀 앞에 난 머리털을 가리키는 말임. 「빈모(鬢毛)」, 「협발(頰
    髮)」, 「귀밑 털」이라고도 함.
*벅벅이 : 응당.
*용행호보 :《남사(南史)》에 「용행호보 시첨불범(龍行虎步 視瞻不凡)」이라
    는 글귀가 있음.
*백무일흠 : 무슨 일이든 실패함이 없다는 뜻.
*횡액 : 횡래지액(橫來之厄)의 준말로서 뜻밖에, 갑작스레 닥쳐오는 재액을
    뜻하는 말.
*천정 : 양미간(兩眉間)이나 또는 이마를 일컬을 때 상서(相書)에서 쓰는
    말.

뚫었고 간사한 기운이 명당을 침노하였으니, 한림 댁에 혹시 내력이 분명치 못한 남종 여종이 있느냐.」

한림이 마음에 벌써 장여랑의 빌미인 줄 깨달았으나 정이 앞을 가리어 少不動念하고 답하되,

「여종 일은 도시 없노라.」

두진인이 다시 묻되,

「그러하면 혹시 옛 무덤을 지나다가 마음이 흔들려 섬뜩하였거나 혹 귀신과 함께 꿈 속에서 논 일이 있느냐.」

한림이 대답하되,

「그런 일도 역시 없노라.」

정생이 이르되,

「두선생의 말씀이 一毫 틀림이 없으니 양형은 자세히 생각하여 보도록 하오.」

한림이 부답이어늘, 두진인이 이르되,

「사람은 陽氣요 귀신은 陰氣인고로, 주야의 서로 바뀜과 人神의 서로 다름이 물과 불이 서로 받아들이지 못함과 같거늘, 이제 상공의 얼굴을 보매 귀신에게 홀림이 이미 몸에 어리었기로 수일 후면 병이 골수에 박혀 목숨을 구하지 못할까 두려워하노니, 그때에 이르러 상보는 자가 말하지 않았다고 원망치 말라.」

한림이 내심에 「두선생의 말이 신기하나 장여랑이 나와 더불어 길이 즐겁도록 지낼 것을 굳게 맹세하고 서로 사랑하는 정이 날로 더하니 어찌 그가 나를 해칠 것이랴」 이에 내쳐 두선생에게 이르되,

「사람의 장수와 단명은 날 때부터 정한 바이어늘, 내 실로 將相과 富貴할 상이 보일진댄, 요사한 귀신이 어찌 감히 나를 범하리오.」

두진인이 대답하되,

「死生이 다 상공에게 있고 내게 관계없다.」

하고, 소매를 떨치고 가거늘 한림도 또한 만류치 아니하더라.

정생이 위로하되,

「양형은 본래 길한 사람이라 神明이 필연 도우시리니 어찌 귀신을 두려워하리오. 術客들이 이따금 허탄한 말로 사람을 놀라게 하니 가증한 노릇이렷다.」

이에 술상이 나와 종일 대취한 후 각기 헤어지니라.

한림이 이날 밤에 술이 깨어 향을 피우고 고요히 앉아서 여랑이 오기를 기다리나 끝내 종적이 없기에 한림이 책상을 치고 이르되,

「밝은 샛별 빛나거늘 아직도 미인이 오지 않는구나.」

하고 촛불을 끄고 자려 하더니, 갑자기 창 밖에서 여랑이 울고 이르되,

「낭군이 요사한 道士의 符作*을 머리 위에 감추어 두었기에 첩이 감히 가까이 가지 못하나이다. 첩이 비록 낭군의 뜻이 아님을 아오나 이 역시 인연이 끝났으므로 요사한 것들이 날뛰는 바이오니 엎디어 바라옵건대 낭군은 몸을 돌보소서. 첩은 이제부터 영 이별을 하나이다.」

한림이 대경하여 문을 열고 본즉 벌써 간 데 없고 단지 한 조각 글발만이 돌 위에 놓였거늘, 곧 떼어 보니 여랑이 지은 글이라, 하였으되,

　　지난날 아름다운 기약을 찾아 채색 구름을 밟았고

＊부작 : 붉은 글씨로 쓴 나뭇조각이나 종이를 이르는 말. 부적(符籍)의 변화한 말.

다시 맑은 술잔으로 묵은 무덤에 부었더라.

도타운 정성 드리지 못하고 정이 먼저 끊어졌으니

낭군을 원망치 아니하고 정군을 원망하노라.

　　昔訪佳期躡彩雲　更將淸酌酹荒墳

　　深誠未效恩先絶　不怨郎君怨鄭君

한림이 한번 읊고 서러워하며 또 괴이히 여겨 손으로
머리를 어루만져 보니 무엇인가 상투에 꽂혀 있거늘, 내
어 보니 곧 귀신을 쫓는 부작이라. 憤然大叱하되,

「요괴한 사람이 나의 일을 그르쳤도다!」

드디어 그 부작을 찢고 다시 여랑의 글을 잡고 읊어 보
다가 크게 깨달아 이르되,

「여랑이 정생을 원망함이 깊으니 이는 정십삼랑의　장
　난이로다! 기실은 악한 일이 아니다. 좋은 일을 짓궂
　게 훼방침이 杜眞人*의 요술이 아니요 정생이 한 짓이
　니, 내 반드시 욕을 뵈리라!」

하고, 여랑의 글을 次韻하여 글 한 수를 지어 주머니 속
에 감추고 탄식하되,

「글은 비록 되었으나 누구를 가히 주리오.」

그 글에 하였으되,

　바람을 솔솔 몰아 하늘에 올라갔거늘

　꽃다운 넋이 외론 무덤에 붙였다고 하지 마라.

　동산 안엔 백 가지 꽃이 달 아래 피었으니

　내가 어디선들 그대를 생각지 않으리오.

　　冷然風馭上神雲　莫道芳魂寄孤墳

　　園裡百花花底月　故人何處不思君

───────────────
＊두진인 : 두처사(杜處士).

詞氣 간절하고 비창하더라.

익일에 정생의 집에 가 그를 찾으니 없는지라, 연삼일 찾으되 출입하여 한번도 만나지 못하니라. 또한 여랑의 그림자도 묘연한지라, 자각정에 가서 찾고자 한들 신령과 접촉하기 어려우니 속수무책이라. 자나 깨나 잊지를 못하고 食飲이 점점 줄어들므로 정사도 내외가 주효를 갖추어 한림을 맞아 한담을 나누며 술을 마실새, 사도 이르되,

「양군이 근래 어찌하여 神觀이 파리하뇨.」

한림이 대답하되,

「십삼랑 군과 더불어 연일 과도히 마셨더니, 아마도 그로 말미암음인가 하나이다.」

정생이 홀연히 온지라, 양한림이 흘겨보고 말을 아니거늘, 정생이 먼저 묻되,

「형이 근래에 벼슬살이에 골몰하여 심사가 불편한가, 혹은 고향 생각이 간절하여 병이 난 것인가, 어찌하여 그토록 용모가 파리하고 정신이 蕭索*하오.」

마지 못하여 한림이 대답하되,

「浮萍草 같은 사람이 어찌 그렇지 아니하리오.」

사도 이르되,

「우리집 비복들이 말하기를「양군이 어떠한 여인과 더불어 화원에서 어울려 말하더라」하니, 이 말이 옳으뇨.」

한림이 대답하되,

「화원이 궁벽하여 혹 오가는 사람은 있으되 그런 일은 없사오니, 필경 말하는 자 망령되도소이다.」

---

*소삭 : 소조하고 삭막한 것.

정생이 이르되,

「도량이 넓은 형이 여자와 상종함을 수괴하는 태도를 하느뇨. 일전 형의 말이 거칠어 두진인을 물리쳤으나 형의 기색을 보니 짐작이 가는지라, 소제가 형을 위해 두진인의 귀신 쫓는 부작을 형의 머릿속에 감추어도 형이 대취하여 알지 못하기로 소제가 그 밤에 동산 수림 속에 숨어 엿본즉, 어떤 여귀가 형의 침방 밖에서 울며 하직하고 곧 사라졌으니 이로 미루어 보더라도 두진인의 말이 영검하고 소제의 정성이 극진하거늘, 사례치 아니하고 도리어 노여움을 품음은 어찌된 일이요.」

한림이 아무래도 감추기 어려운 줄을 알고 사도를 향하여 사죄하되,

「小婿의 일이 과연 해괴하오니 장인께 자세히 사뢰겠나이다.」

이에 전후 사실을 들어 낱낱이 아뢰고 또 여쭈오되,

「십삼랑 형이 나를 위하는 줄을 알겠으되, 그 여랑이 귀신이라고 하나 기질이 씩씩하고 마음이 바르고 넓어서 요사스럽지 아니하니 결코 사람에게 해를 끼치지 않을 것이요, 소서가 비록 잔망하고 용렬하오나 그렇다고 귀신에게 홀릴 바 아니옵거늘, 정형이 부작으로써 여랑의 출입을 끊으니 마음에 걸리는 바 없지 않나이다.」

사도가 박장대소하여 이르되,

「양랑의 운치와 풍채가 옛날의 宋玉과 흡사하니 神女 부르는 법이 없겠느뇨! 내 양생을 희롱하는 말이 아니라, 내가 소시에 우연히 異人을 만나 귀신 부르는 법

을 배웠으니, 이제 사위를 위하여 장여랑의 혼령을 불러들여 당장 사죄케 하여 사위의 마음을 위로하려니와 그대의 생각을 모를 일이니 의향이 어떠하뇨.」

한림이 대답하되,

「少翁*이 비록 李夫人의 혼을 불렀으나 그 법이 전해 오지 못한 지 이미 오래오니, 소서는 그 말씀을 믿지 못하겠나이다.」

정생이 이르되,

「장여랑의 혼을 양형은 한 마디의 수고도 허비하지 아니하고 불렀으매, 소제는 이를 또한 조각 부작으로 쫓아냈으니 이로 미루어 보면 귀신을 어지간히 부릴 수 있을 터이니 형은 무슨 의심을 두느뇨.」

사도 또한 이르되,

「믿지 못하거든 이를 보라.」

하고, 드디어 부채를 들어 병풍을 치며 부르되,

「장여랑이 어디 있느뇨.」

일위 여자 홀연히 병풍 뒤로 좇아나와 웃음을 머금고 음전한 모습으로 부인 뒤로 천연히 서기에 한림이 눈을 들어 보니 분명한 장여랑인지라, 심신이 황홀하여 사도와 정십삼랑을 물끄러미 바라보며 묻되,

「이 진실로 사람이뇨, 귀신이뇨. 그렇지 아니하면 꿈이뇨, 생이뇨.」

사도와 부인은 미미히 웃고 정생은 요절을 하며 웃다가 제대로 일어나지를 못하였으며, 좌우의 시비들도 허리를 펴지 못하는지라, 사도 이르되,

「내 이제야 사위를 위하여 그 경위를 바로 말하리라.

───────────────
*소옹 : 한(漢) 방사(方士)의 이름.

이 아이는 신선도 아니요 귀신도 아니요, 바로 내 집
에서 이르는 바 春雲이니, 근래에 양한림이 화원 별당
에 홀로 있으므로 심히 적막하겠기에 내 이 아이를 사
위에게 보내어 객지의 무료함을 위로케 하였더니, 젊
은 것들이 중간에서 속임수로 희롱하여 괴롭혔으니 어
찌 우습지 아니하리오.」

정생이 바야흐로 웃음을 그치고 이르되,

「미인을 두 번 만난 것이 다 소제의 중매한 힘이거늘,
그 은혜는 감사치 아니하고 도리어 원수같이 여기니,
형은 아마도 背恩忘德한 사람이구려.」

또 정생이 呵呵大笑하니 한림도 따라 웃으며 이르되,

「장인이 보내시는 것을 중간에서 정형이 조롱했거늘 무
슨 은덕을 베풀었다 하리오.」

정생이 대답하되,

「조롱한 책망은 소제가 달갑게 들으려니와 그 계책을
꾸며 지시한 사람이 따로 있으니, 이 어찌 소제의 죄라
하리오.」

한림이 정생을 돌아보며 이르되,

「정형이 꾸미지 않았으면 뉘 능히 이런 장난을 하였으
리오.」

이에 정생이 대답하되,

「성인의 말씀에 「너에게서 나간 자 네게로 돌아온다」
하셨으니, 형은 다시 생각할지어다. 남자가 여자로 변
하였거든 하물며 속인이 신선도 되고 신선이 귀신
도 됨이 어찌 그다지도 괴이타 하리오.」

한림이 크게 깨닫고 웃으며 사도를 향하여 여쭈오되,

「옳도소이다! 일찌기 소저에게 작죄한 일이 있삽더니

소저 필시 원망을 잊지 아니함이로소이다.」

사도와 부인이 웃고 대답치는 아니하더라. 한림이 춘운을 돌아보며 이르되,

「춘랑아, 네 실로 영민하고 영리하도다! 그러나 사람을 섬기고자 하면서 먼저 그 사람을 속임이 부녀자의 도리에 어떠하뇨.」

춘운이 꿇어앉아 대답하되,

「첩은 다만 장군의 영만 들었을 뿐 천자의 詔書(조서)를 듣지 아니하나이다.」

한림이 탄복하되,

「옛적에 襄王(양왕)은 巫山(무산)의 선녀를 만났을 때, 아침에 구름이 되고 저녁에 비가 됨을 분별치 못했다 하더니, 이제 나는 춘랑이 신선도 되고 귀신도 됨을 분별 못 하였은즉, 참사람이 어찌 구름과 비로 더불어 의논하리오. 생각컨대, 천변만화의 술법이 이로 말미암아 얻어지리라. 내 들으니 강한 장수에 약한 군사 없다 하더니, 그의 裨將(비장)*이 이와 같으니 그 대장은 친히 보지 아니하여도 족히 지략이 많은 줄 알리로다.」

좌중이 다 웃고 다시 주효를 내와 종일토록 대취할새, 춘운이 또한 새 사람으로 말석에 참여하였다가 밤이 이슥하여 촛불을 잡고 한림을 모셔 화원에 이르니, 한림이 취흥을 이기지 못하여 춘운의 손을 잡고 희롱하되,

「네 참선녀냐, 귀녀이냐. 내 선녀도 사랑하고 귀신도 사랑하였거든 하물며 참 미인이리오. 그러나 너로 하여금 신선도 되게 하고 귀신도 되게 할진대, 장차 월궁

---

*비장 : 감사(監司), 유수(留守), 병사(兵使), 수사(水使), 견외 사신(遣外使臣)들에게 따라다니는 관원 중의 하나. 막료(幕僚), 막객(幕客), 막비(幕裨), 막빈(幕賓), 막중(幕中), 좌막(左幕).

姮娥*가 될꼬, 남악에 眞人*이 될꼬.」

춘운이 교태를 머금고 대답하되,

「천첩은 외람한 일을 행하여 기망한 죄가 많사오니 엎드려 상공의 용서를 비나이다.」

한림이 이르되,

「네 변화하여 귀신이 될 때도 내 꺼리지 않았거든 이제 무엇을 허물로 삼으리오.」

춘운이 일어나 사례하더라.

先是에 양소유 과거한 후 정사도집 사위가 되기로 작정할 때에 그 해 가을에 고향으로 내려가 모친을 서울에 모시고 올라와 성례하기로 하고, 또 翰院에 들어가 벼슬에 매어 아직 覲親*을 못 하였다가 方將* 受由*하고 시골로 내려가려 할새 때마침 나라에 일이 많았으니 吐蕃*은 자주 변방을 침노하고 하북 지방의 세 절도사는 혹은 燕王이니 혹은 趙王이니 혹은 魏王이니 자칭하고 강한 이웃과 연락하여 군사를 일으켜 장난하므로 천자께서 근심하시고 장차 군사를 내어 치려고 할새, 문무 諸臣을 모으시고 下詢하시는데 의논이 분분하여 같지 않기에 한림학사 양소유가 出班奏*하되,

「옛적 漢武帝 南越王을 불러 曉諭*하던 일과 같이 급히 조서를 내리시와 화와 복으로써 효유하옵시고, 마침내 귀순치 아니하거든 군사를 내어 치는 것이 만전의 책일

---

* 항아 : 옛 선녀의 이름.
* 진인 : 도교의 진의(眞義)를 닦는 사람.
* 근친 : 친정 어버이를 뵈옴. 승려가 속가(俗家)에 있는 어버이를 찾아뵘.
* 방장 : 바야흐로.
* 수유 : 말미(휴가)를 받음.
* 토번 : 당송시대(唐宋時代)에 서장족(西藏族)을 일컫던 이름.
* 출반주 : 열별(列別)에 나와 임금께 아뢰는 일.
* 효유 : 알아듣게 타이름.

듯하도소이다.」

천자 그 말을 좇아 소유로 하여금 어전에서 조서를 초
해 내도록 하시니, 소유가 엎드려 명을 받잡고 즉시 지
어 올린즉 천자가 크게 기꺼워하며 하교하시되,

「鄭重嚴截한 은덕과 위엄을 두루 말하여 효유하는 뜻이

니, 미친 도적이 스스로 감동하리라.」

하시고, 三鎭 절도사에게 곧 조서를 내리시니 조나라와
위나라는 임금의 칭호를 버리고 조정의 명을 받들어 글
을 올려 죄를 청할새, 사신을 보내어 말 일만 필과 비
단 일만 필을 공물로 바쳤으되 오직 연왕만은 땅이 멀
고 군사가 강함을 믿고 귀순치 않는지라. 천자께서 「양
진의 절도사가 항복함은 오로지 양소유의 공이라」하시며
이에 조서를 내려 포상하시되,

「河北 세 절도사 각각 한 모퉁이씩 웅거하여 강함을 믿

고 이웃과 손을 잡은 지 거의 백년이라, 덕종 황제께

옵서 십만 대군을 발하사 장수로 하여금 치시되 마침

내 능히 그 강함을 꺾지 못하고 그 마음을 항복받지 못

하였거늘, 이제 양소유의 한 장 글로써 두 鎭을 항복

받으니 군사 한 명도 수고치 아니하고 또한 한 사람

도 죽이지 아니하고 人君의 위엄을 널리 만리 밖에 떨

친지라, 짐이 심히 가상히 여겨 비단 삼백 필과 말 오

천 필을 주어 포상하는 뜻을 보이노라.」

하시고, 인하여 벼슬을 돋구고자 하신대, 소유가 어전에
나아가 머리를 조아리고 받지 아니하며 복주하되,

「조서를 대신 초하는 것은 신자 된 자의 직분이옵고,

두 진이 귀순함은 성상의 위엄이오니 신이 무슨 공으

로써 이 중한 포상을 받사오며 하물며 한 진이 아직도

항거하여 변방을 요란케 하옵거늘, 신은 칼을 들고 창을 잡아 나라의 수치를 능히 다 씻지 못함을 한탄하오니, 陞擢하시는 명을 어찌 따르오리까. 신자의 충성을 다함은 직품이 높아지는 데 간격이 없삽고, 싸움에 이기고 패함은 군사의 多寡에 있지 아니하오니, 신은 바라옵건대 한 무리의 군사를 얻어 조정의 위엄을 의지하여 나아가 연나라의 도적으로 더불어 죽기로써 결단하고 힘써 싸워 天恩의 만분의 일이라도 갚고자 하나이다.」

천자 그 뜻을 장하게 여기시어 대신들에 하문하시니, 모두 엎드려 복주하되,

「세 진이 鼎足之勢*이더니 이제 두 진이 이미 항복하였으므로 조그마한 역적의 형세는 곧 솥에 든 고기의 형세요 구멍에 든 개미와 같사오니, 군사로써 나아가오면 반드시 마른 것을 꺾고 썩은 것을 꺾는 것 같사오며, 또 천자의 군사는 먼저 꾀를 쓰고 뒤에 치나니 엎드려 바라옵건대 양소유를 보내어 利害로써 효유하다가 끝내 항복치 아니하거든 곧 이어 군사를 냄이 좋을까 하나이다.」

천자 옳게 여기사 양소유에게 節鉞*을 내리시며,

「연나라에 가서 효유하라.」

하시니, 소유는 명을 받잡고 절월을 가지고 떠날새 정사도에게 하직하니 사도 이르되,

「변방은 인심이 강악하여 朝令을 거역함이 한두 번이 아니거늘, 양한림이 한낱 선비의 몸으로 위험한 땅에

---

* 정족지세 : 솥발처럼 셋이 맞서 대립한 형세.
* 절월 : 절과 부월. 절은 수기(手旗)와 같고, 부월은 도끼같이 만든 것으로 생살여탈(生殺與奪)의 권한을 상징.

들어가니 不虞之變*이 생기면 이 늙은 것의 불행만이 아니라 한 나라의 수치가 될 것인즉, 내 몸 늙어 조정 공론에 참여치 못했으나 마땅히 한 장 글을 올려 諫爭코자 하노라.」

한림이 만류하되,

「장인은 過念치 마옵소서. 변방 백성이 조정의 안정치 못함을 틈타서 잠시 소란한 일일 것이니, 천자께서 神武*하시고 조정이 청명하여 조나라와 위나라의 두 강한 나라가 이미 귀순하였사오니 작은 연나라쯤을 어찌 근심하리오.」

사도 다시 이르되,

「인군의 명이 이미 나리시고 자네의 뜻이 또한 이미 정해졌으니 이 늙은 것이 다시 할말이 없겠거니와 오직 바라건대, 모든 일에 조심하여 몸을 保重하고, 군명을 욕되지 말게 하라.」

부인이 눈물을 흘려 작별하되,

「현명한 선비를 얻은 후로 늙은 마음을 위로하더니, 양공이 이제 먼 길을 떠나니 내 가슴 속이 어떠하리오. 다만 바라는 것은 먼 길을 빨리 往返하라.」

양한림이 물러가 화원 별당에 이르러 治行하여 곧 發行할새 춘운이 옷을 잡고 여쭈오되,

「상공이 한원에 입직하실새 첩이 일찍 일어나 침구를 싸고 조복을 받들어 입혀드리면 상공께서는 곁눈으로 첩을 보시고 항상 안타까이 여기사 떠나기를 싫어하심이 많사옵는데, 이제 만리 길의 이별을 당하여 무

---

*불우지변 : 뜻하지 않은 변(變). 《좌전(左傳)》에 「신수기일 이비기불우(愼守其一 而備其不虞)」.
*신무 : 무용(武勇)에 뛰어남.

어라 한 마디 쓰라린 말씀이 없나이까.」

한림이 크게 웃고 이르되,

「대장부, 나라 일을 당하여 중임을 받았으니, 생사를
또한 돌아보지 못하겠거늘 구구한 사정을 어찌 마음대
로 의논하랴. 춘랑이 부질없이 슬퍼하여 꽃 같은 얼
굴을 상치 말고 삼가 소저를 받들어 얼마 동안 잘 있
으면 내 성공한 후 허리에 金印을 차고 호기 있게 돌
아올 터이니 기다리도록 하라.」

하고, 곧 문에 나아가 수레를 타고 洛陽에 이르니, 옛날
에 지나던 자취가 아직도 변치 아니하였더라.

당시에 십육세의 한낱 서생의 몸으로 작은 나귀를 타
고 형색이 심히 초라하였는데, 수년이 가지 않아 節鉞을
세우고 駟馬를 타고 이르니 낙양의 縣令이 분주히 길을
닦고 河南府尹은 공손히 길을 인도하니, 광채가 온 길에
비치고 여염 백성들이 다투어 구경하고 오가는 행인들은
우러러보며 부러워하니 이 어찌 장관이 아니리오.

한림이 먼저 동자를 시켜 계섬월의 소식을 알아 오도
록 하기에 동자가 섬월의 집을 찾으니 대문은 겹겹이 잠
기고 청루도 열지 않은 채요 오직 앵두꽃만이 피어 있을
뿐이거늘, 이웃 사람에게 물어보니 그 대답이,

「섬월이 상년 봄에 원방의 상공으로 더불어 하룻밤 인
연을 맺은 후로는 병이라 핑계하고 오는 손을 사절
하며 관가 잔치에도 들어가지 아니하더니, 얼마 안 가
서 미친 체하며 패물붙이를 다 떼버리고 도사의 의복
으로 바꿔 입고는 사방으로 두루 다니면서 山水를 구
경하는데 아직 돌아오지 아니하였으니, 지금 어느 산
에 있는지 알지 못하노라.」

동자 이 연유를 돌아와 고하니 한림이 하염없이 실망하며 섬월의 집을 지나칠새, 옛자취와 옛정을 그리며 눈물을 머금고 객사에 돌아와도 밤에 잠을 이루지 못하더니, 부윤이 기생 수십 명을 보내어 즐거이 해주려는데 모두가 일등 명기라, 붉은 단장과 화려한 의복으로 고운 것을 다투고 아리따움을 자랑하며 한번 눈여겨 보기를 바라되, 한림은 아무런 흥취가 일지 않아 사람도 가까이 함이 없이 이튿날 아침 떠남에 앞서 글을 지어 벽상에 쓰니, 하였으되,

비 내린 천진 땅 버들빛 새로와라
풍광이 지난날의 봄과 흡사하구나.
가련하도다 玉節이 돌아오는 곳
목로에 술 권하는 이 보지 못할러라.
　　雨過天津柳色新　風光宛似去年春
　　可憐玉節歸來地　不見當壚勸酒人

붓을 던지고 수레에 올라 앞길을 나아가니, 모든 기생들이 멀리 가는 거동을 보고 다만 부끄러울 뿐이라, 다투어 그 글을 베껴 부윤께 바치니, 부윤이 기녀들을 꾸짖되,
「너희들이 만일 양한림의 한번 눈여겨 봄을 입었던들 이름이 틀림없이 백 배나 더할 것을 한림의 눈에 들지 못하니 낙양 땅이 무색하도다.」
어시에 한림의 유의하는 사람의 이름을 알아서 사면에 방을 붙여 섬월의 거처를 찾아 내고 한림의 돌아오는 날을 기다리더라.

양한림이 연나라에 이르니, 絶遠한 변방 사람들이 일
찌기 皇城의 위엄 있는 거동을 보지 못하였다가 한림의
몸차림을 보니 땅 위의 기린 같고 구름 속의 봉황 같은
지라, 다투어 수레를 둘러싸고 길을 막으며 한번 보기
를 원치 않는 자가 없더라.

한림이 연왕으로 더불어 서로 만나 보려 할새 한림의
위엄은 빠른 우뢰 같고 은혜는 봄비 같아서 변방 백성
들이 모두 춤추고 노래하며 입 모아 칭찬하고 이르되,
「聖天子 장차 우리를 살리시리로다.」

한림이 연왕과 서로 만날새, 천자의 위엄과 덕을 자주
일컬으면서 順逆과 向背의 도리를 역설하니, 도도함이
바닷물 일듯 하고 늠름함이 추상 같아서 감복 아니치 못
하더라.

연왕이 황연히 놀라며 깨닫고 땅에 꿇어앉아 사죄하되,
「변방이 멀고 궁벽하여 王化가 미치지 못하는고로 방
자히 조정의 명을 거역하고 밝은 곳을 향하여 귀순할
줄을 알지 못하였는데, 이제 明敎를 듣사오니 전죄를
스스로 깨닫겠소이다. 이제부터는 어리석은 계획을 길
이 정지하고 臣者의 직분을 부지런히 힘써 지키오리니,
바라옵건대 天使는 돌아가 조정에 아뢰어 속국으로 하
여금 위태로움으로 인하여 편안함을 얻게 하고 화가 변
하여 복이 되게 하소서.」
인하여 辟鏤宮에 잔치를 진설하여 전송하고 황금 백 근
과 준마 열 필을 선물로 주거늘, 한림이 일단 이를 물리
치고 연 땅을 떠나서 돌아올새, 길을 행한 지 십여 일 만
에 邯鄲 땅에 이르니, 미소년이 말을 타고 앞길에 있다
가 辟除 소리를 듣고 말에서 내려 길가에 섰기에 양한림

이 바라보고 이르되,

「저 서생이 탄 말이 八駿馬*로다!」

하더니, 점차 가까이 보매 소년이 피어나는 꽃과도 같고 솟아오르는 달과도 같아서 아름다운 태도와 훤한 광채가 사람의 눈을 쏘아 가히 바라보지 못하겠더라.

양한림이 이르되,

「일찌기 경향 각지의 소년들을 많이 보았으되 저 같은 소년은 금시초견이라.」

하고 騶從에게 이르되,

「네 가서 저 소년을 불러오라.」

하고는 잠시 객사에서 쉴새, 소년이 이미 다다랐기에 한림이 사람을 시켜서 맞아들이매 소년이 들어와 엎드리니, 한림이 사랑하여 이르되,

「내 길에서 그대의 풍채를 사랑하여 일부러 사람을 보내어 청했으나, 혹시 돌아보지 않을까 염려하였는데, 이제 왕림하여 합석하게 되니 다행함을 이루 말로는 다할 수 없소. 그대의 성명을 듣기 원하노라.」

소년이 대답하되,

「소년은 북방 사람 狄百鸞이오며, 궁벽한 시골에서 성장한 탓으로 훌륭한 스승과 현명한 벗을 만나지 못하여 학업이 매우 얕아 글이나 칼을 깨우치지는 못하였으되, 그래도 한 조각 정성된 마음은 知己知友를 위해 죽고자 하옵니다. 이제 상공께서 하북 땅을 지나실새, 위엄과 은덕이 아울러 떨치어 사람들이 모두 감동하오니 우러러 사모하는 마음이 무궁하온지라, 소생의 賤陋함과 孱拙함을 생각지 아니하고 이 몸을 귀문에 의탁

---

*팔준마 : 역사상 유명한 여덟 필의 준마.

하여 鷄鳴狗盜의 천한 재주를 일깨워 보고자 하옵는데
상공께서 몸을 굽혀 선비를 기다리시는 성덕을 베푸시
니 황공무지로소이다.」
한림이 더욱 기뻐하여 이르기를,
「바로 옛말의 「同聲相應하고 同氣相通」이라. 이제 두
뜻이 서로 합하니 장히 쾌한 일이로다! 일후부터는 狄
生과 더불어 말고삐를 나란히 하여 행하면서 밥상을
같이하여 먹고 경치 좋은 곳을 지나면서 산수를 담론
하고 맑게 갠 밤을 만나면 풍월을 읊조리면서 먼 길의
괴로움을 잊어버리리라.」
하고 인하여 발행하여 낙양 땅에 이르러 천진교를 지날
새, 지난날 섬월을 만나던 생각이 눈에 선하여 酒樓를 바
라보며 구슬프게 스스로 이르되,
「桂娘이 만일 지난번에 내가 헛되이 지나간 줄을 알면
필연 여기 와서 기다릴 것이로다. 女冠이 되었다 하니
생각컨대 그 종적이 道館에 있지 아니하면 필연 尼院
에 있을지니 그 소식을 어찌 들으리오. 슬프다. 이런
길에 또 서로 보지 못하면 不知何歲月에 서로 모일꼬.」
하더니, 홀연 눈을 들어 멀리 바라본즉 한 미녀가 홀로
누각 위에 서서 주렴을 높이 걷어 올리고 車馬가 오는 것
을 유심히 보고 있으니, 이는 곧 桂蟾月이더라.

한림이 골똘히 생각하던 차에 구면을 보게 되니 그 아
름다움을 가히 잡을 듯한지라, 수레를 풍우같이 몰아 누
각 앞을 지날새, 두 사람이 서로 보고 반기는 정은 말로
써 이루 나타낼 수 없더라. 이윽고 객사에 이르니 섬월
이 먼저 지름길로 달려와 이미 객사 안에 들어가 옷깃을
여미고 반기니, 슬픔과 기쁜 마음이 아울러 서려 올라 눈

물이 말보다 앞서 흐르는지라, 이에 몸을 굽혀 하례하되,

「황명을 받자와 원로에 말을 驅馳하시되 氣體 安康하시오니, 사모하는 이내 마음에 족히 위로가 되겠나이다. 천첩의 일은 들어 아실 듯하니 다시 말씀드릴 것이 없사오며, 지난 봄에 상공의 소식을 듣사온즉, 조서를 받들고 이 길을 지나셨다 하거늘, 길이 멀어 전송을 못하옵고 눈물만 흘릴 뿐이었더니, 縣令이 상공을 위하여 몸소 이 몸을 찾아 객관 벽에 써 놓으신 글을 보이고 지나치게 공경하는 대접을 하며, 스스로 전일에 난처했던 일을 사죄하고 「성중으로 들어가 상공이 돌아오시기를 기다리라」 간청하옵기로 기꺼운 마음을 이기지 못하여 옛집에 돌아오매, 천첩도 스스로 이 몸이 소중한 줄을 깨닫삽고 홀로 천진루에 서서 상공의 행차를 기다리니, 성내에 가득한 士女와 오가는 행인들이 그 뉘 소첩의 귀히 됨을 부러워하지 않겠나이까. 천첩이 아직 모르거니와 상공이 榮貴하셨는데 살림을 맡으실 부인을 이미 맞이하셨나이까. 쾌히 말씀하소서.」

한림이 이르되,

「이미 정사도 집에 정혼하고 성례는 아직 아니하였으나 그 규수의 현숙함이 계랑의 말과 조금도 틀리지 아니하니, 좋은 중매의 은혜가 태산 같도다.」

하고, 다시 옛 정을 이으니 차마 즉시 떠나지 못하고 잇달아 수일을 머무를새, 계랑이 침방에 있는고로 오래 적생을 청치 아니하였는데 동자가 급히 와서 고하되,

「小僕이 보오매 적생은 좋지 못한 사람이더이다. 사람들이 많은 데서 계낭자와 더불어 희롱하더이다.」

한림이 이르되,

「적생이 그렇게 무례할 리가 있느냐. 더우기 계랑은
의심할 바 없으니 네 필시 잘못 본 듯하다.」
동자 怏怏히 물러나가더니, 이윽고 다시 와 고하되,
「상공이 소복의 말을 그릇되었다 하시니, 그들의 희학
질하는 것을 친히 보소서.」
하고, 서편 行廊을 가리켜 보이기에 한림이 나아가 바라
본즉, 두 사람이 낮은 담을 사이에 두고 서서 혹은 웃으
며 지껄이고 혹은 손목을 끌어당기며 희롱하는데, 이에
그들이 조용히 하는 말을 들어 볼까 하여 차차 가까이 가
니, 적생은 신 끄는 소리에 놀라 달아나고 섬월은 돌아
보고 자못 수상한 태도가 있는지라 한림이 의아히 묻되,
「이왕에 적생과 더불어 연분이 있더냐.」
섬월이 대답하되,
「첩은 적생과는 친분이 없삽고 다만 그의 누이와 정분
이 있는고로 그 안부를 묻는데, 본디 이 몸이 천한 터
이라 자연히 耳目에 젖어 남자를 피할 줄 모르고서
손을 잡고 희롱도 하고 입을 귀에 대고 가만히 말도 하
여 상공의 의심을 사게 하오니 罪死無惜*이로소이다.」
한림이 이르되,
「내 너를 의심하는 일이 없으니 너는 조금도 꺼리지 말
지어다.」
인하여 생각하되,
「적생은 아직도 소년이라, 내 눈에 띄었으니 꺼림이 없
지 못할 것이라. 내 마땅히 불러 위로하리라.」
하고 동자로 하여금 청하여 오라 하니 이미 간 곳이 없
는지라, 한림이 크게 후회하되,

─────────────

*죄사무석 : 당당 《온장전》에 「선불봉시 사조족석(先不逢時 死鳥足惜)」.

「옛적에 楚莊王은 갓끈을 끊어 모든 신하의 마음을 편케 하였거늘, 이제 나는 모호한 일을 살피지 못하여 아름다운 선비를 잃었으니 지금에 와서 부끄럽게 여기고 탄식한들 무엇하리오. 」

곧 추종들로 하여금 두루 찾게 하더라.

그 밤에 한림이 섬월을 데리고 옛일을 말하며 새로운 정을 두터이 하고 술자리를 벌여 놀다가 밤이 이슥하매 촛불을 물리치고 자리에 누웠더니 동녘이 밝는지라, 비로소 잠을 깨니 섬월이 거울에 마주 앉아 단장을 새로 하거늘, 정을 쏟아 눈여겨 보다가 깜짝 놀라 다시 본즉, 가는 눈썹과 밝은 눈이며 구름 같은 살쩍과 꽃 같은 뺨이며 가는 허리와 눈빛같이 흰 살이라, 자세히 본즉 섬월 같으나 아니더라. 놀랍고도 한편 의심이 나거늘 한참이나 감히 묻지 못하더라.

金鸞直學士吹玉簫
蓬萊殿宮娥乞佳句

한림이 미인을 향하여 묻되,

「낭자는 뉘시뇨.」

미인이 대답하되,

「첩은 본디 播州 사람이오며 성명은 狄驚鴻이니이다. 어렸을 때에 계섬월과 의형제를 정하였삽더니, 어젯밤에 계랑이 마침 병이 있어 상공을 모시지 못하겠다 하옵고 첩더러 대신 모셔 상공의 꾸지람을 면케 하라 하옵기로 첩이 감히 대신 모셔 외람히 자리에 있삽나이다.」

말이 맺지 못하여 섬월이 문을 열고 들어와 이르되,

「상공이 또 새 사람을 얻었으니 첩은 삼가 치하하나이다. 첩이 일찌기 하북 땅 적경홍을 상공께 천거했사온데 과연 어떠하니이까.」

한림이 대답하되,

「이름 듣더니보다 그 얼굴이 培勝*하도다!」

하고, 경홍의 모습을 다시 살펴본즉 적생과 털끝만큼도 다르지 않은지라, 이에 묻되,

「적백란이 적랑의 오라비뇨. 내 어제 적생에게 허물을 씌워 안 되었거늘 이제 어디 있느뇨.」

---

*배승 : 훨씬 낫다는 뜻.

경홍이 더욱 웃고 대답하되,

「천첩은 본래 형제자매가 없나이다.」

한림이 이에 다시 한번 자세히 보고 황연히 깨달아 웃고 이르되,

「邯鄲 길가에서 나를 따라온 자 본래 적랑이요, 어제 담 모퉁에서 계랑과 더불어 말하던 자 또한 적랑일진대, 그러나 남복으로 나를 속임은 어쩜이뇨.」

경홍이 대답하되,

「천첩이 어찌 감히 상공을 기망하리까. 첩이 비록 不敏無才하오나 평생에 大人君子를 따르고자 하였삽더니, 연왕이 첩의 이름을 듣고 구슬 한 섬으로 첩을 사서 궁중에 드니, 비록 입에는 珍羞盛饌이요 몸에는 綾羅紬衣이나 원하는 바 아니옵고 금롱에 갇힌 앵무새같이 마음대로 나오지 못함을 한스럽게 여기고 있삽는데, 전일에 연왕이 상공을 청하여 잔치를 베풀새 첩이 창 틈으로 보온즉 평생 소원하던 상공이었나이다. 그러나 궁문이 아홉 겹이니 어찌 넘을 수 있으며 길이 만 리이니 어찌 뛰어갈 수 있겠나이까. 오만 가지로 생각하여 겨우 한 가지 계책을 얻었으나 상공이 떠나시는 날 몸을 빼어 뒤를 따라오면 연왕이 필시 사람을 보내어 뒤쫓을 터인고로, 상공이 떠나신 지 수일 후에 연왕의 千里馬를 가만히 끌어 타고 이틀 만에 한단 땅에 쫓아 이르니 마침 상공께서 부르시었나이다. 그때에 이 사실을 아뢸 것이로되 이목이 번다하와 덮어 둔 죄 있사오나 전일 남복한 것은 뒤쫓는 자를 피하려 하옴이옵고 어젯밤에 唐姬의 옛일을 본받음은 계랑의 간청을 따른 것이오니, 전후의 죄를 비록 다 용서하실지라도 황송

함은 오래도록 잊지 못하겠나이다. 상공이 그 허물을 괘념치 않으시고 그 비루함을 꺼리지 않으시고 높은 나무의 그늘을 빌리시와 한 가지에 깃들임을 허용하여 주시오면 첩이 마땅히 계랑과 더불어 去就를 같이하여 상공이 현숙한 부인을 맞으신 후에 계랑과 더불어 문하에 나아가 하례하리이다.」

한림이 칭찬하되,

「적랑의 높은 의기는 楊家*의 執拂妓生*이라도 가히 따르지 못하겠거늘, 내 李衛公 같은 將相의 재주 없음이 부끄러울 따름이라. 이미 서로 좋이 지내자 하였으니 무엇을 較計하리오.」

적랑이 사례함을 말지 않거늘, 섬월이 이르되,

「적랑이 이미 첩의 몸을 대신하여 상공을 모셨으니, 첩이 또한 마땅히 적랑을 대신하여 상공께 사례하겠나이다.」

이에 일어나 꾸벅꾸벅 절하더라.

이 날 두 사람으로 더불어 밤을 지내고 밝은 아침에 이르되,

「원로에 이목이 번거하여 동행치 못하나 내 혼례를 지내면 곧 맞으리로다.」

하고, 서울을 향하여 발행하더라.

이때 양한림이 서울 돌아와 詣闕復命할새, 연왕이 表文과 공물로 바치는 금은 비단이 마침 이른지라, 천자 크게 기꺼워하며 그 노고를 위로하고 그 공훈을 표창하여 장차 侯를 봉하려 하시거늘, 한림이 크게 놀라 땅에 엎

---

*양가 : 중국 정사(中國情史)에 나오는 양소수(楊素守).
*집불 기생 : 양소수(楊素守)의 손님인 이청(李靖)을 한 번 보고서 따라가다.

드려 머리를 조아리고 굳이 사양하매, 성상은 더욱 그 뜻을 가상히 여겨 그 의론을 들어 다시 禮部尙書 겸 한림학사를 삼고 賞給도 많이 내리고 禮遇도 융숭하시니 그 영광이 고금에 견줄 바 없더라. 尙書가 화원으로 돌아와 춘랑과 더불어 이별 중의 회포를 풀며 새로운 즐거움을 말하니, 은근한 정은 이루 말로 다 나타낼 수 없더라.

천자 양소유의 글 재주를 매우 사랑하사 자주 便殿으로 불러 들여 經書와 史記를 토론하시니, 양상서 예궐하는 날이 잦아지더라. 하루는 밤들도록 입시하였다가 直所에 돌아오니, 월색이 명랑하여 그윽한 흥취를 일게 하매 제대로 잠을 이루지 못하고 홀로 높은 누각에 올라 난간을 의지하고 앉아 달을 대하여 글을 읊조리는데, 문득 바람결에 들은즉 퉁소소리가 멀리 구름 사이를 따라 점점 내려오더라. 그 곡조는 자세치 아니하나 그 音色은 이 세상에서 못하던 바라, 상서가 아전을 불러 묻되,

「이 소리 대궐 밖에서 나느뇨, 혹 궁중 사람 가운데 이 곡조를 능히 부는 자가 있느뇨.」

아전이 대답하되,

「알지 못하나이다.」

상서 인하여 옥퉁소를 내어 두어 곡조를 부니, 그 소리 또한 하늘에 흐르는 구름을 머물게 하더니 홀연 청학 한 쌍이 대궐 안으로 날아 들어와 곡조에 맞추어 춤을 추니, 한림원의 모든 아전들이 신기하게 여기며 王子 晉이 우리 마을〔官府〕에 있다 하더라.

이때 皇太后에게 두 아들과 딸이 있으니, 聖上과 越王과 蘭陽公主의 셋이니라.

난양공주가 탄생하실 적에 태후 꿈에 선녀가 구슬을 받들어 태후의 품속에다 넣어 주더니, 공주 장성하시매 지혜와 자질이 모두 예법에 맞아 조금도 속된 버릇이 없고 문필과 針線(침선)이 또한 신기하고 절묘하므로 태후 매우 사랑하시는데 西域 太眞國(서역 태진국)에서 백옥 퉁소를 조공으로 바치거늘, 그 꾸밈새가 극히 묘하므로 악공으로 하여금 불어 보게 하나 소리가 나지 아니하더라.

이 무렵 공주가 어느날 꿈에 선녀를 만나서 곡조를 배워 그 신묘함을 익혔는데, 꿈을 깨어 태진국의 옥퉁소를 시험하여 보니, 소리가 맑으며 음률이 저절로 맞기에 태후와 천자께서 다 기이하게 여겨 칭찬하시되, 다른 사람은 아무도 부는 법을 모르더라.

매양 공주가 한 곡조를 불면 모든 학이 스스로 전각 앞에 모여들어 마주 춤을 추는지라, 태후가 이를 보시고 성상께 이르시되,

「옛적 秦穆公(진목공)의 딸 弄玉(농옥)이 옥퉁소를 잘 불었더니, 이제 공주의 한 곡조가 농옥에게 지지 아니할지니, 반드시 蕭史(소사) 같은 사람이 있은 연후에야 가히 공주를 下嫁(하가)하리라.」

이런고로 난양공주는 이미 장성하였으되 駙馬(부마)를 간택하지 못하였더라.

이날 밤에 난양공주가 마침 달을 바라보며 퉁소를 불어 학의 춤을 끝냈는데, 곡조를 마치매 청학이 한림원을 향해 날아가 그 동산에서 춤을 추니, 사람들이 서로 전하여 일컫기를 楊尙書(양상서)의 옥퉁소 소리에 학이 춤을 춘다 하더라.

천자 들으시고 신기히 여기사 생각하시되,

「공주의 인연이 필연 이 사람에 있도다!」
하고 태후께 고하되,
「양소유 年紀 공주와 相適하옵고 그 풍채와 재주 滿朝에 무쌍하오니 간택하시기 바라나이다.」
태후가 웃고 이르시되,
「蕭和의 배필이 아직 없어 항상 염려이더니, 이제 그 말씀을 들으니 양소유는 곧 난양공주의 천생 배필이요. 그러나 이 몸 친히 보고 정하리다.」
성상이 대답하시되,
「非難之事이오니 일간 양소유를 별전으로 불러 보고 글을 강론하오리니, 그 사람됨을 御覽하소서.」
하셨더니, 난양공주의 이름이 소화이니 그 옥통소에 蕭和라는 두 글자가 새긴고로 이름함이러라.

천자 봉래전에 정좌하시고 내관으로 양소유를 부르시니, 내관이 명을 받잡고 한림원에 나아가 보니 이미 사퇴하였고 정사도 집에 가 물어본즉 돌아오지 않았다 하기로 내시가 황망히 두루 찾으니, 이때 그는 정십삼랑과 더불어 장안 주루에서 朱娘이라는 명기를 데리고 이미 대취하여 노래를 부르고 취흥이 도도하여 의기 양양한지라, 내시가 급히 달려가 입시하라시는 어명을 전하니, 정십삼랑은 기급을 하여 뛰어나가고 상서는 취안이 몽롱하여 내시가 벌써 누각에 오른 줄을 알지 못하거늘, 내시가 성화같이 재촉하니 상서는 기녀에게 부축을 받으며 일어나 조복을 입고 내시를 따라 대궐로 들어가 뵈온즉, 성상이 앉으라 명하시고 역대 제왕의 治亂興亡을 논의하신데 그 대답이 명백한지라, 상이 매우 기꺼운 빛을 띠시고 하교하시되,

「시 짓기는 비록 제왕의 할일은 아니라 할지라도 우리 祖宗이 진작부터 마음을 썼기로 어제하신 詩文이 더러는 전파되어 오늘에 이르니, 경은 시험삼아 聖帝名王들의 문장을 논의하라. 남의 시편이라 꺼리지 말고 논평하여 그 우열을 정하되 위로 제왕의 글은 누가 으뜸이며 아래로 신하의 글은 뉘 제일이 되느뇨.」

양상서가 대답하되,

「君臣이 글로써 서로 부르고 화답함은 堯舜에서부터 비롯하니 아직 이를 논의할 계제는 아니오며, 漢高祖의 大風歌와 魏太祖의 月明星稀는 제왕의 詩詞의 으뜸이옵고 서경의 李陵* 鄴都의 曹子健*과 남조의 도연명, 謝靈運의 네 사람이 가장 드러난 자들이옵나이다. 예로부터 문장이 성함이 우리 國朝만한 시대가 없사오며, 국조 중에서도 開院 天寶 연간같이 많은 재사가 속출한 때는 없사오온데, 제왕의 문장으로서는 玄宗황제가 천고에 빛나시며 신하의 재주로서는 천하에 이태백을 당할 사람이 없더이다.」

「경의 의론이 실로 짐의 뜻에 맞는도다. 짐이 매양 이태백의 淸平詞와 行樂詞를 보매, 그와 한때에 있지 못했음을 한스럽게 여겼더니, 이제 경을 얻었으니 어찌 이태백을 부러워하리오. 짐이 옛법을 좇아 궁녀 십여 인으로 하여금 학문을 맡게 하니 곧 女中書라. 글에 자못 재주가 있고 또 볼 만한 자 있는지라, 짐이 이태백의 취중 글 짓던 모양을 다시 보고자 하나니, 경은 궁녀들의 바라는 정성을 저버리지 말지어다.」

✻이능 : 서경(西京)의 이능.
✻조자건 : 업도(業都)의 조자건(曹子健). 위(魏) 조조(曹操)의 둘째 아들인 식(植).

이에 궁녀로 하여금 어전에 硯匣과 백옥 筆床과 황옥 연적을 옮기어 놓으셨고, 모든 궁녀가 이미 글을 받으랍시는 어명을 들었으므로 각기 비단 수건과 비단 부채를 펴들고 상서 앞에 나오는지라, 상서가 취흥이 도도하고 글 생각이 저절로 솟아나므로 고운 붓을 들어 차례로 쓰매 풍운이 일고 번개같이 날려 해 그림자가 옮기지 아니하여 앞에 그득한 부채 등속이 이미 다하였더라. 궁녀들이 차례로 꿇어앉아 상께 드린즉, 상께서 낱낱이 들추어보시니 모두가 주옥 같은 글이라 칭찬하여 마지 않으며 궁녀를 명하시되,

「한림이 수고하였으니 각별 좋은 술을 가져오라.」

하신대, 모든 궁녀 혹 황금 쟁반을 받들며 혹은 앵무술잔을 잡아 맑은 술을 가득히 내오는데, 혹은 잠깐 꿇어앉았다 잠깐 서면서 다투어 절하고 다투어 권하므로 상서가 어전에서 좌우 두 손으로 잡아 차례로 마시니 십여 배에 얼굴이 봄빛을 띠며 눈에 안개가 둘려 있기로 상이 명하여 술을 물리고 이르시되,

「한림의 글 한 구 천금 값이니 가위 無價之寶이거늘, 너희는 무엇으로써 禮幣를 주려 하느뇨.」

궁녀들 중에는 혹은 금비녀를 빼거나 혹은 옥패를 떼어 어지러이 던지니 금이 소리하고 옥이 떨치더라.

상께서 내관에게 명하시어 상서가 쓰던 紙筆硯墨 등속과 궁녀들의 예폐를 거두어 가지고 한림을 따라가 그 집에 전하라 하시니, 상서는 謝恩하고 일어나다가 다시 자리에 쓰러지는지라, 내관이 부축하여 남문에 이르니 騶從들이 옹위하여 자리에 올리니라.

양상서가 돌아와 화원에 이르니 춘운이 붙들어 올려 조

복을 벗기고 묻자오되,

「상공이 뉘 집에서 이토록 취하셨나이까.」

상서 취기 심하여 머리만 끄덕하더니 이윽고 하인이 御
賜하신 筆硯과 비녀, 팔찌, 가락지 등등의 패물을 받들어
마루에 쌓아 놓으니 상서가 희롱하여 이르되,

「이 물건이 다 천자께서 춘랑에게 상급하신 것이니, 내
소득이 東方朔과 어떠하뇨.」

춘운이 다시 물으려 하나 상서가 이미 정신없이 쓰러
져서 코 고는 소리 우뢰 같더라.

익일에 상서 늦게 일어나 세수하더니 문 지키는 자가
급고하되,

「越王께서 오시었나이다.」

상서가 놀라 이르되,

「월왕이 枉駕하시니 필연 일이 있도다.」

급히 나아가 맞아 상좌에 들이고 공손히 하례하니, 나
이는 대략 이십세요 풍채가 청수하여 한 점의 俗態도 없
더라.

상서가 꿇어앉아 묻자오되,

「대왕이 陋地에 오시니 무슨 가르치심이 있나이까.」

왕이 대답하되,

「과인이 그윽이 경의 聲華를 사모하나 출입길이 달라
한번도 清音을 듣지 못하다가 이제 皇上의 명을 받들
고 와서 勅教를 전하노라. 난양공주 꽃다운 年紀를 당
하여 바야흐로 부마를 간택하시더니, 황상이 상서의 재
주와 덕을 매우 사랑하사 이미 간택을 정하시고 과인
으로 하여금 먼저 이 일을 通寄하라 하시니 장차 詔勅
을 내리시리라.」

상서 놀라 俯伏奏하되,

「天恩이 소신에게 내리시니「복이 과하면 재앙이 생긴다」함은 이미 말할 나위 없는 바이오며, 신은 이미 정사도의 여아와 정혼하여 納采한 지 벌써 해를 거듭했사오니 엎드려 바라거니와 대왕은 이 뜻을 황상께 아뢰어 주옵소서.」

왕이 대답하되,

「과인이 돌아가 그대로 稟達하려니와 아깝도다! 황상께서 미덥게 여기시던 뜻이 허사로 돌아갔노라.」

양상서가 다시 여쭈오되,

「이는 인륜대사이오니 가히 경홀이 못할 일이오며 臣도 마땅히 궐문 밖에 엎드려 죄를 청하겠나이다.」

왕이 곧 작별하고 돌아가기에 상서는 들어가 정사도를 보고 월왕의 말한 바를 아뢴즉, 춘운이 이미 부인에게 고하였기에 온 집안이 어찌할 바를 모르며 사도는 근심 구름이 눈썹 위에 가득하여 능히 말도 못 하거늘, 상서가 이르되,

「장인은 염려치 마옵소서. 천자께서 聖聰이 밝으사 법과 禮를 중히 여기시니 필경에는 신하의 倫紀를 어지럽게 아니하실 것이오니, 小壻 비록 불민하오나 맹세코 宋弘의 죄인은 되지 아니하오리다.」

하더라.

先是에 태후 봉래전에 친림하사 주렴 사이로 양소유를 보시고 마음에 미덥게 여겨 황상께 이르시되,

「상서는 실로 난양의 배필 될 자라 별 의론이 있으리오.」

하시고 이에 월왕을 보내시고 천자도 바야흐로 불러 친

히 이르고자 하시더니, 이때 상이 별전에 계시다가 어제 양소유의 글을 다시 보시려고 내관으로 하여금 女中書들이 받아 가진 글을 거둬들이게 하나 모든 궁녀들이 다 깊이 감추었으되 오직 한 궁녀가 글 쓴 부채를 가지고 홀로 처소에 돌아가 품속에 넣어 두고 밤새도록 슬피 울며 침식을 전폐하였는데, 이 궁녀는 곧 진채봉이니 화주 땅 秦御史의 딸이니라. 진어사가 비명으로 참사를 당하고 채봉은 잡혀 서울로 올라와 대궐 나인으로 박히니, 궁녀들이 모두 진녀의 아리따움을 일컬어 주거늘 상이 부르시고 婕妤*를 봉하고자 하신데, 황후께서 꺼리시어 상께 간하되,

　「진녀는 가히 총애하실 만하오나 폐하 그 아비를 죽이시고 그 딸을 가까이하심이 옛적 밝은 인군의 색을 멀리하고 형벌을 세우던 바에 어길까 저허하나이다.」

　상이 그 말씀을 옳게 여겨 받아들이시고는 이에 채봉을 불러 물으시되,

　「네 글을 아느냐.」

　채봉이 대답하되,

　「글자를 약간 알고 있나이다.」

　상이 이에 명하여 여중서를 삼아 글을 맡게 하시고 황태후궁으로 나아가 난양공주를 모시고 글도 읽고 글씨도 익히게 하시니, 공주가 진녀를 지극히 사랑하여 잠시도 서로 떨어지지 아니하더라. 이날 태후를 모시고 봉래전에 나아가 황상의 명을 받자와 여중서들과 더불어 양상서의 글을 받을새, 상서는 자나깨나 잊지 못하던 옛날의 양생이라 지척에 있으니 어찌 알지 못하리오.

＊첩여 : 궁중 여관 이름.

　채봉은 상서를 한 번 보매, 마음이 타는 듯 살이 녹는 듯 설움을 감추고 쓰라림을 숨겨 다른 사람이 혹시 수상히 여길까 두려워하며 옛정이 통치 못함을 서러워하고 옛인연을 잇기 어렵게 되었음을 못내 탄식하며 안타까와하더니, 조용한 틈을 타서 부채를 들고 읊으며 차마 놓지 못하니 그 글에 하였으되,

　　　깁부채가 둥글둥글 밝은 달 같아서
　　　가인의 옥수로 밝고 맑음을 다투더라.
　　　오현금 속에 훈풍이 많으니
　　　품안으로 드나들며 쉴 새가 없더라.
　　　紈扇團團似明月　佳人玉手爭皎潔
　　　五絃琴裏薰風多　出入懷中無時歇

　　　깁부채가 둥글둥글 달덩이러니
　　　가인의 옥수가 정히 서로 따르더라.
　　　길이 없어 꽃 같은 낯 가리어 물리치니
　　　봄빛이 인간 세상을 도무지 알지 못하더라.
　　　紈扇團團月一團　佳人玉手正相隨
　　　無路庶却如花面　春色人間摠不知

秦氏女가 글을 읊으며 탄식하되,
「양공이 내 마음을 알지 못하는도다. 비록 궁중에 있으나 어찌 황상을 모실 리 있으리오.」
또 두째 글을 읊으며 탄식하되,
「내 얼굴을 저가 보지 못하나 양랑은 필연 맘에 있지 아니하겠거늘, 글 뜻이 이 같으니 실로 지척이 천리로다.」

인하여 예전 집에서 楊柳詞(양류사)로 화답하던 일을 생각하매, 슬픔을 억제치 못하여 눈물이 옷깃을 적시기에 드디어 글을 지어 부채에 잇대어 쓰고 바야흐로 읊으면서 탄식하는데, 문득 들으니 내관이 상의 명으로 글 쓴 부채를 찾는지라 깜짝 놀라 벌벌 떨면서 이르되,

「이를 어찌할꼬, 이제 내 죽었도다. 이제 내 죽었도다.」

시 첩 수 의 사 주 인
侍妾隨意辭主人
첩 여 수 검 부 화 촉
捷妤手劍付華燭

내관이 진녀더러 이르되,

「황상께서 부채에 쓴 양상서의 글을 다시 보시려 하오.」

하거늘, 진녀 울면서 이르되,

「기박한 사람이 우연히 글을 화답하여 그 아래 써서 스
스로 죽을 죄를 범하였는지라, 황상께서 보시면 필시
죽이라 명하실 터이니, 법에 걸리어 죽는 것보다는 차
라리 자결함이 시원할 듯하니 지금 내 손으로 자처하
겠은즉, 이 몸이 죽은 다음의 掩土(엄토)는 그대를 믿겠으니,
바라건대 그대는 이 몸으로써 까마귀 밥이 되지 않게
하라.」

내관이 대답하되,

「여중서는 어찌 이런 말씀을 하느뇨. 황상께서는 인자
하시고 관후하시니 큰 죄는 아니주실 것이요. 설혹 진
노하실지라도 내 마땅히 힘써 구할 터이니 나를 따라
오라.」

진녀 내관을 따라가니 문 밖에 세우고 홀로 들어가 모
든 글을 상께 바치니, 상이 차례로 어람하시다가 진녀 부
채에 이르러 양상서의 글 아래에 또 다른 글이 있으므
로 상이 의아히 여겨 내관에게 하문하시니, 내관이 고하
되,

「진씨 신에게 이르기를 황상이 다시 찾지 아니하시리라 여겨 외람히 글을 지어 그 아래에 썼으니 필연 죽을 죄를 면치 못하겠다 하고, 인하여 자처하려 하옵기에 신이 효유하여 데리고 왔나이다.」

상이 그 글을 읊으시니, 하였으되,

글부채 둥글기가 가을 철 만월인 듯

일찌기 다락에서 부끄러운 얼굴 대했음을 추억하네.

애초에 지척에서 서로 모를 줄 알았던들

문득 그대로 하여금 자세히 보게 했음을 뉘우치리로다.

納扇團如秋月團　憶會樓上對羞顔

初知咫尺不相識　却悔教君仔細看

상이 다 보시고 이르시되,

「진씨 필연 사정이 있도다. 어느 곳에서 어느 사람과 서로 만났기로 글 뜻이 이 같으뇨. 그 재주 가히 아깝고 또한 가히 권장할지로다.」

하시고, 내관을 명하사 부르시니 진녀 뜰에 엎드려 죄를 청하거늘, 상이 이르시되,

「以實直告하면 네 죄를 赦하리라. 네 어느 사람으로 더불어 私情이 있느뇨.」

진녀 머리를 조아리고 여쭈오되,

「臣妾이 어찌 감히 隱諱하겠나이까. 신첩의 집이 패망하기 전에 양소유가 과거 보러 가는 길에 마침 누 앞을 홀로 지나다가 우연히 서로 보고 楊柳詞를 화답하였으며 신첩의 유모를 보내어 정혼 언약을 맺었삽는데, 일전 봉래전에 입시하였을 적에 신첩은 구면임을 능히

알되, 양소유는 알지 못하옵는고로 옛일을 슬피 느껴 난잡히 글자를 그렸삽는데 황상께서 보셨으니 罪死無^{죄 사 무}
情^정이로소이다.」

상이 그 뜻을 불쌍히 여기사 이르시되,

「그러면 양류사로 정혼하던 일을 능히 기억하겠느뇨.」

진녀가 즉시 양류사를 써 올리니 상이 允許^{윤 허}하시되,

「네 죄 중하나 네 재주 가히 아깝고 또 난양공주가 심히 너를 사랑하는고로 특히 용서하노니, 네 정성을 다하여 공주를 섬기고 네 본심을 저버리지 말지어다.」

즉시 부채를 내리시니, 진녀 황공하여 사은하고 물러가니라.

월왕이 정사도 집에서 돌아와 양소유가 이미 납채한 사실을 황태후께 아뢴즉, 태후가 낯을 찌푸리며 이르시되,

「양소유 벼슬이 상서에 이르렀으니 마땅히 조정 事體^{사 체}를 알지어늘 그 고집이 어찌 이 같을꼬.」

상이 대답하시되,

「납채는 성례함과는 다르니 친히 효유하오면 아니 듣지는 못하리이다.」

하시고, 이튿날 양소유를 命召^{명 소}하사 이르시되,

「짐이 한 누이 있으니 자태가 비범하여 경이 아니면 배필될 이가 없기로 짐이 월왕으로 하여금 뜻을 일렀거늘, 경이 납채함을 칭탁하더라 하니 경은 생각지 않음이 심하도다. 옛적 인군들이 부마를 간택할새 혹은 正妻^{정 처}를 내쫓는고로 王獻之^{왕 헌 지}는 종신토록 뉘우치고 오직 宋弘^{송 홍}은 임금의 명을 받지 아니하였으되, 짐의 뜻인즉 그렇지 아니하니 어찌 예의에 어긋남이 남보다 더하리오. 이제 경이 정씨와의 혼인을 물릴지라도 鄭女^{정 녀}

는 갈 곳이 있고, 경은 또한 성례한 일이 없거늘 무슨 倫紀를 해침이 있으리오.」

상서는 머리를 조아려 아뢰되,

「성상께옵서 죄를 주지 않으실 뿐 아니라 도리어 순순히 효유하사 부자지간같이 하시오니 감축하와 다시 아뢰올 말씀이 없나이다. 그러하오나 신의 정상은 타인과 다르오니, 신이 遐方書生으로서 서울에 오던 날 의탁할 곳이 없삽더니, 정사도의 후대로 그 소저에게 이미 납폐할 뿐이 아니오라 사도와 翁婿之分을 정하였삽고 또 이미 남녀가 서로 낯을 보아 완연히 부처의 의가 있사오나 아직 성례치 못하오음은 국가가 다사하와 모친을 데려올 겨를이 없사옵더니, 이제 다행히 변방이 귀화하고 변경에 또한 근심이 없사오니, 바야흐로 여가를 얻어 시골집에 돌아가 노모를 데려온 후 택일하여 성례코자 하옵는데 뜻밖에 황상께서 명을 소신에게 내리시니, 황공무지하와 어찌할 바를 모르겠나이다. 신이 만일 죄를 두려워하여 명을 順受하온즉, 정녀는 죽기로써 다른 데로 가지 아니하오리이니, 한 지어미의 길을 잃으면 어찌 王化에 흠점이 되지 아니하오리이까.」

상이 이르시되,

「경의 정리는 비록 憫迫하나 경은 국가의 柱石之臣*이요 棟樑之材*로 짐의 뜻에 가합할 뿐만 아니라 황태후께서 이미 경의 용모와 德器를 사모하사 친히 혼례를 주장하시니 굳이 사양치 못하리라. 그러나 혼인은

---

*주석지신 : 《한서(漢書)》에 「장군위국주석(將軍爲國柱石)」.
*동량지재 : 한 집이나 또는 한 나라를 맡아 다스릴 만한 큰 인재. 《남제서》
　　　　　에 「송백예장수소 이유동량지기(松柏豫章雖小 已有棟樑之氣)」.

인륜대사라 가히 경홀히 못 할진대 잠시 짐은 경과 더

불어 바둑을 두어 소일하겠노라.」

하고, 내관에게 명하여 바둑판을 들이게 하고 군신 사이

에 서로 승부를 겨루시다가 날이 저물어서야 물리시므로

양상서가 돌아가니, 정사도가 만면에 비창한 빛을 띠고

눈물을 씻으며 이르되,

「오늘 황태후 조칙을 내리사 양랑의 禮幣(예 패)를 물리라 하

시는고로, 내 이미 춘운에게 내오게 하여 화원 별당에

두었거니와 여아의 신세를 생각하건대 우리 내외의 심

회가 어떠하겠는고. 나는 겨우 부지하나 노처는 과념

한 탓으로 방금 혼몽하여 인사불성이로다.」

하거늘, 상서 대경실색하여 沈吟半晌(침 음 반 향) 후 고하되,

「이 일의 불가함을 들으소서. 小婿(소 서)가 상소하여 다투오

면 조정이 또한 공론이 없사오리이까.」

사도가 손을 흔들어 만류하되,

「양랑이 황명을 거역함이 여러 번이라 이제 상소하면

어찌 황송치 아니할꼬. 반드시 중한 죄책이 있을 터이

니 준수함만 같지 못하고, 한편 내 집 화원에서 일후

에도 거처하는 것은 체면에 대단 불안하니 창졸간에

서로 헤어짐은 심히 缺然(결 연)하나 양랑은 다른 곳으로 移(이)

接(접)함이 합당하도다.」

상서 부답하고 화원에 들어가니, 춘운이 흐느껴 울다

가 예폐를 받들어 올리며 이르되,

「천첩이 소저의 명을 받아 상공을 모신 지 오래온데 각

별히 恩愛(은 애)를 입사와 항상 감격하옵더니, 귀신이 시기하

고 사람이 투기하여 대사가 그릇되니 소저의 혼사는

餘望(여 망)이 없사온즉 천첩도 또한 상공께 영영 이별하고 돌

아가 소저를 모시겠나이다. 아아! 천지신명이시여, 너무도 가혹하시나이다.」

흐느끼어 우는 소리 차마 들을 수 없기에 상서가 일러 두기를,

「내 方將 上疏極諫하려 하고, 또 여자가 한 번 몸을 남에게 허락하였은즉 지아비를 따르는 것이 예법에 맞거늘, 춘랑이 어찌하여 나를 배반하려 하는고.」

춘랑이 대답하되,

「천첩이 비록 불민하오나 三從之道*를 아옵고, 또한 사정이 남과 다른 것은 첩이 어릴 적부터 소저와 더불어 자라나며 귀천의 분을 끊고 생사를 같이하기로 맹세하였삽기로 길흉과 영욕을 다름이 없게 하여야 되겠기에 이 몸은 소저께 마치 그림자가 몸을 따르듯 하는고로 몸이 이미 갔은즉 어찌 그림자만 홀로 남아 있사오리까.」

상서 이르되,

「네 주인을 위하는 정성은 극진하다 하려니와 너는 소저와는 다르니라. 소저는 동서남북에 뜻대로 가려니와 너는 소저의 뜻을 좇아 타인을 섬기는 것이 여자의 예절에 아무런 방해가 없으리라.」

춘운이 대답하되,

「상공의 말씀은 소저와 첩의 마음을 알지 못하신다 하겠나이다. 소저는 결심하시기를 길이 부모님 슬하에 계시다가 두 분 백년해로하신 후에 절간으로 들어가서 머리를 깎고 중이 되어 부처님께 발원하여 後生에

---

* 삼종지도 : 《의례(儀禮)》에 「부인유삼종지의 무전제지도 고미가종부 기가종부 부망종자(婦人有三從之義 無專制之道 故未嫁從父 旣嫁從夫 夫亡從子)」.

는 절대로 여자의 몸이 되지 않기를 굳게 맹세하였고, 천첩도 처신을 그와 같이 할 따름이오니, 상공이 만일 춘운을 다시 보려 하시오면 상공의 예패가 다시금 소저의 방 안으로 들어간 다음이라야 논의할 터이요, 不然則 오늘이 곧 生離死別이오니 다만 바라옵건대, 후세에 상공의 집 犬馬가 되어서 주인을 위하는 정성을 본받으려 하오니, 부디 옥체를 보중하옵소서.」

하고 돌아앉아 흐느껴 울기를 반일이나 하다가 몸을 일으켜 뜰에 내려 재배하고 내당으로 들어가더라.

양상서 화원에서 춘운을 보낸 후 오장이 녹는 듯 만사 무심하여 청천을 우러러 긴 한숨 쉬며 손을 어루만지며 자주 탄식하되,

「내 마땅히 上疏極諫하리라.」

하고 이에 붓을 드니, 언사가 심히 격절하더라. 그 상소문에 하였으되,

「예부상서 신 양소유는 頓首 백배하옵고 황상폐하께 말씀을 올리나이다. 엎드려 아뢰건대 倫紀는 王政之本이요 혼인은 人倫之始*이니, 그 근본을 한번 잃은즉 德化는 크게 무너져 그 나라가 어지럽고, 그 비롯함을 삼가지 아니한즉 그 끝도 이루지 못하고 그 집이 망하나니, 가문과 국가의 흥망과 盛衰에도 관련됨이 어찌 현저치 아니하리이까.

성인군자와 仁君名主는 미상불 이에 유의하여 그 나라를 다스리고자 하매 반드시 그 기강을 바로잡고 그 집을 바로잡고자 함에는 혼인을 바르게 함으로써 으뜸을 삼는지라, 신이 이미 예폐를 정녀에게 보내고 또 거처

─────────────
*인륜지시 : 《시경(詩經)》 관저(關雎)의 주(注)에 나옴.

를 鄭家에 의탁하였사온즉 신이 이미 정한 것이어늘, 뜻밖에 이제 駙馬로 간택하시는 은명을 합당치 못한 천신에게 내리시니 황송무지하와 성상의 하교와 조정의 처분이 과연 예의에 맞아드는 줄 알지 못하겠나이다. 신이 설령 정혼치 아니하였을지라도 문벌이 미천하고 재주가 짧고 학식이 옅은 몸이온즉 부마 간택이 합당치 못하옵거든, 하물며 정녀와 짝이 되고 정사도와 더불어 장인과 사위가 되기로 정하였거늘, 아직 六禮를 끝내지 못하였다 하여 이를 거론치는 못할 것이옵니다.

이러하온데 어찌 귀한 몸이신 공주로 하여금 匹夫나 다름없는 천신에게 하가케 하시려 하시나이까. 어찌 예법에 합불합을 묻지 아니하시고 구차한 譏弄을 무릅써 예 아닌 예를 행코자 하시나이까. 이에 密旨를 내리사 이미 행한 예를 파기케 하시니, 신은 禮部의 책임을 맡고 있으므로 禮를 위하여 취하지 않나이다. 신은 두려워하건대, 왕정이 신으로 말미암아 어지럽고 인륜이 신으로 말미암아 무너져서 성상의 덕을 손상하옵고 아래로 家道를 무너뜨려 마침내 큰 화를 면치 못할까 우려하오니, 삼가 바라옵건대 성상은 예의 근본을 중히 하시옵고 風化의 비록함을 바르게 하사 빨리 조명을 거두시어 그로 하여금 賤分을 평안케 하옵소서.」

상이 覽畢에 태후께 아뢰시니, 태후는 대노하여 양소유를 옥에 가두라 하시기에 조정 대신들이 일시에 힘써 간하니, 상이 이르시되,

「짐도 그 벌이 과한 줄 아나 태후께서 방금 진노하시니 짐도 감히 사하지 못하겠도다.」

하시고 하옥하라 명하시니, 이에 양소유는 옥에 갇히고

정사도는 또한 황송하여 杜門謝客하더라.

此時에 吐蕃이 강성하여 십만 대군을 거느려 변방 고을을 잇달아 함락시키고 그 선봉이 渭橋에 이르니 皇城이 소란해지기에 상이 만조백관을 모으고 논의하시니 모든 신하들이 상주하되,

「황성 군사는 불과 수만에 지나지 못하고 외방 구원병은 미처 오지 못하니, 상께서는 잠시 황성을 떠나 관동에 나아가 순행하고 各道의 군사를 불러 그로써 회복하심이 옳을 듯하나이다.」

상이 머뭇거리며 미결하시다가 이르되,

「제신 중에 오직 양소유 智謀 方略이 많고, 결단을 잘하기로 짐이 그를 그릇〔器〕이라 여기더니, 전일 三鎭의 받은 것이 다 양소유의 공이로다.」

하고 양소유를 불러 올려 계교를 물으시니 양소유가 아뢰되,

「황성은 종묘 계시고 궁궐이 있는 곳이어늘 이제 만일 떠나시오면 천하의 인심이 따라서 요동할 것이요, 또 강한 도적이 웅거하면 졸연히 회복하기란 어려운 줄로 아뢰오. 지난날 代宗 때에, 토번이 回紇*과 더불어 힘을 합하여 백만대군을 몰고 서울을 범할새, 그때 군사의 힘이 지금보다 약하되 汾陽王에 봉해진 郭子儀*가 匹馬로써 물리쳤사오니, 신의 재주와 방략이 비록 곽자의의 만분의 일도 미치지 못하오나, 바라건대 수천 명 군사를 얻으면 이 도적을 토평하여서 신의 再生之恩을 갚을까 하나이다.」

---

*회홀 : 터어키 계의 고대 국가.
*곽자의 : 중국 당대(中國唐代)의 명장(名將)이었음. 분양왕(汾陽王)으로 봉군(封君)됨.

상이 大悅하사 즉일에 곧 대장군을 삼으시고 京營門의
군사 삼만 명을 거느리고 토번을 치라 하시니, 상서는 하
직하고 물러나와 군사를 지휘하여 위교에 진을 치고, 도
적의 선봉을 쳐서 토번의 左賢王을 사로잡으니, 도적의
군세가 크게 꺾여 도망치기에 상서가 쫓아가 세 번 싸워
이기고, 군사 삼만을 베어 죽이고 말 팔천 필을 얻어서
승전한 捷書를 올리니, 상이 크게 기꺼워하여 군사를 돌
이키라 하시고 모든 장수의 공을 논의하여 차례로 상을
내리시기에 상서가 군진에 있으며 상소하였으되,

「신이 듣자온즉 王者의 군사는 萬全함이 귀하니 앉아
서 기회를 잃으면 공을 가히 이루지 못할지라 하고, 또
듣사오니 항상 이기는 군사는 더불어 大敵을 염려하기
어렵고, 주리고 약한 때를 타서 치지 아니하면 도적
을 가히 피하지 못할지라 하오니, 이 도적의 형세 강
하지 못하다 할 수 없삽고 그 계략이 이롭지 않다 할
수 없겠사오니, 이는 소인의 적은 공을 세운 바이요,
도적의 형세 날로 줄고 군사는 날로 약한 바이라 병법
에 일렀으되, 용전분투하되 이기지 못하는 자는 양식
이 뒤따르지 못하고 지형이 순탄치 못함에 말미암음이
라 하니, 이제 도적의 형세 이미 꺾여 도망하였으니 도
적의 피폐함이 극심하고 이제 沿道의 각 읍이 다 군
량과 馬草를 산같이 쌓아 우리는 주리는 근심이 없삽
고 평원 광야에 지형을 얻었은즉 저들의 伏兵이 없으
니, 만약 날랜 군사로 하여금 그 뒤를 쫓으면 거의 온
전한 공을 이루겠삽거늘, 이제 작은 승리를 다행으로
여겨 만전지책을 버리고 지레 짐작으로 회군하여 討平
을 아니하시니, 이는 그 바른 계교인 줄을 알지 못하

나이다. 삼가 바라옵건대 폐하께서는 조정의 공론을 널리 캐어 보시고 결단을 내리시어 신으로 하여금 군사를 몰아 멀리 엄습하여 窟穴을 소탕케 하옵시면 신은 맹세코 도적들이 돌아가지 못하고 한 번의 저항도 못 하게 하여 성상의 진념을 덜게 하겠나이다.」

상이 그 상소의 참뜻을 장하게 여기시고 벼슬을 돋구어 御史大夫 兼 兵部尚書 征西大元帥를 삼으시고, 尚方斬馬劍과 彤弓과 赤箭과 通天御帶와 白旄黃鉞을 주시고, 이에 조서를 내리시어 朔方과 河東과 隴西 등 각도 병마를 발하여 군사의 기세를 도우라 하시기에 양소유가 조서를 받자와 대궐을 바라보며 사은하고 이에 택일하여 纛*에 제사하고 떠나니, 그 병법은 六韜의 신기한 꾀요, 그 진세는 八卦의 변하는 법이라 行伍를 정제하고 호령이 엄숙하니, 병의 물 쏟듯 대나무를 쪼개듯 공을 이루어 수월 사이에 잃었던 오십여 고을을 회복하더라. 대군을 몰아 積雪山 아래에 이르니 홀연 회오리바람이 말 앞에 이르고 까마귀 울며 진중을 뚫고 지나기에 상서가 점을 쳐보니 적병이 필연 우리 진을 기습하겠으나 나중에 길할 징조라, 산 밑에다 진을 치고 鹿角*과 蒺藜*를 사면에 벌여 펴며 가지런하게 설비하고 기다리더라.

원수 장막 가운데 앉아 촛불을 밝히고 兵書를 보더니 순라군이 이미 삼경을 보하는지라, 홀연 陰風이 일어나 촛불을 끄고 한 여인이 공중으로부터 내려와 몸을 숨기듯 장막 가운데 섰는데 손에 서릿발 같은 비수를 들었는지라, 원수는 刺客인 줄 알되 낯빛을 변치 아니하고 위

---

*둑 : 군기(軍旗).
*녹각 : 수목을 베어 뉘어 놓고 적병을 막는 것.
*질려 : 군기(軍器)의 하나로서 도로 장애물.

의를 더욱 늠름히 하면서 서서히 묻되,

「네 어떠한 여인인데 밤에 軍中에 들어오니 무슨 연고 있느뇨.」

여인이 대답하되,

「첩이 토번국 贊普*의 명을 받아 원수의 머리를 얻고자 하여 왔나이다.」

양원수가 웃고 이르되,

「대장부 어찌 죽기를 두려워하리오. 속히 下手하라.」

여인 칼을 던지고 머리를 조아리며 대답하되,

「貴人은 염려 마소서. 첩이 어찌 감히 경거망동할 수 있겠나이까.」

원수 잡아 일으키며 이르되,

「그대가 이미 비수를 끼고 군중에 들어왔거늘 도리어 나를 해치지 않음은 어찌함이뇨.」

여인 대답하기를,

「첩은 전후 내력을 말씀드리고자 하오나, 이렇듯 서서한 말로 다할 수 없나이다.」

원수 자리를 주어 앉으라 하고 묻되,

「낭자 위험을 무릅쓰고 나를 찾아와 만나니 장차 무슨 가르침이 있느뇨.」

여인 대답하되,

「첩이 비록 자객이란 이름은 있사오나 자객의 마음은 없는지라, 속마음 당당히 귀인께 吐說하겠나이다.」

---

*찬보 : 토번국의 군장.

卷 之 三

백담양랑파음병
白潭楊郞破陰兵
동정룡군연교객
洞庭龍君宴嬌客

일어나 다시 촉불을 켜고 원수 앞에 나아와 앉거늘 원수 다시 보니 구름 같은 머리에 금비녀를 높이 꽂고, 몸에 소매 좁은 갑옷을 입고 그 겉에 石竹花(석죽화)를 그렸으며, 鳳尾木靴(봉미목화)를 신고 허리에 龍泉劍(용천검)*을 비껴 찼는데 얼굴빛이 天然(천연)히 이슬에 젖은 해당화 같더라. 앵두 같은 입술을 천천히 열어 꾀꼬리 울음 같은 말로 이르되,

「첩은 본디 揚州(양주) 고을 사람이오라 여러 대에 걸쳐 당나라의 백성이옵는데, 어려서 부모를 여의고 한 계집 스승을 따라 제자가 되었더니, 그 스승이 검술에 신묘하여 제자 셋을 가르쳤은즉, 秦海月(진해월) 金綵虹(김채홍) 沈裊煙(심요연)이며 첩이 곧 심요연이옵니다. 검술을 배운 지 삼년에 능히 변화하는 법을 터득하여 바람을 타고 번개를 따라

─────────────
*용천검 : 옛날 중국에 있었다는 보검(寶劍).

순식간에 천여 리를 달리며 세 사람이 검술에 별로 우열이 없사온데, 스승이 원수를 갚으라 하거나 혹은 악한 사람을 없이하라 하면 반드시 채홍과 해월 두 제자만 보내며 첩은 한 번도 보내지 아니하기로 첩이 분함을 이기지 못하여 스승께 묻자오되,「우리 세 사람이 함께 가르치심을 받았으나 첩은 홀로 스승의 은혜를 갚지 못하였사오니, 첩의 재주가 용렬하여 한 번도 부리지 아니하시나이까」하온즉 스승이 이르기를,「너는 우리들과 다르니라. 후일에 마땅히 바른 도를 얻어 마침내 뜻을 펴게 되겠거늘, 너도 저 두 사람과 같이 인명을 살해하면 해로울 터이매, 너를 부리지 아니하노라」하기에 첩이 또 묻자오되,「만일 그러하오면 첩의 검술은 장차 어디에 쓰게 되오리까」스승이 또 타이르기를,「네 전생의 연분이 당나라에 있고 그는 큰 위인인데, 너는 타국에 있는지라 만날 도리가 없으니 내 너를 위하여 검술을 가르침은 너로 하여금 재주를 인연으로 귀인을 만나게 함이니, 네 후일에 마땅히 백만 군 중에 들어가 劍戟 사이에서 좋은 인연을 이루리라」하고, 다시 금년 봄에 첩더러 이르기를,「천자가 대장군으로 하여금 토번을 치시매 贊普가 방을 붙여 자객을 불러 당나라 장군을 치려 할 터이니, 네 이 기회를 잃지 말고 산에서 내려가 토번국에 가서 모든 자객들과 더불어 검술을 겨루어 일변 당장의 급한 화를 면하고 일변 전생의 좋은 연분을 맺으라」하기로 토번국에 가서 몸소 성문에 붙인 방을 떼어 가지고 들어가 본즉, 찬보가 첩을 불러 먼저 온 여러 자객으로 더불어 재주를 견주게 하기에 첩이 검술을 부려 으뜸이 되니,

찬보가 크게 기꺼워하여 첩을 보내면서 말하되,「네 당나라 장수의 머리를 베어 온 후에 내 너를 귀비로 삼겠노라」 하더이다. 이제 장군을 만나 뵈오니 과연 스승의 말씀과 같은지라, 바라옵건대 첩은 시비의 반열에 참여하여 좌우에 모시려 하오나 장군께옵서는 과연 허락하시겠나이까.」

원수 크게 기꺼워하여 이르되,

「낭자 이미 죽게 된 목숨을 구하고 또 몸으로써 섬기고자 하니, 이 은혜를 어찌 다 갚으리오. 백년해로하는 것이 실로 내 뜻이라.」

하고 인하여 동침하니, 창검 빛으로 화촉을 대신하고 칼소리로 거문고를 대신하니, 바로 군막 속일지언정 호탕한 정이 如山如海하더라.

이로부터 원수는 심요연에게 빠져 장졸을 보지 아니함이 연사흘이 되니, 요연이 말하되,

「군 중은 부녀자의 거처할 곳이 아닐 뿐더러 군병의 사기가 발양치 못할까 두렵나이다.」

하고 이어서 돌아갈새, 원수가 이르기를,

「낭자는 범상한 여자에 견줄 바 아니기로 나에게 奇謀와 秘計를 가르쳐 도적에게 써보기를 바라오.」

요연이 이에 대답하되,

「첩의 이 일은 스승의 명으로 말미암아 나왔사오나, 스승게 길이 하직은 아니하온지라 돌아가 스승을 모시고 아직 있다가 장군께서 군사를 돌이킴을 기다려 서서히 황성으로 나아가 뵈옵겠나이다. 또 토번의 자객이 많으나 첩의 적수가 없으니 첩이 귀순한 줄 알면 生心을 돋굴 자 없을 터이오니 아무 염려 마시옵소서.」

하더니, 손으로 허리를 더듬어 구슬 한 개를 꺼내어 주며 이르되,

「구슬의 이름은 妙雅琓(묘아완)이니 찬보의 머리에 꽂았던 것이오라, 장군은 사자를 보내어 이 구슬로 하여금 첩이 다시 돌아갈 뜻이 없는 줄 알게 하소서. 앞길에 蟠蛇谷(반사곡)*이 있으니 장군께서 반드시 그 길로 지날 것이옵고, 또 먹을 물이 없사오니 장군께서는 안심하시고 우물을 파서 군사를 먹이심이 좋을까 하나이다.」

하고 인하여 구슬을 던지거늘 원수가 또 계교를 묻고자 하더니, 심랑이 한 번 뛰어 공중으로 오르매 그 거처를 알 수 없더라. 원수 모든 장졸을 모아 놓고 심랑의 일을 말하니, 제장 군졸이 대원수의 행복과 위엄이 도적으로 하여금 두렵게 함이니 필연 神人(신인)이 와 도움이라 하더라.

양원수 즉시 사람을 적진에 보내어 묘아완 구슬을 찬보에게 보내고 드디어 행군하여 泰山下(태산하)에 이르니, 산골 길이 심히 좁아 겨우 말 한 필이 지나갈 형편이거늘, 석벽을 붙잡고 시냇가를 따라서 나아가 수백 리를 지나매 비로소 너른 곳이 있어 留陣(유진)하고 군사를 쉬게 하니라. 군사들이 피곤하고 목이 타서 물을 찾으나 얻지 못하다가, 산 밑에 큰 연못이 있는 것을 보고 다투어 마시더니 모두들 온몸이 푸른빛을 띠고 벙어리가 되어 숨소리가 멀어지며 죽으려 하더라. 원수가 괴이쩍게 여겨 몸소 가보니 물빛이 심히 푸르고 깊이를 측량치 못하겠고 냉기가 가을 서리 같은지라, 비로소 깨달아 이르되,

「필연 심요연이 이른 반사곡이로다.」

하고 남은 군사를 재촉하여 우물을 파게 하나 모든 군사

---

*반사곡 : 뱀같이 생긴 긴 골짜기.

가 수백여 곳에 십여 길씩이나 파보되 물이 솟는 곳이 하나도 없기에 원수가 매우 민망히 여겨 진을 다른 곳으로 옮겨 치라 하는데, 홀연 산 뒤로부터 북소리가 나며 진동하는 듯이 산과 골짜기에 울리니, 이는 적병이 험한 곳에 몰려 있다가 원수의 군사가 돌아갈 길을 끊으려 함이라.

군사의 목마름과 앞뒤 길이 막혀 정히 곤경에 빠져들었기에 원수는 장차 도적을 물리칠 계교를 생각하며 장막 안에 앉아 몸이 피곤하여 졸고 있는데, 홀연 기이한 향내가 장막에 가득 차며 계집 아이 둘이 원수 앞으로 나아와 서는데, 그 용모가 신선 같기도 하고 귀신 같기도 하더라. 계집 아이들이 원수에게 고하되,

「우리 낭자의 말씀으로 귀인께 아뢰고자 하오니, 원컨대 귀인은 누추한 곳에 한번 들르시기를 아끼지 마시옵소서.」

원수 물으되,

「낭자 어떠한 사람이며 어느 곳에 있느냐.」

女童이 대답하되,

「우리 낭자는 곧 洞庭龍王의 작은 딸일러니, 근일 잠시 궁중을 떠나 이곳에 와 머무르시나이다.」

원수 이르되,

「용왕의 거하는 곳은 水府요 나는 인간계의 사람이니, 장차 무슨 술법으로 내 몸을 가게 하리오.」

여동이 대답하되,

「神馬를 이미 문 밖에 매었사오니, 귀인이 타시면 자연 이르시리이다.」

원수 여동을 따라 진문 밖에 나아가니 騶從들의 옷차

림이 다 이상한데, 원수를 거들어 말 위에 올리니 말 걸음이 흐르는 것 같고 말굽에서 먼지가 일어나지 아니하더니, 이윽고 수부에 다다르매 호화롭게 꾸민 궁궐이 화려하여 임금 계신 곳 같고 문 지키는 군사가 모두 물고기 머리에 새우 수염이더라. 여동 수 명이 안으로부터 나와 문을 열고 원수를 인도하여 당상에 오르니 전각 가운데 백옥의 交椅(교의)를 남향으로 놓았거늘, 시녀가 원수에게 청하여 그 위에 앉게 하고 비단 자리를 깔아놓고서 곧 내전으로 들어가더니, 얼마 아니 되어 시녀 십여 명이 낭자 한 사람을 인도하여 왼편 月廊(월랑)으로부터 전각 앞에 이르니, 자태가 아름답고 의복이 산뜻함은 가히 형언할 수 없겠더라. 시녀 일인이 앞으로 나아와 청하되,

「동정용왕의 용녀, 원수께 뵈옵기를 청하나이다.」

원수 놀라 피하고자 하매 시녀 만류하여 자리에서 내려오지 못하게 하고, 그 용녀가 앞을 향하여 네 번 절하는데 佩玉(패옥)소리는 맑고 꽃다운 향기가 코를 찌르는지라, 원수도 답례로 전상에 오르기를 청하니, 용녀는 사양하며 작은 돗자리를 펴고 앉기에 원수 이르되,

「少游(소유)는 인간 천품이요 낭자는 수부의 용녀이시거늘, 어찌 禮貌(예모)가 이토록 過恭(과공)하시나이까.」

용녀 대답하되,

「첩은 동정 용왕의 막내딸 白凌波(백능파)이온데 갓났을 적에 부왕이 옥황상제께 뵈올새, 張眞人(장진인)이 첩의 사주의 점괘를 뽑아 보고 이르기를, 「이 낭자는 前身(전신)이 곧 신녀로서 죄를 범하고 귀양 와서 왕녀가 되었으나, 필경에는 다시 사람의 모습을 얻어 인간 세상에서 귀인의 첩이 되어 부귀와 영화를 누리고 마침내 부처님께로 돌

아가 대선사가 되리라」하였으니, 우리 용의 무리는 水族의 祖宗으로서 사람 모습으로 변화하는 것을 큰 영광으로 알고 신선과 부처님에 이르러서는 더욱 앙망하는 바이라. 첩의 맏형은 처음에 涇水龍宮의 며느리가 되었더니 화합치 못하여 두 집 사이가 틀리고 柳眞君*에게 개가하매* 친척들이 높이고 온 집안 사람이 공경하나 첩인즉 장차 바른 인연을 찾아서 일신의 榮貴함이 필시 맏형보다는 나을 것이라, 진인의 말씀을 들으신 후로 첩을 각별 사랑하시고 궁중의 대소 시녀들도 하늘 위의 신선같이 대접하였나이다. 차츰 자라나매 남해 용왕의 아들 五賢이 첩에게 다소 자색이 있다는 말을 듣고 부왕께 통혼하오니, 우리 洞庭은 남해 용왕의 아랫 관원인고로 부친은 감히 앉아서 거절치 못하고 몸소 남해로 가서 장진인의 사주 이야기를 아뢰고 즐겨 따르지 아니하오신즉, 남해 용왕은 교만한 아들을 위하여 도리어 부친께 허망한 말에 홀렸다 하고 준절하게 책망하여 혼담이 급하기로 첩이 스스로 헤아리되, 「만일 부모 슬하에 있으면 필연 몸에 욕이 미치리라」하고 슬하를 떠나 몸을 빼어 도망을 하고 가시덤불을 헤치며 집 짓고 홀로 변방에 숨어서 구차로이 세월을 보내오나 남해의 핍박이 더욱 심하기에 부모님께서 말씀하기를, 「딸아이는 사람 따르기를 원치 아니하고 멀리 도망하여 깊이 숨어 홀로 세월을 보내나이다.」하였더니 남해 용자가 첩의 외로운 신세를 업신여겨 몸소 군사를 이끌고 와서 첩을 핍박코자 하오매, 첩의 간절

---

* 유진군 : 유의(柳毅).
* 개가하매 :《유의전(柳毅傳)》에 동정용녀(洞庭龍女)가 유의에게 개가(改嫁)를 한 이야기가 있다.

한 소원에 천지신명이 감동하사 瀦澤*의 물이 居然*히
변하여 차기가 얼음 같고 어둡기가 지옥 같아서 타국
의 군사는 능히 쉽게 들어오지 못하였나이다. 첩이 이
에 힘을 입어 온전하고 지금에 이르도록 위태로운 목
숨을 보존하옵는데, 오늘 당돌하게 귀인을 청하와 누
추한 곳에 왕림하시게 함은 다만 첩의 정경을 아뢰고
자 할 따름이 아니옵나이다. 이제 천자의 군사가 구차
하옴이 이미 오래고 우물에 물이 나지 아니하며 흙을
파고 땅을 뚫는 것이 또한 수고롭거늘, 물을 얻지 못하
여 군사의 힘을 지탱하지 못하오리다. 이 물은 본디 清
水潭이더니, 첩이 와서 거처함으로부터는 물맛이 심히
흉악하여 마시는 자는 병이 나는고로 이름을 고쳐 白
龍潭이라 부르나이다. 이제 귀인이 오시매 첩이 의지
할 곳을 얻었사오니 귀인의 근심이 곧 천첩의 근심이
오라 감히 미련한 소견이나마 의를 다하여 軍功*을 돕
지 아니하리이까. 이제로부터는 물맛이 예전과 같이
달 것이니, 군사들로 하여금 마시게 해도 해가 없고 병
난 군사들도 또한 쾌차하리이다.」

원수가 이르되,

「이제 낭자의 말을 들으니 우리는 天定緣分이라, 月老*
의 언약을 어지간히 맞출 수 있음직한데 낭자의 뜻이
또한 나와 같으뇨.」

용녀 대답하되,

「첩이 몸을 비록 낭군께 허락키로 하였사오나 지레 낭

----

*저택 : 깊은 못.
*거연 : 「갑자기」라는 뜻. 《사원(辭源)》에 「위안연야(謂安然也)」.
*군공 : 전쟁에서 세운 공적.
*월로 : 유월하노인(六月下老人)을 줄여서 쓰는 말. 남녀(男女)의 인연(因
    緣)을 맺어 주는 신(神)을 일컬음.

군을 모시고 인연을 맺음에 가당치 않은 것이 셋이니, 첫째는 부모를 돌보지 않음이요, 둘째는 換骨脫胎한 후에야 가히 귀인을 모실 것이어늘, 이제 비늘껍질에 비린 지느러미와 갈기를 지닌 누추한 몸으로써 귀인의 자리를 더럽히지 못할 것이요, 세째로 남해 용자가 매양 나졸을 이 근처로 보내어 가만히 더듬어 살피니, 만일 그가 알게 되면 필연 한바탕 풍파를 일으킬 터이온즉, 그 노여움을 격동시킴은 해로울까 두려워함이오니, 원수께서는 모름지기 속히 진으로 돌아가 군사를 바로잡고 도적을 멸하사 큰 공을 이루어 凱歌*를 부르며 상경하시면 첩이 마땅히 치마를 걷고 물을 건너 귀인을 長安 댁으로 좇으리이다.」

원수 이르되,

「낭자의 말이 비록 아름다우나 나는 생각함이 낭자 이곳에 와 있는 것이 다만 뜻을 지킬 뿐 아니라 또한 용왕이 낭자로 하여금 여기에 머물러 소유가 오기를 기다려 곧 따르게 하라 함일지니, 오늘부터 서로 짝이 됨이 어찌 부모의 뜻이 아니겠느뇨. 또한 낭자는 신명한 後身이요 신명한 성품이라, 사람과 귀신 사이를 넘나들매 간 데마다 옳지 아니함이 없은즉, 어찌 비늘과 지느러미와 갈기로써 그대를 꺼리리오. 소유가 비록 재주 없으나, 천자의 명을 받자와 백만 대병을 거느리고서 飛廉*으로 길잡이를 삼고 海若*으로 후진을 삼으니, 저 남해 용자를 모기나 개미같이 볼 따름이라. 이제 그가 만일 스스로 헤아리지 못하고 망령되이 항거

---

* 개가 : 개선가(凱旋歌).
* 비렴 : 풍신(風神).
* 해약 : 해신(海神).

코자 하면 내 칼을 더럽힐 따름이렷다! 오늘밤 다행히
서로 만났으니 좋은 때를 어찌 헛되이 지내며 아름다
운 기약을 어찌 쉽사리 저버릴 수 있으리오.」
하고, 인하여 용녀를 이끌고 취침하니 그 즐거움은 꿈이
냐 생시냐 할러라.

  익일 未明에 우뢰 같은 소리 일어 水晶宮을 흔들거늘,
용녀가 홀연 놀라 일어나니 궁녀가 고하되,
  「남해 태자가 무수한 군병을 거느려 산 밑에 진을 치고
  양원수와 승부를 결단함을 청하나이다.」
  원수가 대노하여 이르되,
  「미친 아이가 어찌 감히 이러느뇨.」
하고, 소매를 떨치며 일어나서 물가로 걸어 나아가니 남
해 군사는 이미 백룡담을 에워싸고 떠드는 소리 크게 진
동하여 살기가 사면에 뻗치며, 이른바 태자라 하는 자는
말을 달려 진두에 나아와 大叱하되,
  「너는 어떠한 사람이기로 남의 아내를 빼앗아 가느뇨.
  맹세코 너와 더불어 이 천지간에 살지 아니하리라.」
하기에, 원수가 말을 세우고 대소하되,
  「동정 용녀가 나와 더불어 맺은 연분은 天宮에 치부한
  바요 眞人이 아는 바이니, 나는 천명을 준수할 뿐이거
  늘, 요망한 고기 새끼가 무뢰함이 어찌 이 같으뇨.」
  인하여 군사를 指揮하여 싸움을 재촉하니, 태자 대노
하여 천만 가지의 물고기들에게 영을 내리니 鯉提督과 鼈
參軍이 기운을 돋우고 용맹을 내어 걸어나오기에 원수가
한 번 지휘하여 다 목을 베고 백옥 채찍을 들어 한 번 휘
두르니 백만 군병이 짓밟히며 삽시간 부스러진 비늘

과 깨어진 껍질이 땅에 너저분하고 태자는 몸의 수개 처를 창에 찔려 능히 변화를 일으키지 못하고 마침내 원수의 군사에게 잡힌 바 되니, 이를 결박하여 원수의 말 앞에 바친즉, 원수는 크게 기꺼워하며 징을 쳐서 군사를 돌리니 수문군이 고하되,

「백룡담 낭자 친히 陣(진) 앞에 나아와 원수께 치하하고 군사를 犒饋(호궤)하려 하시나이다.」

원수 사람을 시켜 맞아들이니, 용녀 원수의 승전함을 치하하고 술 백 석과 소 백 필로써 군사를 위로한즉, 모든 군사 含哺鼓腹(함포고복)하고 士氣(사기)의 용맹함이 전보다 백 배나 더하더라.

원수 용녀로 더불어 한자리에 앉아서 남해 용자를 잡아들여 소리를 높여 꾸짖되,

「내 천자의 명을 받들어 사방의 도적을 치매 일만 귀신도 감히 내 명을 거역하는 자 없거늘, 네 한낱 조그만 아이가 천명을 알지 못하고 감히 대군을 거역하니 이는 스스로 죽기를 재촉함이렷다. 이에 한 자루 寶劍(보검)이 있는데, 이는 魏徵(위징) 승상이 經河(경하)의 용을 베던 잘 드는 칼이라, 내 마땅히 네 머리를 베어 우리 군사의 위엄을 떨칠 것이로되, 너의 집이 남해를 진정하여 인간계에 비를 널리 내려 만민에게 공이 있는고로 각별 용서하노니, 지금부터 전의 행실을 고쳐 다시는 낭자께 죄를 짓지 말지어다!」

인하여 끌어 내치니, 남해 용자는 숨도 크게 못 쉬고 쥐 숨듯 돌아가더라.

홀연 서기가 동남으로부터 일더니 붉은 놀이 영롱하고 산구름이 찬란하며, 旗幟(기치)와 節鉞(절월)이 공중으로부터 내려오

며 붉은 옷 입은 사자가 종종걸음으로 나아와 이르되,

「동정 용왕이 양원수께서 남해군을 격파하고 공주의 위
급을 구하심을 아시고, 친히 진문 앞에 나아와 치하코
자 하시나 몸이 政事에 매어 감히 마음대로 처단치 못하
시는고로 바야흐로 대연을 별전에다 베풀고 원수께
청하오니 원수는 잠시 왕림하소서. 대왕이 또한 소신
으로 하여금 공주를 모시고 한가지로 돌아오라 하시더
이다.」

원수 이에 답례하되,

「적군이 비록 물러갔으나 진 친 것이 오히려 남아 있
고, 또한 동정호가 만리 밖에 있으니 오고가는 사이에
날짜가 오래 걸릴 터인즉, 군사를 거느리는 자가 어찌
감히 멀리 나가리오.」

사자 이르되,

「이미 여덟 용으로 수레에 멍에를 갖추었으니 반일이
면 마땅히 往返하리이다.」

楊元帥偸閑叩禪扉
王姬微服訪閨秀

양원수 용녀로 더불어 龍車에 오르니, 이상한 바람이 바퀴를 굴려 공중으로 올라가매, 다만 흰 구름이 日傘같이 세계를 덮을 따름이더니, 차츰 내려가 동정호에 이르니 용왕이 멀리 나아와 맞으며 주객의 예의를 차리고 翁婿之情을 펼새, 허리 굽혀 절하고 위층 전각에 오른 다음 잔치를 베풀어 정성껏 대접하더라. 용왕이 친히 술잔을 전하면서 사례하되,

「과인이 덕이 없어 한낱 딸자식으로 하여금 능히 그곳을 편하게 해주지 못했더니, 이제 원수의 엄숙한 위세로써 남해의 狡童*을 사로잡고 딸아이를 구하니 그 은혜는 하늘보다 높고 땅보다 두텁도다.」

원수가 답사하되,

「이는 다 대왕의 威令이 미친 바이니 소유에게 무슨 공이 있사오리까.」

하고 술이 취하니 용왕이 분부를 내려 여러 풍악을 아뢰니, 그 음률이 蝸蝸하여* 들으매 條와 節이 있으나 시속의 풍악과 다르고, 장사 천 명이 전각 좌우로 늘어서서 각기 칼과 창을 버리고 큰 북을 울리며 나오는데, 여

＊교동 : 망나니, 여기서는 성질이 포악한 자, 또는 잔인무도(殘忍無道)하게 구는 사람을 말함.

＊융융하여 : 화락함을 이름. 《좌전》에 「기락야융융(其樂也融融)」.

섯 쌍의 미인들이 芙蓉衣를 입고 明月佩를 차고 汗衫*을 가볍게 날리며 쌍쌍이 對舞하니 보기에 참 장관일러라.

양원수가 수부 풍악을 듣다가 묻되,

「이는 무슨 곡조이오니까.」

용왕이 대답하되,

「옛적에는 수부에 이 곡조가 없었는데, 과인의 맏딸이 涇河王의 세자비가 되매 柳生*의 전하는 글로 인하여 그 牧羊이 곤함을 만날 줄 알고 과인의 아우 錢塘君이 경하왕과 더불어 크게 싸워 대파하고 딸아이를 데려 오니, 궁중 사람들이 이 풍악을 짓고 춤을 붙여 이름하여 부르되 「전당군 破陣樂」이니 「貴主還宮樂」이라 일컬으며 궁중잔치에서 때때로 아뢰더니, 이제 원수가 남해 용왕을 격파하고 우리 부녀도 서로 만나게 하니 전당군의 옛일과 흡사한고로 그 이름을 고쳐 「元帥破軍樂」이라고 하노라.」

원수 또 묻자오되,

「유생이 어디 있으며 가히 만날 수 있사오리까.」

용왕이 대답하되,

「유생이 이제 瀛洲의 仙官이 되어 바야흐로 그 마을에 있으니 어찌 가히 보리오.」

술이 아홉 巡杯에 원수가 하직하되,

「軍中이 다사하여 오래 머무르지 못하오니, 원컨대 대왕은 만수무강하소서.」

또 용녀를 돌아보아 이르되,

「낭자는 뒷날의 기약을 어기지 마라.」

---

*한삼 : 손을 감추기 위하여 저고리의 소매 끝에다 흰 천으로 길게 덧대는 것을 말한다.
*유생 : 유의를 말함.

하니, 용왕이 대신 대답하되,

「그것은 염려 말라, 마땅히 언약대로 하리라.」

하고, 궁문 밖에 나아가 전송할새 원수 홀연 보니 앞에 산악이 突兀*하여 다섯 봉우리가 구름 사이로 솟아올라 유람할 경개가 있는지라, 이에 용왕께 묻기를,

「이 산이 무슨 산이오니까. 소유가 천하명산을 두루 구경하였으되 오직 衡山*과 巴山*을 보지 못하였나이다.」

용왕이 이르되,

「원수 이 산의 이름을 알지 못하느뇨. 곧 남악 형산이니 신기하고도 이상한 산이거늘 어찌 알지 못하느뇨.」

원수 간청하되,

「어찌하오면 이 산에 오르리이까.」

용왕이 대답하되,

「오늘 日勢 오히려 늦지 아니하였으니 잠깐 구경하고 돌아가도 또한 저물지 아니하리로다.」

원수 사례하고 수레에 오르니 이미 형산 아래라, 한 길을 찾아 한 언덕을 넘고 한 구렁을 건너니 산이 더욱 높고 지경이 점점 그윽하며 일만 가지 경개*가 널려있어 이루 다 구경할 수 없으니, 소위 「천봉이 競秀하고 萬壑이 爭流*로다」의 경치로다.

원수 사방을 둘러보매 그윽한 생각이 저절로 떠오르기에 탄식하되,

「진중에서 오래 몸이 시달리고 정신이 고달프니 이 몸

---

* 돌올 : 우뚝 솟음.
* 형산 : 중국 오악(五嶽)의 하나인 남악(南嶽)을 말함. 호남성(湖南省) 동정호(洞庭湖) 남쪽에 있음.
* 파산 : 중국 섬서성(陝西省)에 있는 산.
* 경개 : 경치(景致).
* 천봉이 경수하고 만학이 쟁류 : 진서(晉書)의 《고개지전(顧愷之傳)》에 나오는 구절임.

의 속세 인연이 어찌 그리 중할꼬. 공을 이루고 물러가 초연하게 만물 밖의 사람이 되리로다.」

문득 들으니 磬鐘 소리 수목 사이로 울려오거늘, 원수 이르되,

「필연 절간이 멀지 아니하도다.」

하고, 언덕에 오르니 한 절이 있는데, 전각이 깊숙하여 그윽이 보이고 여러 중들이 모여있는 자리에 노승 한 사람이 높이 앉아 바야흐로 경문을 외며 설법하는데, 눈썹이 길고 희며 골격이 맑고 파리하여 그 연세가 많음을 가히 알겠더라.

노승은 원수가 들어오는 것을 보고는 제자들을 거느리고 당에서 내려가 맞으며 이르되,

「산중 사람이 귀밝지 못하여 대원수의 오심을 전혀 알지 못하와 문 밖에 나아가 영접치 못하였소이다. 청컨대 원수는 이를 용서하소서. 그러나 이번은 아주 오시는 것이 아니오니, 모름지기 전각에 올라 佛前에 합장배례하고 돌아가소서.」

원수 곧 부처님 앞에 나아가 분향재배하고 바야흐로 전각에서 내려오다가 갑자기 발을 헛딛고 놀라 깨니, 몸은 진중에 있으며 책상을 의지하고 앉았는데 동녘이 이미 밝았는지라, 원수는 이상히 여겨 여러 장수를 불러들여 묻되,

「제공들도 또한 꿈이 있었느뇨.」

장수들이 일제히 대답하되,

「小將 등도 꿈에 원수를 따라 神兵鬼卒과 더불어 크게 싸워서 이를 격파하고 그 대장을 사로잡아 돌아왔으니, 이는 실로 도적을 격파하고 首魁를 사로잡을 길조로소이다.」

원수 꿈속 일을 낱낱이 말하고 제장으로 더불어 백룡담에 가보니, 부스러진 비늘과 깨어진 껍질이 땅에 가득 깔리고 흐르는 피가 내를 이루었기에 원수가 몸소 표주박을 들고 물을 떠서 먼저 맛보고서 병든 군사들을 먹이니 그 병이 깨끗이 낫는지라, 도적이 이 말을 듣고 몹시 두려워하여 곧 항복하고자 하더라.

양원수는 출전한 이후로 捷報(첩보)를 연속하여 올리니 천자가 매우 기뻐하시고, 하루는 태후께 문안드릴새 양소유의 공을 칭찬하시되,

「옛날의 郭汾陽(곽분양)이 곧 오늘의 양소유로소이다. 그가 돌아옴을 기다려 즉시 丞相(승상)의 벼슬을 내려 세상에 드문 공을 갚을까 하옵니다. 공주의 혼사를 확정하지 못했사오나 양소유가 마음을 돌려 명을 순수하면 다행하옵거니와 만일 또 고집하여도 功臣(공신)을 아무래도 죄주지 못할 것이요, 또한 그 뜻을 아무래도 빼앗지 못할 터이오니 조처할 도리가 실로 알맞기 어려우니 극히 민망하도소이다.」

태후 이르시되,

「정사도의 여아 진실로 아름답고 또 소유로 더불어 이왕에 서로 보았다 하니 소유 어찌 즐겨 정녀를 버리리오. 소유가 변방에 나아간 틈을 타서 조서를 내려 정녀로 하여금 타인과 성혼케 하면 소유도 소망이 끊어질 터이니, 君命(군명)을 어찌 가히 따르지 않으리오.」

상이 오래 대답치 아니하시더니 잠잠히 나가시더라.

이때 난양공주 태후 곁에 있다가 태후께 고하되,

「태후마마의 하교, 사리에 크게 틀리도소이다. 정녀의

혼인 여부는 곧 그 집 일이요 어찌 조정에서 지휘할 바
이겠나이까.」

태후 이르되,

「이 일은 너의 중난한 일이요 나라의 큰 예절이니, 내
너와 더불어 의논코자 하노라. 병부상서 양소유는 풍
채와 문장이 滿朝諸臣(만조제신) 중에서 뛰어날 뿐 아니라 지난
날 퉁소 한 곡조로써 너와 천정연분임을 알았으니 결
코 양소유를 버리고 타인을 구하지 말지며, 또한 소유
가 본래 정사도 집과 더불어 정분이 범연치 아니하여 서
로 저바리지는 못할지라, 이 일은 극히 난처하니 소유
가 돌아오거든 혼례를 먼저 치르고서 소유로 하여금
정녀에게 다시 장가들어 첩을 삼게 하면 소유도 감히
사양치 못할 듯하나 너의 의향을 알지 못하는지라 이
렇듯 주저하니라.」

공주 여쭈오되,

「소녀 일생 투기가 무엇인 줄 알지 못하오니 정녀를 어
찌 꺼리오리까마는 양상서가 처음에 납채하였으니 다
시 첩으로 삼는 것은 예가 아니오며, 정사도는 또한 누
대의 재상이요 명문귀족이니, 그의 여식으로 하여금 첩
을 삼게 함도 역시 가하지 아니하나이다.」

태후 물으시되,

「그러면 네 뜻에 어찌 조처코자 하느뇨.」

공주 대답하되,

「국법에 諸侯(제후)는 부인이 셋이라, 양상서가 공을 세우고
돌아오면 크면 왕이요 적어도 公侯(공후)가 될지니 두 부인
을 두는 것이 별로 분수에 넘치는 바 아니올지라, 이때
를 당하여 정녀에게 正室(정실)로 장가들게 하심이 어떠하나

158

이까.」

태후 이르시되,

「이는 실로 불가하다. 너는 先帝(선제)께서 사랑하신 딸이요, 今上(금상)이 고이는 누이이니 몸이 실로 귀중하고 지위가 또한 높거늘 어찌 가당치 않게 여염집 여자와 더불어 어깨를 견주며 한 사람을 섬기리오.」

공주 대답하되,

「옛적 聖主(성주) 明君(명군)도 어진 사람을 높이고 선비를 공경하여 스스로 몸의 존귀함을 잊고 오직 그 덕을 사랑하여 만승천자의 몸으로써 필부를 벗삼으셨으니 어찌 귀천을 가릴 수 있겠나이까. 소녀가 들으니 정녀의 용모와 節行(절행)이 비록 고금의 손꼽는 열녀라도 이에서 낫지 못하리라 하오니, 과연 사실이 이 말 같을진대 저와 같이 어깨를 견주는 것은 역시 소녀에게 다행할 따름이요 욕은 아니로소이다. 그러하오나 남의 말이란 틀리기 쉬워 그 虛實(허실)을 믿기 어렵사오니, 소녀는 아무쪼록 친히 정녀를 보아 그 용모와 재덕이 소녀보다 과연 나으면 우러러 섬길 것이요, 만일 그렇지가 못하면 첩을 삼게 하거나 종을 삼게 함은 개의치 아니하오리이다.」

태후 탄식하시되,

「재주를 투기하고 아름다움을 꺼림은 여자의 상정이거늘, 내 딸아이는 남의 재주 사랑하기를 제 몸에 있는 것같이 하고 남의 덕행 공경하기를 목마른 사람이 물 찾듯 하니, 그 어미 된 자 어찌 기쁜 마음이 없으리오. 또한 정녀를 한번 보고 싶어하니 내일 마땅히 조서를 정사도에게 내리리라.」

공주 여쭈오되,

「비록 娘娘*의 명이 있사와도 정녀는 필연 칭병하고 들어오지 아니하오리니, 그렇다고 재상가의 여자를 함부로 협박하여 부르시지는 못할 터이온즉, 혹시 道觀과 尼院에 분부를 내리시와 미리 정녀의 분향하는 날을 알면 한번 만나 보기 어렵지 않을 듯하오이다.」

태후 옳게 여겨 내관을 시켜 근처 도관에 두루 물으시니 定惠院*의 尼姑 고하되,

「정사도 집에서 불공을 우리 절에 올리되, 그 소저는 본디 절간에 왕래하지 아니하고 다만 사흘 전에 소저의 시비 賈春雲이 소저의 명을 받고 그 발원하는 글을 부처님께 바치고 갔사오니, 바라건대 내관은 이 글을 가지고 태후 낭랑께 복명함이 어떠하오니이까.」

내시 응낙하고 돌아와 그 연유를 아뢰고 정소저의 發願書를 올리니, 태후가 이르시되,

「진실로 이 같으면 정녀의 얼굴을 보기 어렵도다.」

하시고 공주로 더불어 그 발원서를 한가지로 보시니 하였으되,

「제자 鄭瓊貝는 삼가 백배하고 婢子 춘운을 목욕재계하여 보내어 여러 부처님 전에 비나이다. 제자 경패는 죄악이 매우 무겁고 業障이 미진하여 세상에 남에 여자의 몸이 되옵고 또 형제의 즐거움도 없사오며, 전일에 이미 양씨의 납채를 받았기로 장차 몸을 양씨 문중에 마치고자 하였삽는데, 양랑이 부마 간택에 뽑히매 군명이 지엄하시니, 제자는 양씨와 더불어 장차 어찌하

---

* 낭랑 : 황후(皇后).
* 정혜원 :《사원(辭源)》에 「재호북황강현(在湖北黃岡顯)」이라 했다. 한문본
    에는 「정폐원(正弊院)」으로 되어 있지만 잘못임.

오리까. 다만 하늘의 뜻과 사람의 일이 서로 어긋남을 한탄하옵고 기박한 몸이 餘望(여망)이 없사오며, 몸은 비록 허락지 아니하였으나 마음은 이미 붙였사온즉, 아직은 부모 슬하에 의지함으로써 미진한 세월을 보내고자 하옵는데, 이 몹시 궁박한 신세로 말미암아 다행히 일신에 한가함을 얻은고로 이에 감히 정성을 부처님 앞에 올려 제자의 심정을 아뢰옵나니, 엎드려 바라옵건대 여러 부처님께서는 이를 통촉하시와 慈悲之心(자비지심)을 드리우셔 제자의 늙은 부모로 하여금 上壽(상수)*를 누리게 하옵시고, 제자의 몸으로 하여금 질병과 재앙이 없이 부모 앞에서 고운 색동옷을 입고 새 새끼를 길러 희롱하는 즐거움을 다하게 하옵소서.

부모 백년해로하시고 돌아가신 다음에는 맹세코 부처님께로 돌아와 세속 인연을 끊고 경계하는 말씀을 복종하여 마음에 재계하고 경문을 외며 몸을 정결히 하여 부처님 앞에 예배하와 부처님의 두터운 은혜를 갚으오리다. 춘운이 본래 경패와 더불어 크게 인연이 있사와 이름은 비록 종과 상전이오나 정의는 형제와 같사오니, 그가 일찌기 주인의 명으로써 양씨의 소실이 되었삽는데, 일이 마음과는 어긋나 아름다운 인연을 보존치 못하옵고 길이 양씨를 하직하고 다시 주인에게 돌아왔사오니 아무래도 生死苦樂(생사고락)을 같이하올지라, 여러 부처님께서는 제자 두 사람의 가슴 속을 굽어살피시고 世世生生(세세생생)에 다시 여자 몸이 되는 것을 벗어나게 하시와 전생의 죄를 소멸하고 후세에 복을 주시면 좋은 땅에 還生(환생)하여 유쾌한 환락을 길이 누리게 하옵소서.」

---

* 상수 : 나이가 썩 많음. 또는 썩 높은 나이.

라고 하였더라.

공주 보고 나서 눈썹을 찡그리며 이르되,

「한 사람의 혼사로 말미암아 두 사람의 신세를 그르치게 하니, 이는 크게 陰德(음덕)에 해로우리로다.」

태후 들으시고 묵묵하시더라.

이때 정소저 그 부모를 모셔 和氣怡色(화기이색)하여 一毫怨恨(일호원한) 없으나 최부인이 매양 소저를 보매 슬프고도 섭섭함을 이기지 못하였고, 춘운이 소저를 모시고 문필과 기예를 강잉하여 수심을 억제하고 세월을 보내나 저절로 마음이 타고 간장이 녹아서 점점 초조해지기에 소저는 위로 부모를 생각하고 아래로 춘운을 불쌍히 여겨 자못 심회가 산란하여 스스로 편안치 못하되 남들은 알지 못하더라.

소저 모친의 답답한 마음을 위로할새, 풍악과 모든 구경거리를 구하여 시시로 받들어 노모를 즐겁게 하는데 하루는 한 여동이 찾아와 수놓은 족자를 팔려고 하거늘, 춘운이 펴보니 한 폭은 꽃 사이에 공작새요, 다른 하나는 대숲에 자고새더라. 춘운이 그 수놓은 솜씨를 흠모하여 그 여동을 기다리게 하고 족자를 부인과 소저께 드리고 여쭈오되,

「소저 매양 춘운의 수놓은 것을 칭찬하시는데 시험삼아 이 족자를 한 번 보소서. 이는 선녀의 틀 위에서 나오지 않았으면 필연 귀신의 손에서 된 것이로소이다.」

소저 부인 앞에 펴보고 놀라 이르되,

「금세 사람은 이토록 공교한 솜씨가 없겠거늘, 염색과 꾸밈새가 더욱 산뜻하여 옛 것이 아니니 고이하도다.」

이에 춘운으로 하여금 그 여동에게 출처를 물으니, 여동이 대답하되,

「우리 소저께서 수놓은 것이라. 소저는 요즈음 객지에 계셔서 급한 소용 있는고로 값의 다과는 따지지 아니하고 팔려 하나이다.」

춘운이 묻되,

「너의 소저는 뉘 집 소저이시며 또 무슨 일로 홀로 객지에 머물러 계시느냐.」

여동이 대답하되,

「우리 소저 李通判*의 매씨이니, 통판 어른이 대부인을 모시고 浙東 고을에 가 벼슬을 사시오나 아가씨는 병환으로 따라가지 못하옵고 외숙인 張別駕* 댁에 머무셨는데, 별가 댁에 근일 사소한 연고 있기로 길 건너 臙脂店* 謝三娘 집을 빌어 임시 우거하여 절동 고을에서 맞으러 오기를 기다리고 계시나이다.」

춘운이 들어가 그 말대로 고한대, 소저 비녀와 가락지와 그 밖의 패물 등속으로 값을 넉넉히 주고 족자를 사서는 대청에 높이 걸어 놓고 날이 저물도록 바라보며 칭찬하더라.

이후에 그 여동이 족자 매매함을 인연하여 정사도의 저택에 출입하고 비복들과도 사귀게 된지라. 소저 춘운에게 이르되,

「이씨 소저 수놓는 재주 이 같으니 필연 비범한 사람이라, 내가 시녀를 시켜 계집 아이를 따라가서 이소저의 용모를 보리라.」

하고 인하여 영리한 婢子를 가려 뽑아 보내니 비자가 계집 아이를 따라가 본즉, 여염집이라 몹시 협소하여 아예

---

*이통판 : 통판은 관명(官名).
*장별가 : 별가는 관명.
*연지점 : 연지를 파는 점포.

내외하는 법이 없더라.

이소저 정씨 댁 비자인 줄 알고 음식을 먹여 보내거늘, 비자가 돌아와 고하되,

「이소저의 고운 태도와 용모 우리 소저와 같더이다.」

춘운이 믿지 아니하여 이르되,

「그 수놓은 솜씨를 보건대 결코 魯鈍한 재질은 아니겠거니와 어찌 그렇듯 지나친 말을 하느뇨. 이 세상에 우리 소저와 흡사한 분이 있다 함은 내 실로 의심하노라.」

비자 대답하되,

「賈孺人*이 실로 내 말을 의심할진대 다른 사람을 보내 보시면 내 말의 진실함을 알겠나이다.」

춘운이 사사로이 한 사람을 보내었더니 돌아와서 말하되,

「괴이하다, 괴이하다! 그 아가씨는 곧 천상 선녀요 어제 들은 말이 과연 옳으니, 가유인이 내 말을 의심하거든 몸소 가 보심이 좋을 듯하오이다.」

춘운이 이르되,

「전후 말이 다 허망하도다. 어찌 두 눈이 없느뇨.」

서로 가가대소하고 헤어지더라.

수일 후 연지점에 사는 사삼랑이 정씨 댁에 와서 부인께 고하되,

「근자에 이통판 댁 소저가 이 늙은 것의 집을 빌어 거처하시는데, 그 소저의 고운 용모와 묘한 재주는 실로 처음 보는 바이온데, 그 소저가 정소저의 현숙한 절행을 깊이 사모하와 한번 서로 만나 맑은 말씀을 듣고

---

*가유인 : 유인은 아내의 통칭.

자 하되 부끄러우며 또한 매우 어려운 일이오라, 선뜻 말씀을 못 하옵더니 이 늙은 것이 부인께 자주 나와 뵙는 줄을 알고는 부인께 사뢰어 보라 하옵기에 이렇듯 와서 아뢰나이다.」

부인이 즉시 소저를 불러 이 뜻을 말하니, 소저 여쭈오되,

「소녀 몸이 타인과 다른 바 있사와 얼굴을 들고 남과 대면코자 아니하오나, 다만 듣자오니 이소저의 爲人과 凡節이 모두 그 수놓은 솜씨와 같다 하오니, 역시 한번 만나 보고자 하나이다.」

사삼랑 노파가 기꺼움을 이기지 못하고 돌아가더니, 이튿날 이소저가 비자를 보내어 온다는 말을 먼저 알리고, 느직하여 휘장을 드리운 小玉轎를 타고 시비 몇 사람을 거느리고 정사도 저택에 이르자 정소저가 寢房으로 맞아 들여 볼새, 주객이 동서로 마주 앉으니 광채가 서로 빛나 방 안이 찬란하니 서로 놀라더라.

정소저 이르되,

「向者에 시비들이 인연하여 이 근처에 계신 줄을 들었사오나 이 몸은 신세가 기구한 사람이라 인사를 전폐하고 있기에 문후치 못하였삽더니, 이제 소저께서 욕되이 왕림하시니 감격하고 죄송하와 사례할 바를 알지 못하겠나이다.」

이소저 대답하되,

「小妹는 우둔한 사람이라 부친을 일찍 여의고 慈親 편애하여 평생에 배운 일이 없고 아무런 재주도 가려 낼 것이 없사와 스스로 탄하기를, 「남자는 뜻을 사방에 두어서 어진 벗을 사귀어 서로 배우고 서로 타일러 주는

일도 있거니와, 여자는 집안 식구와 비복 외에는 다시 대하는 사람이 없으니 규중이 막혔도다」 하였더니, 공손히 듣사온즉 姐姐*께서는 班昭*의 문장에다 孟光*의 덕행을 겸하여 몸을 중문 밖에 나지 아니하시고 이름은 이미 구중궁궐에 들리시니, 소매는 이러함으로써 스스로 비루함을 헤아리지 못하고 성덕의 광채를 접하고자 원하였더니, 이제 소저의 버리지 않음을 입사와 족히 소매의 평생의 소원을 이루도소이다.」

정소저 답사하되,

「저저 말씀이 바로 소매의 마음 속에 있던 바로소이다. 규중에 매인 몸이라 출입에 걸림이 있고, 耳目에 가리움이 많으므로 본디 蒼海의 물과 巫山의 구름을 알지 못하오니 이 또한 옅고 짧은 지식의 탓인지라, 어찌 족히 이를 괴이하다 하오리까. 이는 바로 荊山之玉*이 광채를 묻고 자랑하기를 부끄러워하며 늙은 조개 속의 구슬이 고운 빛을 감추어 스스로 보배가 되는 것과 같나이다. 그러나 소매 같은 사람은 고루하오니 어찌 감히 과도히 표창하심을 당하오리까.」

인하여 다과를 내어 놓고 한담하다가 이소저가 이르되,

「풍문에 듣자온즉, 댁내에 가유인이란 사람이 있다 하오니 어떻게 한번 볼 수 없겠나이까.」

정소저 대답하되,

「소매도 또 한번 저저께 뵈옵게 하려 했나이다.」

---

*저저 : 여형(女兄). 여자끼리 상대를 존칭하는 말.
*반소 : 후한 초의 여류 문장가. 반고(班固)의 매(妹).
*맹광 : 후한 양홍의 처. 그는 현처로 유명함.
*형산지옥 : 조식(曹植)의 《여양덕조서(與楊德祖書)》에「가가자위형산지옥
　　　　　(家家自謂荊山之玉)」.

이에 춘운을 불러 뵈어라 하니 이소저가 일어나 맞을
새, 춘운이 놀라 속으로 暗歎하되,

「전일 두 사람의 말이 과연 옳도다 ! 하늘이 이미 우리
소저를 내시고 다시 이소저를 내시니 참으로 하늘의
뜻을 측량할 수 없도다.」

이소저 또한 스스로 헤아리되,
「賈女의 이름을 익히 들었거니와 그 사람됨이 소문보
다 월등하니 楊尙書 어찌 眷愛치 않으리오.   마땅히
秦中書*로 더불어 어깨를 견줄 만하니, 만일에 가녀로
하여금 秦女를 본받게 하면 어찌 尹夫人의 울음을 본받
지 않을 수 있으리오. 대저 상전과 비자의 자색이 이
렇듯 빼어나고 또 재주가 있으니, 양상서가 어찌 놓을
수 있으리오.」

하고 이에 춘운으로 더불어 가슴 속을 털어 놓고 이야기
하니, 그 款曲한 정이 정소저와 일반일러라.

이소저 작별을 고하되,
「日勢 이미 늦었으매 더 앉아 이야기를 못 하니 매우 안
타깝사오나 소매가 들어 있는 집이 다만 한길을 사이
에 두었을 뿐이오니, 마땅히 한가한 틈을 타서 다시 찾
아와 나머지 말씀을 들으려 하나이다.」

정소저 답사하되,
「외람히 강림하심을 받잡고 인하여 좋은 말씀을 듣자
오니 마땅히 당 아래로 내려가 사례하올 것이나 소매
의 처신이 남과 다른고로 감히 한 걸음도 문 밖에 나
지 못하오니, 바라건대 저저께서는 그 허물을 赦하시
고 그 점을 용서하소서.」

---

*진중서 : 진채봉을 말함.

두 사람이 작별할새 오직 섭섭함을 이기지 못하여 차마 서로 손을 놓지 못하다가 이어서 떠나니라. 정소저가 춘운한테 이르되,

「寶劍이 비록 칼집 속에 감춰져 있어도 그 광채 斗牛*를 쏘고 늙은 조개가 비록 바다에 잠기나 기운이 樓臺*를 이루거늘, 우리가 다 같이 한 성내에 살면서 진작 듣지 못하였으니 심히 괴이하도다.」

춘운이 여쭈오되,

「천첩의 마음에 한 가지 의심이 있으니, 양상서가 매양 말씀하시되 華州 秦御史의 딸로 더불어 얼굴을 누각 위에서 보고 글을 객사에서 얻어 아름다운 언약을 맺었으나 진어사 집의 환난으로 말미암아 일이 어긋났다 하시고서 절세의 미인이라 칭찬하시기에 첩이 또한 楊柳詞를 보온즉 진실로 재주 있는 여자이오니, 혹시 그 여자가 성명을 감추고 아가씨를 사귐으로써 전일의 인연을 이루고자 함인가 하나이다.」

정소저 이르되,

「진씨의 美色을 나도 또한 다른 길로 들었으니, 이 여자와 비슷한 점이 있으나 진녀의 집이 환난을 만나 궁녀가 되었다 하니, 어찌 능히 여기 이르리오.」

하고, 부인께 들어가 뵈옵고 이소저를 칭찬하여 마지 않으니, 부인이 이르되,

「나도 또 한번 청하여 보고자 하노라.」

하고 수일 후에 시비로 하여금 이 소저 한번 굽힘*을 청

---

*두우 : 이십팔수(二十八宿) 가운데의 두성(斗星)과 우성(牛星)을 가리키는 말.
*누대 : 누각(樓閣)과 대사(臺榭).
*굽힘 : 왕림(枉臨)한다는 말. 즉, 남이 자기 있는 곳으로 온다는 말의 경칭.

하니, 소저는 혼연히 응낙하고 정사도 저택에 이르기에 부인이 섬돌에 내려가 맞아들이니, 이 소저는 子姪의 예로써 부인께 뵙는지라, 부인이 크게 사랑하여 이르되,

「일전 소저 전위하여 여아를 찾아 두터운 정을 드리우니, 이 몸이 진심으로 감사하나 그때는 신병이 있어 제대로 접대치 못하였으니, 지금까지 부끄럽고 한탄하는 바로다.」

이소저가 엎드려 대답하되,

「이 몸이 저저께서 천상의 선녀 같사옴을 사모하오되 오직 멀리 내치실까 두렵더니, 저저께서 한번 만나매 형제의 의로써 이 몸을 대접하시고 부인께서 또 자질의 예로 기르시니, 이 몸의 소망에 과하온지라 이 몸이 다하도록 문하에 출입하며 친어머님같이 섬기려 하나이다.」

부인이 之再之三,

「나에게 不敢하다.」

일컫더라.

정소저 이소저로 더불어 반나절이나 부인을 모시고 앉아 있다가 뒤이어 침방으로 청하여 춘운과도 한가지로 솥발같이 세 사람이 마주 앉아 은은하게 울리는 목소리로 기꺼이 주고받으니 마음이 서로 통하고 정의가 또한 친밀하여지는지라, 고금의 문장을 평론하고 부녀자의 덕행을 의논할새 해 그림자 이미 서창에 비끼는 줄을 깨닫지 못할러라.

양미인휴수동거
兩美人携手同車
장신궁칠보성시
長信宮七步成詩

이소저 돌아간 후에 부인이 소저와 춘운더러 이르되,
「내 친정과 시가의 친척이 심히 많아 거의 천 사람에
이르는지라, 내 소시로부터 아름다운 자색을 많이 보
았으나 다 이소저를 따르지 못하니, 이소저는 실로 우
리 아이와 한가지로 비등하매 의형제를 맺으면 실로 좋
으리로다.」
소저 춘운의 말하던 바 진씨의 일로써 고하되,
「춘운은 마침내 의심이 없지 못하다 하나 소녀의 소
견은 춘운의 생각과는 다르오니, 이소저는 자색 외에
도 기상의 飄逸함과 옷차림의 단정함이 여염집이나 사
대부집 부녀자들과는 각별 다르오니, 진씨 같단 말로
써 어찌 비기겠나이까. 소녀가 듣사온즉, 난양공주가
용모와 마음씨가 아름답다 하오니, 혹 두려운 말씀이
오나 이소저의 기상이 곧 난양공주인 듯하오이다.」
부인이 이르되,
「공주를 나도 또한 보지 못하였으니 가히 臆度하지 못
하려니와, 비록 공주가 높은 자리에 있어 빛나는 이름
을 얻었으나 어찌 이소저와 서로 같을 줄 알리오.」
소저 여쭈오되,
「이소저 실로 의심나오니 후일에 마땅히 춘운으로 하

여금 가서 그 동정을 살펴보라 하오리이다.」

이튿날 정소저가 춘운으로 더불어 바야흐로 이 일을 의논할새, 이소저의 계집종이 정사도 댁에 이르러 말을 전하되,

「우리 소저 마침 浙東(절동)의 順歸船便(순귀선편)을 얻어 내일 발행하려 하시는고로, 오늘 댁에 들어와 부인과 소저께 작별 인사를 드리려 하시나이다.」

정소저 中堂(중당)을 소제하고 기다리더니, 이윽고 이소저가 당도하여 부인과 정소저에게 뵈니 이별하는 정이 아득하고 연연하여 어진 형이 사랑하는 아우를 이별함과 같고 방탕한 남자가 미녀를 보냄과 같더라.

이소저 홀연 일어나 재배하고 고하되,

「小姪(소질)이 모친 떠나고 오라버님을 이별한 지 이미 한 돐이 되매, 돌아가고 싶은 마음이 화살 같사와 아무래도 더 머무르지 못하오니, 다만 부인의 은덕과 저저의 정의로써 마음이 실 같사와 풀고자 하오나 다시 맺혀지나이다. 소질이 이에 한 말씀이 있사와 저저께 간청코자 하오나 들어 주지 않으실까 두려워 먼저 부인께 여쭈나이다.」

하고 인하여 주저하며 말을 내지 아니하거늘, 부인이 이르되,

「娘子(낭자)의 청코자 하는 바는 무슨 일이뇨.」

이소저 대답하되,

「소질이 선친을 위하여 바야흐로 南海大師(남해대사)*의 화상을 수놓아 겨우 마치오매, 오라버니가 절동 고을에 있고 소질은 여자의 몸이온고로, 아직 글하는 사람의 畫像(화상)

―――――――――
＊남해대사 : 관음보살.

讚*을 받지 못하와 장차 수놓은 것이 허사가 되게 되오니 매우 아까운고로, 소저의 두어 구 글과 두어 줄 글씨를 받으려 하옵는데, 繡幅이 매우 넓어서 펴고 접기에 어렵삽고 또 더럽힐까 염려되어 감히 가져오지 못하고 부득이 잠깐 저저를 모셔다가 글과 글씨를 얻어 그로써 소녀의 어버이를 위하는 효성을 완전케 하고 그것으로써 원로에 서로 이별하는 회포를 위로케 하심을 바라오니, 저저의 의향을 알지 못하와 감히 바로 청하지 못하옵고 부인께 우러러 고하나이다.」

부인이 정소저를 돌아보며 이르되,

「네 비록 친척의 집이라도 본래 왕래치 아니하였으나 이제 이 낭자의 청하는 바는 대개 爲親하는 지성에서 나옴이요, 하물며 낭자의 우거하는 집이 지척이니 잠시 갔다옴이 어려운 일이 아닐 듯하도다.」

소저 처음에는 어려운 기색이 있더니 돌려 생각하고 속으로 깨달아 이르되,

「이소저의 행색이 바쁘니 춘운을 보내지 못할지라, 내 이 기회를 타 가서 그 종적을 탐지하리라.」

하고 이에 모친께 아뢰되,

「이소저의 청하는 바가 만일 등한한 일이면 실로 하기 어렵거니와 위친하는 효성은 사람마다 감동하는 바이니 어찌 따르지 아니하오리까. 그러나 날이 어둡거든 가고저 하나이다.」

이소저 크게 기꺼워하며 사뢰하되,

「日暮하면 글씨 쓰시기 어려울 듯하오니, 저저 만일 길이 번거로움을 꺼리실진댄, 소매의 탄 바 교자가 비록 추

＊화상찬：화상(畫像)에 써 놓은 글.

하나 족히 두 사람의 몸을 용납할지니, 함께 가셨다가 저녁에 돌아오심이 또한 어떠하니이까.」

정소저 대답하되,

「저저의 말씀이 심히 합당하오이다.」

하고 부인께 拜謝한 후에 춘운의 손을 잡아 이별하고 정소저로 더불어 한 교자를 타고 사도댁의 시비 몇 사람이 뒤따르더라.

정소저 이소저의 침방에 와보니 벌여 놓은 것이 심히 繁多치는 아니하되 모두 훌륭한 물건들이요, 나오는 음식도 비록 간략하나 맛이 비길 데 없이 좋은지라, 유의하여 보매 다 의심되는데, 이소저는 오래도록 글 받을 말을 꺼내지 아니하고 날이 점점 저물어가매 이에 묻되,

「대사의 화상은 어느 곳에 봉안하였나뇨. 소매는 급히 물러가고자 하나이다.」

이소저 대답하되,

「마땅히 저저로 하여금 받들어 구경케 하리이다.」

말을 겨우 마치매, 홀연 車馬 소리 문 밖에 들리며 旗幟가 길 위에 편만하거늘, 사도댁 시비들이 황망히 고하되,

「군병의 한 떼가 이 집을 에워싸니 낭자, 낭자여 장차 어찌하리오.」

정소저 이미 기미를 알고 自若히 앉았더니, 이소저 이르되,

「저저는 안심하소서. 소매는 다른 사람이 아니라 난양 공주 簫和이오니, 저저를 이리 맞아 옴은 곧 황태후의 명이니이다.」

정소저 자리를 피하여 대답하되,

「여염에 사는 미천한 소녀가 비록 지식이 없으되, 안나한* 貴骨(귀골)이 천생으로 더불어 다를 줄 아오니, 공주 강림하심은 천만 뜻밖의 일이로소이다. 이미 존경하는 예를 잃었삽고 또 무례히 행동한 죄 많사와, 엎드려 비옵나니 공주는 급히 죄벌을 내리소서.」

공주 미처 대답치 못하여 시녀가 고하되,

「三殿宮(삼전궁)*에서 薛尙宮(설상궁), 王尙宮(왕상궁)과 和尙宮(화상궁)을 명하여 보내시와 공주께 문안케 하시나이다.」

공주가 정소저더러 이르되,

「소저 여기 잠깐 머물러 있으라.」

하고 이에 나아가 당상에 앉으니, 세 상궁이 차례로 들어와 禮(예)를 마치고 엎드려 고하되,

「공주 大內(대내)를 떠나신 지 이미 여러 날이오니 태후 낭랑의 보고 싶은 마음이 간절하옵시며, 황상 폐하 또한 소녀들로 하여금 문후하옵시고 오늘이 곧 공주께서 환궁하실 날인고로 거마와 儀仗(의장)이 이미 다 밖에 대령하옵고, 황상께옵서 趙太監(조태감)을 하사 陪行(배행)케 하시나이다.」

하고, 세 상궁이 또 아뢰되,

「태후낭랑께서 하교하시되, 공주 정낭자로 더불어 연을 함께 타고 들어오라 하시더이다.」

공주 세 상궁을 밖에 머무르게 하고 들어와 정소저더러 이르되,

「여러 말은 조용한 때에 자세히 하려니와 태후낭랑께서 보고자 하시와 바야흐로 마루에 납시어 기다리신다 하오니, 소저는 사양 말고 소매로 더불어 함께 들어가

---

* 안나한 : 안나는 미상(未詳). 서울대 장본(민중서관 간행, p. 263) 에는 「골격이 범인(凡人)과 다른」으로 적혀 있음.
* 삼전궁 : 황태후를 말함.

뵈옴이 옳으렷다.」

정소저 가히 모면치 못할 줄 알고 대답하되,

「첩이 이미 공주의 사랑하심을 아오나 여염의 여자가
일찌기 至尊께 뵙지 못하였사오니, 禮貌에 어긋남이 있
을까 두려워하나이다.」

공주 이르되,

「태후 소저 보고자 하시는 마음이 어찌 소매의 소저를
보고자 하는 마음과 다르시리오.　소저는 조금도 의심
을 마오.」

정소저 이르되,

「공주 먼저 행차하시면 첩은 마땅히 집에 돌아가 이 사
연을 노모께 말씀하옵고 곧 뒤따라 돌아가려 하나이다.」

공주 이르되,

「태후낭랑이 이미 하교하사 소매로 하여금 輦*을 같이
타라 하시매, 말씀하시는 뜻이 극히 정중하시니 소저
는 더 사양하지 마오.」

정소저 사양하되,

「첩은 미천한 臣子이니 어찌 감히 공주와 同輦을 하리
이까.」

공주 이르되,

「姜太公은 渭水의 어부로되 주나라 文王의 수레를 한
가지로 탔고, 侯嬴*은 夷門의 문지기로되 信陵君*이 말
고삐를 잡았으니 진실로 어진 이를 높이고자 할진대 어
찌 감히 귀함을 가리리오.　소저는 侯伯의 대가요 大
臣 집안의 딸이니, 어찌 소매로 더불어 같이 타기를 혐

---

*연: 임금이 타는 가마의 하나.
*후영: 전국 시대의 위, 소왕 때의 은사(隱士).
*신릉군: 위나라 소왕의 왕자.

　　의하리오.」

하고, 드디어 손을 끌어 연을 같이 타거늘 정소저 시비
한 사람으로 하여금 돌아가 부인께 고하게 하고 시비 한
사람은 뒤를 따라 궁중으로 들어가게 하더라.

　　공주 정소저와 연에 동승하여 東華門으로 들어가 겹겹
싸인 아홉 문을 지나 長信宮* 밖에 이르니, 연에서 내려
왕상궁에게 이르되,

　　「상궁은 소저를 모시고 잠깐 여기서 기다리라.」

　　왕상궁이 여쭈오되,

　　「태후낭랑의 명을 받들어 이미 정소저의 幕次를 排設
하였나이다.」

　　공주 기꺼워하며 머물러 있게 하고는 들어가 태후께 뵙
더라. 태후는 본디 처음에는 정씨에게 좋은 뜻이 없더니,
공주가 微服으로 정사도 집 근처에 임시 거처하면서 한 쪽
수 족자로 인연이 되어 정씨와 사귐을 맺어 그 자색과 덕
행을 공경하고 사모하며 뒤이어 정의가 또한 친밀하고
또 양상서도 마침내 정씨를 버리지 않을 줄을 알고 서로
사랑하며 서로 언약하여 형제의 의를 맺고 장차 한 집에
서 한 사람을 섬기고자 하여 자주 글을 올려 태후께 극
간함으로써 마음을 돌리시게 하였더니, 태후가 이에 크게
깨닫고 공주와 정녀가 양소유의 두 부인이 되기를 허락
하고 친히 그 용모를 보고자 하시어 공주를 시켜서 계
책을 내어 데려 오게 하심이라.

　　정소저 막차에서 잠깐 쉬는데, 궁녀 두 사람이 내전으
로부터 衣凾을 받들고 나아와 태후의 명을 전하되,

　　「정소저 대신의 딸로서 재상의 禮幣를 받았거늘 오히

____

＊장신궁 : 한나라 궁(宮) 이름. 태후가 거처한 곳.

려 處子의 옷을 입었으니 가히 평복으로 내게 조회치 못
하리니 각별히 一品命婦의 章服을 주노니 입고 入侍하라.」
하거늘, 정소저 재배하고 대답하되,

「신첩이 처자의 몸으로써 어찌 감히 명부의 복장을 갖
추리이까. 신첩의 입은 옷은 비록 간단하고 단정치 못
하오나 또한 부모 앞에서 입은 옷이오며, 태후마마는
곧 만민의 어버이가 되시니 엎드려 비옵건대 부모를
만나는 의복으로써 들어가 조회하여지이다.」

궁녀 그대로 아뢴즉, 태후 크게 아름다이 여기사 곧 정
씨를 불러들여 보시니, 좌우의 궁녀들이 다투어 보고 흠
모하여 탄식하되,

「내 마음에는 아름답고 고운 이는 우리 공주뿐이라 하
였더니, 어찌 다시 소저 있을 줄 알았으리오.」
하더라.

소저 禮畢에 궁녀 인도하여 전상에 오르니 태후 명하
여 앉으라 하고 하교하시되,

「향자 공주의 혼사로 말미암아 詔勅으로 양상서의 예
폐를 도로 걷어들이게 함은 나라 법을 좇아 공사를 분
별함이요 과인이 비롯한 바 아니겠거늘, 공주가 간하
되, 「새 혼사로 말미암아 옛 언약을 저버리게 함은 인
군으로서 人倫을 바르게 하는 도리가 아니라」하고, 또
너로 더불어 한가지로 양소유의 부인 되기를 원하기에,
내 이를 황상께 상의하고 공주의 뜻을 따른지라, 장차
양소유 돌아오기를 기다려 다시 예폐를 전대로 보내게
하고, 너로 하여금 한가지로 부인이 되게 하려 하니,
自古及今에 이런 恩典은 없었기로 이제 이를 너로 알
게 하노라.」

정씨 伏地謝恩하되,

「은덕이 隆重하사 臣子 감히 바라지 못하는 바이오니, 신첩의 우매한 天質로 능히 보답치 못하리로소이다. 그러하오나 신첩은 신하의 딸이오니 어찌 감히 공주와 더불어 班列을 같이하고 그 位를 가지런히 할 수 있겠나이까. 신첩이 설혹 명을 따르고자 하올지라도 부모가 필연 죽기로써 조칙을 받지 아니하오리이다.」

태후가 이르시되,

「너의 겸손함이 비록 가상하나 너의 집이 누세 侯伯*이요, 너의 부친 司徒는 先朝의 노신이라 나라에서 禮遇가 남과 다르니, 신자의 도리를 굳이 지키지 아닐지니라.」

소저 대답하되,

「신자의 도리는 君命을 순하는 것이 만물이 스스로 때를 따르는 것 같사오니, 끌어올려 시녀를 삼으시든지 내려서 비복을 삼으시든지 어찌 천명을 거역할 수 있사오리까마는 양소유 또한 어찌 마음이 평온하오리까. 필시 따르지 아니하오리이다. 신첩이 본래 형제가 없삽고 또한 부모가 노쇠하였사오니 신첩의 간절한 소원은 오직 정성을 다하여 부모를 공양하와 그로써 남은 세월을 마치려 할 따름이로소이다.」

태후가 이르시되,

「너의 부모 위하는 효성과 처신하는 도리는 가히 지극하다 하려니와 어찌 감히 한 물건이라도 그 곳을 얻지 못하게 하리오. 하물며 너는 백 가지가 아름답고 흠도 찾기 어려우니, 어찌 양소유가 마음에 즐겨 너를

---

* 후백 : 후작과 백작.

버릴 것이랴! 또한 공주가 양소유와 더불어 퉁소 한 곡
조로써 백년 연분을 증험하였으니, 하늘이 정하는 바
를 사람이 가히 폐하지 못할 것이요, 또 양소유는 일
대 호걸이요 만고에 없는 재사이니 두 부인에게 장가
듦이 무슨 불가함이 있으리오. 과인에게 본래 두 딸이
있다가 난양공주의 형이 열 살에 요절하매 난양의 외
로움을 염려하였는데, 이제 너를 보매 죽은 내 딸을 본
듯한지라, 내 너를 양녀로 삼고 황상께 말씀드려 너의
位號를 정하고자 하니, 첫째는 내 딸을 사랑하는 정을
표하고, 둘째는 난양이 너를 사귀어 가까이하는 뜻을
이루게 하고, 세째로 너로 하여금 난양으로 더불어 한
가지로 소유께 돌아가 난처한 일이 없게 함이니 네 뜻
에는 어떠하뇨.」

소저 머리를 조아려 사은하되,

「처분이 이에 이르시니 신첩이 복에 겨워 죽을까 하나
이다. 오직 바라옵건대 곧 처분을 도로 거두시고 그로
써 신첩을 편케 하옵소서.」

태후 이르시되,

「내 황상께 주달하여 곧 결정을 내릴 터이니 너는 과
히 고집하지 마라.」

하시고, 공주를 불러들여 정소저를 보게 하시니, 공주 章
服을 갖추고 위의를 베풀며 정소저와 더불어 서로 대하
매, 태후 웃어 이르시되,

「여아 정소저로 더불어 형제 되기를 원하더니, 이제 참
형제가 되었으니 누가 형인지 누가 아우인지를 분별치
못하겠도다. 네 마음에 다시 한이 없느뇨.」

하시고, 뒤이어 정소저를 얻어 양녀로 삼을 뜻을 공주에

게 이르시니, 공주 대희하여 일어나 사례하되,

「낭랑의 처분이 지극하신 바로소이다. 寤寐하던 원을
성취하였사오니 마음의 쾌락함을 어찌 가히 다 아뢰리
까.」

태후 정씨 대접함을 더욱 관곡히 하시고 옛적 문장을
논의하시다가 이에 이르시되,

「내 일찌기 공주에게 들으매, 네가 吟風咏月*하는 재주
가 있다 하는지라, 이제 궁중이 무사하고 봄경치가 좋
으니 한번 읊어 봄을 아끼지 말고 그로써 즐거움을 도
우라. 옛 사람에 七步詩*를 지은 이가 있었으니, 네 또
한 능히 하겠느뇨.」

소저 복주하되,

「이미. 명을 듣자왔으니, 재주를 다하여 한번 웃으심
을 자아내고자 하나이다.」

태후 궁중에서 걸음 빠른 사람을 골라 전각 앞에 세우
고 글제를 내어 시험코자 하시니 공주 아뢰되,

「저저로 하여금 홀로 짓게 하심이 소녀의 마음에 미안
하오니, 소녀 또한 정녀로 더불어 한가지로 시험코자
하나이다.」

태후 더욱 기꺼워하시되,

「여아의 뜻이 또한 묘하도다. 그러나 淸新한 글제를 얻
은 연후에야 글 생각이 스스로 나리라.」

하시고 바야흐로 옛글을 생각하시더니, 이때는 늦은 봄
이라, 碧桃花가 난간 밖에 만발하였는데 갑자기 기쁜 까
치가 우짖으며 복사나무 가지 위에 앉기에 태후가 까치

---

*음풍영월 : 맑은 바람과 밝은 달에 대해서 시를 짓고 즐겁게 노는 것. 음
　　　　　풍농월(吟風弄月).
*칠보시 : 칠보를 걷는 사이에 작시(作詩)함. 조식이 칠보시를 지었음.

를 가리키며 말씀하시되,

「내 바야흐로 너희들의 혼인을 정하매 저 까치, 가지 위에서 기쁨을 보하니 이는 길조라. 벽도화 위에 기쁜 까치 소리를 들은 것으로 글제를 삼고, 각기 七言絶句^{칠언절구} 한 수를 짓되 글 속에 반드시 정혼하는 뜻을 넣으라.」

하시고, 궁녀를 명하사 각각 文房諸具^{문방제구}를 벌어 놓으니 공주와 정씨 붓을 잡으매 전각 앞에 섰던 궁녀가 이미 발걸음을 옮기면서 마음에 일곱 걸음 안에 혹시 미처 글을 짓지 못할까 두 사람의 붓 놀리는 것을 돌아보고 받들기를 적이 어렵게 하는데, 두 사람이 모두 붓이 빠르기가 바람과 소나기 같아서 동시에 써 바치니 궁녀는 겨우 다섯 걸음을 걸었더라.

태후 먼저 정소저의 글을 보시니, 하였으되,

궁궐의 봄빛이 벽도에 무르익으니
아름다운 새 어디서 와 지저귀뇨.
누각 머리에서 궁중 기생 새 곡조를 부르니
남국의 천화가 까치로 더불어 깃들이더라.

　　紫禁春光醉碧桃　何來好鳥語咬咬
　　樓頭御妓傳新曲　南國天花與鵲巢

또 공주의 글을 보시니, 하였으되,

掖庭^{액정}에 봄이 깊어 백화가 만발하니
신령스런 까치가 날아와 기쁜 소식 전하누나.
모름지기 은하수에 다리 놓길 힘써 하여
일시에 나란히 두 직녀성이 건너게 하여라.

　　春深宮掖百花繁　靈鵲飛來報喜言

銀漢作橋須努力　一時齊渡兩天孫

태후 읊으며 탄식하시되,

「내 두 여아는 곧 여자 중의 青蓮*과 子建*이로다. 조
정에서 만약에 女進士를 취할진대, 마땅히 監試壯元과
探花를 하리로다.」

하시고, 두 글을 바꾸어 공주와 정씨를 보이니, 두 사람
이 각기 공경하여 탄복하며 공주가 태후께 고하되,

「소녀 비록 한 수를 채웠으나 그 글 뜻이야 뉘 능히 생
각지 못하리이까마는 저저의 글이 정묘하여 소녀의 미
칠 바 아니로소이다.」

태후 이르시되,

「그러하다. 그러나 여아의 글은 조금 영민함이 사랑스
럽도다.」

하시더라.

＊청련 : 이태백.
＊자건 : 조식의 자(字).

楊尚書夢遊上界
賈春雲巧傳玉言

차시에 천자 태후께 나아와 문안하시니, 태후 공주와 정씨로 하여금 협방으로 피하게 하고 이르시되,

「내 공주의 혼사를 위하여 양소유의 예폐를 도로 보내게 하였으니, 마침내 德化에 손상함이 있는지라 정녀와 더불어 함께 부인께 말씀하면 정사도 집에서 감히 따르지 못하겠다 할 것이요, 정녀로 하여금 첩이 되게 한즉 또한 강박한 처사이기로 오늘 내 정녀를 불러 보매 아름답고 또 재주가 있어 족히 공주와 형제가 될 만한지라, 이러므로 내 정녀와 더불어 母女之義를 맺고서 공주와 한가지로 양소유에게 돌아가게 하고자 하니, 이 일이 과연 어떠하오.」

상이 대희하사 하례하시되,

「이는 성덕이 천지와 같사옴이니, 자고로 두터운 혜택이 태후께 견줄 사람이 없소이다.」

태후 곧 정씨를 불러 황상께 뵙게 하시니, 상이 명하사 殿上에 오르게 하고 태후께 고하시되,

「정씨 이미 황제의 누이가 되었거늘 아직도 평복을 입음이 어찌됨이니이까.」

태후 이르시되,

「황상의 조칙 내리지 아니함으로 章服을 굳이 사양하

오.」

상이 女中書에게 명하사 鸞鳳紋의 紅錦紙 한 軸을 가져오라 하시니, 진채봉이 받들어 올리기에 상이 붓을 들어 쓰려 하시다가 태후께 묻자오되,

「정씨를 이미 공주를 봉하였으니 國姓을 줄까 하오이다.」

태후 이르시되,

「나도 또한 이 뜻이 있으나 다만 들으니 정사도 내외 나이 이미 노쇠하고 다른 자녀가 없다 한즉, 내 노신의 성을 전할 사람이 없음을 민망히 여기니, 그 本姓대로 둠이 역시 軫念하는 뜻이로소이다.」

상이 친필로 크게 써 이르시되,

「짐이 태후의 聖旨를 받들어 양녀 정씨로써 봉하여 英陽공주를 삼노라.」

쓰기를 마치시매 황제와 황후 兩殿宮이 御寶를 찍어 정씨를 주시고 궁녀를 시켜서 관복을 받들어 정씨를 입히시니, 정씨는 전상에서 내려와 사은하고 상이 난양공주로 하여금 座次를 정하게 하실새, 英陽이 蘭陽보다 한 해 위가 되나 감히 위에 앉지 못하기에 태후 이르시되,

「영양공주 이제는 내 딸이라 형이 위에 있고 아우가 아래 있음이 예이거늘, 형제지간에 어찌 가히 겸양하리오.」

영양이 머리를 조아리며 사양하되,

「오늘의 좌차는 곧 후일의 항렬이오니 어찌 가히 애초 삼가지 아니하리이까.」

난양공주 가로되,

「春秋시대에 趙衰의 아내가 곧 晉文公의 딸이로되 位

를 그 前娶(전취)의 嫡室(적실)에게 사양하였거늘,　하물며　저저는
소매의 형이니 다시 무슨 의심이 있으리이까.」

　정씨 사양함이 자못 오래더니, 태후가 명하여　나이를
따라 정하시매, 이후로 궁중이 다 영양공주라 일컫더라.

　태후 두 공주의 글로써 상께 보이시니, 상이 또한 칭
찬하시되,

「두 글이 다 묘하나　영양의 글이 周時(주시)*의 뜻을 이끌
어 덕을 后妃(후비)에게로 돌려보냈으니 크게 體例(체례)를 얻었나
이다.」

　태후 이르시되,

「상의 말씀이 옳도다.」

　상이 또 이르시되,

「낭랑의 영양을 사랑하심이 이에 이르렀으니 실로 전에
없는 바이오라, 신이 또한 우러러 청할 일이 있삽나이
다.」

하고, 이에 秦中書(진중서)의 전후 사실을 들어 아뢰되,

「진채봉의 아비 비록 죄로써 죽었사오나 그 조상이 다
조정의 臣子(신자)이오니, 그 정상을 진념하여 공주를 좇아
시집을 가게 하여 媵妾(잉첩)*을 삼고자 하오니, 이를 태후
께서는 矜惻(긍측)*히 여기시고 허락하옵소서.」

　태후 두 공주를 돌아보시자 난양이 아뢰되,

「진씨 일찌기 이 일로써 소녀에게 말하더이다. 소녀 이
미 정의가 친밀하고 서로 떨어지고자 아니하오니,　마
마의 처분이 아니 계실지라도 이 마음에 있었나이다.」

　태후 진채봉을 불러 하교하시되,

---

*주시 :《시경》의 〈주남편(周南篇)〉.
*잉첩 : 귀인의 시중을 드는 첩(妾).
*긍측 : 불쌍하고 가엾음. 긍련(矜憐).

「공주 너로 더불어 생사를 같이할 뜻이 있는고로 특별히 너로 하여금 양상서의 잉첩을 삼으니, 이후로 더욱 정성을 다하여 그로써 공주의 恩誼를 갚을지니라.」

진씨 감격하여 눈물을 흘리며 사은한 후에 태후 또하교하시되,

「두 공주의 혼사를 快定하매 홀연 기쁜 까치 와서 길조를 보하거늘, 두 공주의 글을 내 이미 보았는지라 너도 또한 글을 지어 경사를 같이하라.」

진씨 명을 받고 즉시 글을 지어드리니, 하였으되,

까치 소리 까악까악 나는 궁궐에

봄바람이 불어와 봉선화 피었도다.

보금자리 찾아 남으로

날아감을 기다리지 않고

삼오성이 드문드문 바로 동녘에 보이더라.

喜鵲査査繞紫宮　鳳仙花上起春風

安巢不待南飛去　三五星稀正在東

태후 상과 함께 어람하시고 대회하사 이르시되,

「옛적 雪景을 읊던 謝女*도 이를 따르지 못하리로다. 이 글 속에 또한 周時를 이끌어 정실과 소실의 分義*를 잘 지키니 이것이 더욱 가상하도다.」

난양공주 아뢰되,

「이 글제의 글 재료가 본래 많지 아니하옵고 또한 우리 형제가 이미 글을 지었사오니 떼어 올 글이 없나이다. 曹孟德*의 이른바「나무도 세 겹을 둘렸으되 가히

＊사녀 : 사도온(謝道蘊).
＊분의 : 정당한 도리. 자기 분수에 적당한 의리.
＊조맹덕 : 조조.

의지할 가지가 없다」는 것이 본디 길한 말이 아니오니 그 말을 끌어 쓰기가 어렵거늘, 이 글이 맹덕과 杜子美와 주시를 섞어 끌어 한 귀를 지었으나, 조금도 흠할 데가 없사오니, 실로 옛사람들이 진씨를 위하여 먼저 글을 지은 것이 아닌가 하나이다.」

태후 이르시되,

「예로부터 여자로서 능히 글짓는 자는 오직 班姬*와 蔡女와 卓文君과 謝道蘊의 넷뿐이더니, 이제 絶才의 여자 세 사람이 한자리에 모였으니 가히 보기 드문 일이라 하겠노라.」

난양이 이르되,

「영양저저의 시비 가춘운의 글 재주 또한 신기하더이다.」

이때 날이 장차 저물게 되었거늘, 상은 외전으로 환어하시고 공주 또한 물러가 침전에서 자고 이튿날 새벽에 닭이 첫 홰를 울매 영양이 태후께 들어가 문후하고 집에 돌아감을 주청하되,

「소녀 궁중으로 들어올 때 부모가 필연 놀라고 황송하였을 것이오니, 오늘 돌아가 부모를 보고 태후마마의 은덕과 소녀의 영광을 일문 친척에게 자랑코자 하오니, 엎드려 비옵건대 낭랑은 허락하옵소서.」

태후 이르시되,

「여아 어찌 번거롭게 大內를 떠나리오. 내 여아의 친모와 상의할 일이 있도다.」

하시고, 전교하사 최부인으로 하여금 入朝하라 하시더라.

이때 정사도 내외는 一朝에 소저의 비자 전하는 말을

---

* 반희 : 한성제(漢成帝)의 시첩(侍妾).

듣고 인하여 놀란 마음이 바야흐로 놓이며 감축하여 마지 않는데, 갑자기 태후의 부르심을 받고 급히 내전으로 들어가니, 태후 접견하시고 이르시되,

「부인의 여아를 데려옴은 대개 난양공주의 혼사를 위함일러니, 소저의 얼굴을 한번 보매 사랑하는 마음을 이기지 못하여 드디어 양녀를 삼아 난양공주의 형이 되었으니, 필시 과인의 전생 딸이 이 세상에서 부인 집에 탄생함인가 하노라. 영양이 이미 공주가 되었으니 마땅히 나라 성을 줄 것이로되, 내 부인에게 자식이 없음을 진념하여 성을 고치지 아니하였으니 부인은 오직 나의 지극한 정을 받들지어다.」

최부인이 머리를 조아려 아뢰되,

「신첩이 늦게 한낱 여식을 낳아 사랑하였삽더니, 필경 혼사가 한번 그릇되와 예폐를 돌려보내게 되어 죽고 싶기만 하옵더니, 난양공주께서 여러 번 누추한 제 집에 왕림하사 천한 딸아이를 사귀시고 뒤이어 함께 궁중으로 들어와 세상에 다시 없는 은전을 입게 하시니, 마땅히 정성을 다하고 힘을 다하와 天恩의 만분의 일이라도 갚고자 하오나 신첩의 지아비는 나이 늙고 병들어 이미 벼슬을 하직하옵고 첩도 또한 늙어서 궁녀를 뒤따라 掖庭의 때를 지우는 일*을 하올 길이 없사오니, 천지와도 같사온 은덕을 장차 무엇으로써 갚사오리까. 오직 감격하온 눈물만 흘릴 뿐이로소이다.」

이에 일어나 절하고 엎디어 울어 소매가 젖는지라, 태후 측은히 여기사 가라사대,

「영양이 이미 내 딸이 되었으니 다시 데려가지 못하리

---

*액정의 때를 지우는 일 : 정사(政事)에 참여함을 뜻함.

라.」

최부인이 부복주하되,

「모녀 단란하여 하늘 같사온 덕택을 칭송치 못하오니 이것이 한이로소이다.」

태후가 적이 웃고 이르시되,

「성혼한 후에 난양을 또한 부인에게 부탁하리니 내가 영양을 보듯 하라.」

인하여 난양공주를 불러 서로 만나게 하시니, 최부인이 누누이 전일의 무례한 허물을 사죄하더라.

태후 이르시되,

「내 들으니, 부인 좌우에 가춘운이 있다 하니 내 한번 봄을 청하노라.」

부인이 곧 춘운을 불러 전각 아래에서 뵈옵거늘, 그 아름다움을 칭찬하며 앞으로 나오라 한 다음 하교하시되,

「난양의 말을 들으니 네가 글 재주 있다는데 이제 글을 짓겠느냐.」

춘운이 부복주하되,

「신첩이 감히 至尊^{지존}之前^{지전}에서 당돌히 글을 짓사오리까. 그러하오나 시험삼아 글제를 듣삽고자 하나이다.」

태후 세 사람의 글을 내리며 이르시되,

「네 능히 이 글뜻에 적합하게 하겠느냐.」

춘운이 그 자리에서 지어드리니 하였으되,

기꺼움을 알리는 작은 정성을 다만 스스로 알지니
虞庭에서 다행히 봉황의 거동을 따를러라.
진루의 봄빛이 꽃 천 나무에 세 겹이 둘렸는데
어찌 한 가지를 빌림이 없으리오.

報喜微誠祇自知　虞庭幸逐鳳凰儀

秦樓春色花千樹　三繞寧無借一枝

태후 覽畢(남필)에 두 공주를 보이며 이르시되,

「賈女(가녀)의 글 재주 이럴 줄은 짐작치 못한 바로다.」

난양이 여쭈오되,

「이 글이 까치로써 그 몸을 견주고 봉황으로써 姐姐(저저)를 견주었사오니, 體例(체례) 분명하옵고 글귀에는 소녀가 서로 허락지 아니할까 의심하여 한 가지의 깃들임을 빌고자 하여 옛사람의 글을 모으고 時傳(시전)의 뜻을 캐어 한 구절로 합하여 이루었사오니, 진실로 뜻이 정묘하고 수완이 민활하나이다. 「나는 새가 사람을 외지하매 사람이 스스로 불쌍히 여긴다」는 옛말이 가녀에게 합당한 격언이로소이다.」

인하여 춘운을 명하여 물러가 진씨로 더불어 상면케 할새, 난양공주 이르시되,

「이 여중서는 곧 화음현 진씨 여자인데, 춘운으로 더불어 해로할 사람이로다.」

춘운이 대답하되,

「그러하오면 양류사를 지은 낭자이니이까.」

진씨 놀라 묻되,

「춘랑이 어떠한 사람을 인하여 양류사를 들었느뇨.」

춘운이 대답하되,

「양상서 매양 낭자를 생각하시고 그 글을 외시기로 얻어 들었노라.」

진씨 感愴(감창)하여 이르되,

「양상서 첩을 잊지 아니하였도다!」

춘랑 이르되,

「낭자 어찌 이 말을 하느뇨. 양상서 양류사를 몸에 감
추시고 보면 눈물이 흐르고 읊은즉 탄식하시더이다.」

진씨 대답하되,

「상서 만일 옛정이 있으면 첩이 비록 상서를 다시 못
뵈고 죽어도 한할 바 없도다.」

하고, 인하여 비단 부채에 상서의 글 받은 일을 말하니,
춘랑이 또 이르되,

「첩의 몸에 지닌 보배가 다 상서의 아는 바로소이다.」

하고, 또 다른 말을 하려 할새 궁인이 보하되,

「정사도 부인이 곧 나가신다.」

하거늘, 두 공주 들어가 모시고 앉으니 태후가 최부인에
게 하교하시되,

「양소유 미구에 돌아오리니 전일의 예폐가 스스로 부
인 집 문에 다시 들어가겠으나 영양은 곧 내 딸인즉 두
딸아이의 혼례를 함께 거행코자 하노니, 부인은 허락
하겠느뇨.」

최부인이 복지주하되,

「신첩은 오직 태후낭랑의 처분만 기다리나이다.」

태후 웃고 가라사대,

「양상서 영양을 위하여 나라의 처분을 세 번 항거하였
으니, 내 또한 일차 속여 보고자 하노라. 상말에 「凶
則吉이라」 하였으니, 상서가 돌아온 후에 말하되 「정
소저 우연히 병을 얻어 불행히도 세상을 떠났다」 하라.
또 전일 상서가 올린 상소문에 정녀를 몸소 보았다 하
였으니, 醮禮하는 날 상서가 그 모습을 아나 모르나 시
험코자 하노라.」

최부인이 受命 하직하고 돌아설새, 영양이 殿門 밖에 나와 절하여 보내며 춘운을 불러 양상서를 속일 계교를 조용히 일러 주거늘, 춘운이 여쭈오되,

「첩이 신선도 되고 귀신도 되어 상서를 속인 일도 마음에 걸리거늘, 또 다시 계교를 거행함은 너무 무례하고 단정치 아니하리이까.」

영양공주 이르되,

「이는 우리가 하는 것이 아니라 태후의 명이시다.」

춘운이 웃음을 머금고 가더라.

차시 양원수 백룡담의 물로 군사를 먹이매, 군사의 기운이 전일과 같아진지라 皆願一戰이어늘, 원수 모든 장수를 불러 군략을 정하고 한 북소리로 곧 진군하니, 贊普 바야흐로 沈裊煙의 보내는 구슬을 받았기에 양원수의 군사 이미 蟠蛇谷을 지난 줄로 알고 크게 놀라 겁을 내어 나아가 항복하기를 논의할새, 모든 장수들이 찬보를 사로잡아 결박하여 양원수 진에 이르러 항복하더라.

원수 다시 군사의 行伍를 가지런히 하고 적의 도성으로 들어가 노략질을 금하고 백성을 보살펴 위로하고 崑崙山에 올라가 돌비를 세워 당나라의 위엄과 덕망을 기록하고 군사를 돌려 개가를 부르며 바야흐로 서울로 돌아올새, 眞州 땅에 이르니 이미 가을이라 산천이 황량하고 천지가 쓸쓸하며 싸늘한 꽃잎이 애닮음을 빚어내고 날아가는 기러기가 슬픔을 자아내어 사람으로 하여금 객창의 외로움을 더욱 간절케 하니라.

원수 밤에 객사로 드니 회포는 침울하고 기나긴 밤은 괴괴할 따름이라, 능히 잠을 이루지 못하다가 마음에 스스로 생각하되,

「고향을 떠난 지 이미 삼년이라, 어머님의 근력이 전일 같지 아니하실 터이니, 병 구완은 뉘게 부탁하며 조석 문안은 어느때에 하게 될꼬. 난리 평정하여 오늘 뜻을 이루었으되, 노모를 봉양할 마음은 아직도 펴지 못하였으니 사람의 자식 된 도리가 아니로다. 하물며 수년 간 국사에 분주하여 아직도 아내를 두지 못하였으며 또한 정씨와의 혼인을 반드시 기약하기 어려우리라. 이제 내가 오천 리 땅을 회복하고 백만 적병을 진압하였으니, 천자께서 필연코 이에 큰 벼슬을 賞典(상전)으로 내리사 싸움터를 달렸던 이 몸의 수고를 갚으실 터이니, 내 그 벼슬을 도로 바치고 이 사정을 자세히 아뢰어 정씨와의 혼인을 허락하시도록 간청하면 혹 허락하심이 있으리라.」

생각이 이에 이르매 마음이 적이 풀려 베개를 베고 잠시 졸더니, 꿈 속에서 몸이 날아 하늘에 오르매 七寶宮闕(칠보궁궐)의 단청이 찬란하고 오색 구름이 영롱하더니, 시녀 두 사람이 원수에게 와 이르되,

「정소저 원수를 청하나이다.」

양원수 시녀를 따라 들어가니 넓은 뜰에 꽃이 만발하였는데, 선녀 세 사람이 白玉樓(백옥루) 위에 모여 앉았더니, 그 복색이 后妃(후비) 같으며 주옥 같은 광채가 눈을 쏘고 바야흐로 난간에 의지하여 꽃가지를 희롱하다가 원수의 들어감을 보고 자리를 떠나 맞아들이며 좌정한 다음, 윗자리의 선녀 먼저 묻되,

「원수 이별한 후 무탈하시니이까.」

원수 자세히 보니 지난날에 거문고의 곡조를 논의하던 정소저인지라, 놀랍고 기꺼워 말을 건네고자 하다가 도

리어 말을 못 하니 선녀가 이르되,

　「이제는 내 이미 인간계를 이별하고 천상에 와 놀매 옛

　일을 생각하니 슬프고, 첩의 부모를 보시더라도 첩의

　소식을 듣지 못하시리이다.」

하고, 인하여 곁에 있는 두 선녀를 가리켜 이르되,

　「이는 곧 織女仙君이요, 저는 戴香玉女라, 원수로 더

　불어 먼저 좋은 언약을 맺으시면 첩이 또 의탁할 바 있

　으리다.」

하거늘, 원수 두 선녀를 바라보니 말석에 앉은 이는 면

목이 비록 익으나 능히 기억치 못하더니, 이윽고 북소리

에 놀라 깨니 이는 바로 일장춘몽이더라. 꿈 속 일을 생각

하매 모두 吉兆가 아니므로 이에 스스로 탄식하되,

　「정낭자 필연 죽었도다. 계섬월의 천거와 두연사의 중

　매가 다 月老의 지시함이 아니요, 가약을 이루지 못하

　고 이미 幽明을 달리 하였으니 命이냐 하늘이냐.「흉

　한 것이 도리어 길하다」하니 혹시 내 꿈을 이른 말인

　가.」

하더라.

　오래되매 前陣이 이미 서울에 이르니, 천자 渭橋에 몸

소 납시어 맞으실새, 양원수는 鳳係紫金 투구를 쓰고 黃

金鎖子 갑옷을 입고 千里大宛馬를 타고 황제 내리신 白

旄黃鉞과 용봉 그린 깃발로 전후좌우를 호위하고 찬보를

죄인 수레에 가두어 진 앞에 세우고 토번 삼십 육 군의

임금이 각기 진공하는 물건을 가지고 진 뒤에 따르니 그

위의의 굉장함이 천고에 드문 일이더라.

　원수 말에서 내려 머리를 조아리며 뵈온즉, 상이 친히

붙잡아 일으키고 그 군공을 이루었음을 권장하시고,　곧

조정에 조서를 내리시어 郭汾陽의 옛일에 의거하여 땅을 베어주고 왕으로 봉하여 賞典을 후히 하시기에 원수는 정성을 드러내어 힘써 사양하며 받지 아니하니, 상이 그 충성된 뜻을 좇아 勅旨를 내려 양소유로 대승상을 삼고 魏國公을 봉하며 食邑 삼만 호를 주시고 그밖의 賞給은 낱낱이 여기에 기록지 못하겠더라.

楊丞相이 황제가 타신 수레를 따라 궐내로 들어가 사은하니, 상이 곧 명하여 太平宴을 베풀어 예로 대접하는 은전을 보이시고 양승상 화상을 麒麟閣*에 그리라고 명하시더라.

승상이 대궐에서 물러나와 정사도 집에 이르니, 정씨의 겨레붙이가 모두들 외당에 모여서 승상을 맞아 절하며 각기 치하하기에 승상이 먼저 사도와 부인의 안부를 물으니 정십삼랑이 대답하되,

「숙부와 숙모 비록 목숨은 부지하시나 누이의 喪變을 당하신 후로는 너무 애통하여 병이 나시니, 기력이 노쇠하여 능히 외당에 나와 승상을 대하지 못하시기로 바라건대 승상은 소생과 더불어 내당으로 들어가심이 어떠하오.」

승상이 이 말을 들으매 如醉如狂하여 능히 급히 묻지도 못하고 한동안 생각에 잠기었다 묻되,

「장인이 어느때 따님의 상변을 보셨느뇨.」

정생이 대답하되,

「숙부모 무남독녀이옵는데 天道가 무심하여 이 悲境에 이르시니 어찌 비통치 않겠소이까. 승상은 들어가 보실 때 삼가서 슬픈 기색을 내지 말으소서.」

---

*기린각 : 공신의 상(像)을 그려 모시는 누각(樓閣).

승상의 悲戚한 눈물이 비 같아 옷깃을 적시니 정생이
위로하되,

「승상의 혼약이 비록 금석 같으나 집안의 운수가 불행
하여 대사를 이미 그르치니, 바라건대 승상은 오직 정
리를 생각하여 힘써 위로하소서.」

승상이 눈물을 뿌려 사례하며 정생으로 더불어 내당으
로 들어가 사도 내외에게 뵈니, 오직 기뻐 치하할 따름
이요, 말이 소저가 夭折한 이야기에는 미치지 아니하므
로 승상이 이르되,

「소서 다행히 국가 위엄을 힘입어 외람되이 公을 봉하
는 賞典을 받으매 사은하옵고, 또 私事를 상달하야 황
상의 의향을 돌리시게 함으로써 전일의 언약을 이루고
자 하였더니, 아침 이슬이 이미 먼저 마르고 봄빛이 이
미 저물었으니 어찌 생사에 대한 감회 없사오리까.」

정사도 눈썹을 한 번 찡그리고 정색한 후에 이르되,

「오늘은 온 집안이 모여서 경사를 치하하는 날이니 비
창한 말은 말지어다.」

하는데, 정생이 자주 승상께 눈짓을 하거늘 승상이 말을
끝맺고 나아가 화원으로 들어가니, 춘운이 섬돌 아래로
내려와 맞아 뵙는지라, 승상이 춘운을 보매 소저를 만나
는 것 같아서 슬픈 회포가 더욱 간절하고 눈물이 멎지 아
니하니 춘운이 꿇어앉아 위로하되,

「상공, 상공! 오늘이 어찌 상공의 비창하실 날이리이
까. 복망하오니 상공은 마음을 돌려 눈물을 거두시고
굽혀 첩의 말씀을 들으소서. 우리 낭자는 본래 하늘의
신선으로서, 잠시 인간계에 귀양살이로 오신고로 하늘
에 오르시던 날 천첩에게 이르기를, 「너도 몸소 양상

198

서와 인연을 끊고 다시 나를 따르라. 내가 이미 인간 계를 버렸거늘 네가 다시 양상서께로 돌아가면 어찌 가히 너와 더불어 서로 떠나리오. 상서 조만간 돌아와 만일 나를 생각하고 슬퍼하시거든 모름지기 내 말을 전하여 이르기를 예폐를 이미 물렸은즉 노상에서 만나는 사람들과 다름이 없으며, 황차 전일 거문고를 들은 혐의가 있다 하여 지나치게 생각하고 너무 슬퍼하면 황상의 명을 거역하고 사사로운 정을 따르는 것이니, 이는 죽은 사람에게까지 누를 끼침이라 어찌 민망치 아니하리오. 또한 내 무덤에 제사를 지내거나 혹은 几筵*〔궤연〕에서 곡을 하시면 이는 나를 행실 나쁜 여자로 대접하심이니 지하에서나마 어찌 섭섭한 마음이 없으리오. 그리고 황상이 상서의 돌아옴을 기다려 다시 공주와의 혼사를 의논하신다 하는데 내 들은즉, 關雎〔관저〕의 위엄과 덕망이 군자의 배필 되기에 합당하다 하니, 국명을 준수하여 죄에 빠지지 아니심이 나의 바라는 바이라」고 하시더이다.」

승상이 이 말을 들으매 더욱 비창하여 이르되,

「소저의 유언이 비록 이 같으나 능히 비회 없으리오. 열 번 죽어도 그 은덕을 갚기 어렵도다.」

하고 인하여 진중의 꿈 이야기를 하니 춘운이 눈물을 흘리며 이르되,

「소저 반드시 玉京〔옥경〕에 계실 것이니 승상께서 千秋萬歲〔천추만세〕 후에 어찌 서로 만나실 기약이 없사오리까. 너무 서러워하시다가 기체를 상치 마옵소서.」

승상이 이르되,

---

* 궤연 : 신주(神主)를 모신 곳.

「이 외에 소저 또 말씀이 없었느냐.」

춘운이 대답하되,

「비록 혼자 하신 말씀이 있사오나 아무래도 춘운의 입
으로는 말씀하지 못하오리다.」

승상이 정색하고 이르되,

「네 들은 바를 은휘 말고 다 말할지어다!」

춘운이 여쭈오되,

「소저께서 또 첩더러 이르되, 「내 춘운으로 더불어 한
몸이니, 상서 만일 나를 잊지 못하시고 춘운 보기를 나
같이 하여 마침내 버리지 아니하시면 내 몸은 비록 땅
속으로 들어가되 친히 상서의 은덕을 받는 것 같다」 하
시더이다.」

승상이 더욱 슬퍼 이르되,

「어찌 춘랑을 버리리오. 하물며 소저의 부탁이 있으
니 비록 織女로 아내를 삼고 宓妃*로 첩을 삼을지라도
맹세코 춘랑을 저바리지 않으리라.」

하더라.

---

*복비 : 낙수의 여신. 복희씨의 딸.

卷 之 四

合졸席花今相諱名
獻壽宴鴻月雙壇場

익일에 천자 양승상을 불러 보시고 하교하시되,

「향자에 공주의 혼사로 인하여 태후 특히 엄한 처분을 내리사 짐의 마음이 또한 불안하더니, 이제 정녀 죽으매 他念이 없게 되고 경의 회환함을 기다려 공주의 혼례를 행하려 하였노라. 경은 아직도 소년이요 당상에는 대부인이 있은즉, 제반 의식을 어찌 스스로 분별하며 황차 대승상 官府에 女君이 가히 없지 못할지요, 魏國公 家廟에 亞獻*을 권하지 못할지라, 짐이 이미 승상부 공주궁을 짓고 성례할 날을 기다리니, 경은 지금도 또한 허락지 아니하겠느뇨.」

승상이 머리를 조아려 아뢰되,

「신의 전후 거역한 죄는 萬死無惜이오나 勅敎를 거듭

---

*아헌 : 제사를 지낼 때 주부의 두 번째 헌작(獻爵)을 이름.

내리사 말씀이 온후하시니, 신은 진실로 황감하와 欲
死無地로소이다. 신이 斷斷無他*오라, 문벌이 미천하
옵고 재주가 없사오니 부마의 位 합당치 못하도소이다.」

상이 대희하사 곧 조서를 欽天鑑에 내리사 吉日을 택
하야 들이라 하시니, 太師 구월 십오일로써 아뢰매 다
만 수십일이 남아 있을 따름이더라.

상이 승상에게 다시 하교하시되,

「전일에는 혼사를 완정치 못한고로 경에게 미처 말하
지 못하였노라. 실은 짐의 누이 두 사람이 있으니 다
현숙함이 비범하며, 비록 다시 경 같은 사람을 구하고
자 하나 어느 곳에 가히 있으리오. 이러므로 짐이 태
후의 명을 받들어 두 누이로써 경에게 下嫁케 하고자
하노라.」

승상이 문득 眞州 객사의 꿈을 생각하고, 마음에 크게
괴이쩍게 여기는 바 있어 복지주하되,

「신이 부마 揀擇을 입사온 이후로 황송무지하옵더니,
이제 폐하 두 공주로 하여금 한 사람 몸에 하가코자 하
옵시니, 나라 있는 이후로 듣지 못한 바이온즉 신이 어
찌 당하리이까.」

상이 이르시되,

「경의 功業이 족히 나라에 제일이 될지라, 그 공로를
갚을 도리가 없는고로 두 누이로써 섬기게 함이요, 또
두 누이의 우애가 다 天性에서 나왔으므로 서면 서로
따르고 앉으면 서로 의지하여 매양 늙어도 서로 떨어
지지 않기를 원하는고로, 한 사람에게 하가함이 또 태
후마마의 의향이시니 경은 가히 사양치 말지어다. 또

---

*단단무타 : 아무런 다른 기예(技藝)도 없다는 뜻.

한 궁녀 진씨는 代(대)를 거듭한 仕宦家(사환가)의 여자로서 자색이 있고 글을 잘하매 공주가 수족같이 사랑하므로 하가할 때에 媵妾(잉첩)을 삼고자 하므로 먼저 경으로 알게 하노라.」

승상이 또 일어나 사은하고 대궐에서 물러 나아가니라.

이때 영양이 궁중에 있은 지 이미 여러 달이라, 태후 섬김에 충성을 다하고 또 난양공주와 진씨와 더불어 정의가 同氣(동기) 같기에 이로써 태후는 더욱 사랑하시는데 혼삿날이 임박함에 조용히 태후께 고하되,

「당초에 난양으로 더불어 좌차를 정하던 날 상좌에 거하옴이 극히 참람하오나 一向 固辭(일향 고사)하오면 태후낭랑의 자애하시는 온정을 거역할 듯싶사와 억지로 따르옴이 본의가 아니옵더니, 이제 양승상께로 돌아가 난양이 제일좌를 사양하오면 이 역시 옳지 않사오니 엎드려 바라옵건대, 태후마마와 황상폐하께옵서는 그 情禮(정례)를 짐작하시고 그 位次(위차)를 바르게 하시와 私分(사분)이 편안케 하시고 家法(가법)이 문란치 않게 하옵소서.」

난양이 태후 옆에 있다가 이르되,

「저저의 덕행과 재주가 다 소녀의 스승이 되오니, 저저가 비록 정씨 문중에 있을지라도 소녀가 마땅히 趙女(조녀)*가 位(위)를 사양함같이 할 터이거늘, 이미 형제 되온 후에 어찌 존비의 분별이 있을 수 있겠나이까. 소녀 비록 제이부인이 될지라도 스스로 인군의 딸로서 존귀함을 잃지 아니할 것이요, 만일 제일 위에 있게 되오면 태후낭랑의 저저를 기리시는 本意(본의) 과연 어디 있나이까.」

---

*조녀 : 조쇠(趙衰)의 아내.

태후 황상께 의논하시되,

「이 일을 어찌 조처할꼬.」

상이 대답하시되,

「난양의 사양함이 지정에서 나오나 자고로 왕가 공주에 이런 일이 있음을 듣지 못하였으니, 복원컨대 마마께서는 그 겸양하는 덕을 아름답게 여기사 이 일에 그 아름다운 뜻을 이루소서.」

태후 이르시되,

「상의 말씀이 옳도다.」

하시고, 이에 전교를 하교하사 영양으로써 위국공의 左夫人을 삼으시고 난양으로써 우부인을 봉하시고, 진씨는 본래 士夫家의 여자이므로 봉하여 淑人으로 삼으시니라.

전례에 공주의 혼례를 궐문 밖에서 거행하였거늘, 이 날은 태후 특별히 大內에서 행례하라 하시더니, 길일이 이르매 양승상이 麟袍玉帶로써 두 공주와 더불어 성례하니 몸차림의 화려함과 예모의 장함은 이르지도 말 것이고, 예식이 끝나 자리를 잡은 다음에 秦淑人이 또한 예로써 뵙고 이어서 공주 곁에 시립하거늘, 승상이 자리를 주니 마치 세 사람의 선녀가 하늘에서 내려온 듯 휘황찬란하여 승상이 꿈 속에 있는 것이 아닌가 의심하더라.

이 밤에 승상은 영양공주로 더불어 베개를 같이하고 이튿날에 일찌기 태후께 문안드리니, 태후 잔치를 베풀어 주시는데 황상과 황후 또한 태후 좌우로 시립하시고 종일토록 즐기시더라. 승상이 이 날 밤에는 다시 난양공주로 더불어 이불을 한가지로 하고, 제삼일에는 진숙인 방으로 가니 숙인이 문득 눈물을 흘리거늘, 승상이 놀라 묻되,

「오늘 웃는 것은 옳거니와 우는 것은 옳지 아니하도다 !
그러나 무슨 까닭이 있음직하니 實事를 말하라.」
진숙인이 대답하되,
「소첩을 기억하지 못하시니 승상이 이미 잊어버리심이
로소이다.」
이때 승상이 자세히 보더니 이윽고 숙인의 옥수를 잡
고 이르되,
「그대 화음현 진씨로다 ! 오매불망하던 바로다.」
채봉이 목이 메어 소리 입에 나지 못하거늘, 승상이 이
르되,
「낭자 이미 지하로 돌아간 줄로 알았더니 궁중에 고이
있었으니 천만다행이로다. 그때 華州에서 서로 헤어지
매 낭자의 집이 참혹한 화란을 겪음은 다시 말할 길 없
거니와, 객사에서 피란 후 어찌 하루라도 생각지 아니
리오. 오늘 옛 언약을 다시 이룸은 실로 내 생각에 미
처 못 한 바요, 낭자 역시 반드시 기약치는 못하였으리
라.」
하고, 드디어 주머니 속에서 진씨의 글을 내니, 진씨 또
한 승상의 글을 받들어 올릴새 두 사람의 양류사가 의
연히 서로 화답하던 날 같은지라, 진씨 이르되,
「승상은 오직 양류사로 언약을 맺은 줄만 알고, 집부채
로 오늘의 연분이 된 줄을 알지 못하시나이다.」
하고, 이에 상자를 열더니 그림 부채를 내어 승상에게 보
이고, 인하여 그 연유를 자세히 말하니 승상이 이르되,
「그때 藍田山으로 피란갔다가 돌아와 객점 주인에게 물
어본즉, 혹은 낭자 掖庭에 박혔다 하고 혹은 먼 고을
에 관비로 되어 갔다 하며, 혹은 凶禍를 면치 못하였다

하여 적실한 소식을 알지 못하여 다시 가망이 없는고로 부득이 다른 집에 혼처를 구하나 매양 화산과 위수 사이를 지나매 몸은 짝 잃은 기러기 같고 마음은 낚시에 꿰인 고기 같더니, 천은이 융숭하사 비록 서로 함께 모였으되 마음에 불안한 일이 있으니, 이는 다름이 아니요 바로 객점에서 정한 언약이 어찌 副室(부실)로서 서약하였으리오. 마침내는 낭자로 하여금 이 위에 굽히게 하였으니, 어찌 아깝지 아니하며 부끄럽지 아니하리오.」

진씨 대답하되,

「첩의 기박함은 첩이 스스로 알고 그때 유모를 객점으로 보낼새 낭군이 만일 成娶(성취)*하였으면 스스로 부실 되기를 원하였거늘, 이제 공주에 다음 가는 자리에 있사오니 첩의 영광이요 다행이온즉, 첩이 만일 원망하고 한탄하면 하늘이 미워하시리이다.」

이 밤에는 옛정이 새로와 전일의 두 밤에 비하여 더욱 친밀하더라.

익일에 승상이 난양공주로 더불어 영양공주 방에 모여 같이 앉아서 술을 마실새, 영양공주 소리를 낮추어 시녀를 불러 진숙인을 청하거늘, 승상이 그 목소리를 듣고 스스로 구슬픈 감회가 서려 낯에 오르니, 이는 전일에 楊生(양생)이 여복을 입고 정사도 집에 들어가 소저를 대하여 거문고를 탈 적에 곡조를 평하던 목소리를 듣고 그 용모가 더욱 눈에 익었더니, 이날 영양공주의 음성이 또한 정소저의 그것이요, 자세히 본즉 모습이 또한 정소저라, 승상이 이에 이르러 가만히 생각하되,

---

*성취 : 장가를 들어 아내를 얻는다는 말.

「세상에 흡사한 사람도 있도다! 내 정씨와 혼인을 언약할새 사생을 한가지로 하고자 하였더니, 이제 나는 琴瑟之樂을 맺었거니와 정씨의 외로운 넋은 어느 곳에 의탁하였을꼬. 내 허물을 피하고자 하여 墓前一盃와 几筵一哭 아니하였으니 내 정씨를 저버림이 많도다!」

하고, 두 눈에 눈물이 고이니 정씨의 거울 같은 마음으로 승상의 가슴 속을 어찌 알지 못하리오. 이에 옷깃을 바로잡고 묻자오되,

「이제 상공이 잔을 임하여 홀연 비감한 빛이 계시니 감히 그 연고를 묻잡나이다.」

승상이 사례하되,

「少游의 마음 속 일을 어찌 貴主께 감추리오. 소유 일찌기 정사도의 집에 가서 그 낭자를 보았더니, 귀주의 음성과 용모 정씨 낭자와 흡사한고로 눈에 어른거리고 마음에 살아나는고로 아마도 비창한가 하오니 귀주는 괴이히 여기지 마옵소서.」

영양이 이 말을 듣고 나자 두 볼에 붉은 빛을 띠며 홀연히 자리를 일어 내전으로 들어가 오래 나오지 아니하기에 난양 이르되,

「저저는 태후낭랑의 총애하시는 바인고로 성품이 굽힐 줄을 몰라 첩의 孱妾함과 같지 않으시더니, 아마도 상공께서 정녀로써 견주시매 매우 미흡한 마음이 있는가 보옵나이다.」

승상이 다시 진씨로 하여금 사죄하시되,

「소유 취중에 망발하였으니 귀주가 곧 나시면 소유 마땅히 晉文公과 같이 가두어지기를 청하리이다.」

하였더니, 이윽한 후에 진씨 나자 전하는 말이 없거늘,

승상이 이르되,

「귀주 무슨 말씀하더뇨.」

진씨 대답하되,

「귀주 노여움이 높으사 말씀이 과도하시기로 감히 전치 못하나이다.」

승상이 이르되,

「귀주의 과도한 말씀이 숙인에게 허물되지 않으리니 모름지기 자세히 전할지어다!」

진씨가 대답하되,

「영양공주의 말씀이「첩은 비록 잔졸하나 태후낭랑의 총애하는 딸이요, 정녀가 비록 기이하나 여염의 미천한 집 여아라. 예법에 이르기를 路馬*에 허리를 굽힌다 하였으니 말을 공경함이 아니라 인군의 타신 바를 공경함이거늘, 하물며 인군이 사랑하시는 누이에 있어서랴. 정녀가 일찌기 체모를 생각지 아니하고 스스로 그 자색을 자랑하여 상공과 더불어 말을 건네며 곡조를 논난하였은즉, 아무래도 몸가짐이 옳지 못할지라. 또 스스로 혼사가 지체됨을 한탄하여 躁鬱病을 일으켜 청춘을 재촉하였으니 그 신수 가장 기박하거늘 상공이 어찌 나를 여기에 견주시나뇨. 옛날에 魯나라 秋胡가 황금으로써 뽕 따는 계집을 희롱하매 그 아내가 스스로 물에 빠져 죽었다 하거늘, 첩이 어찌 부끄러운 낯으로써 가히 상공을 대하리'오. 또한 상공이 이미 죽은 낯을 기억하고 그 소리를 이별한 지 오랜 뒤에 알아들으니, 이는 바로 卓文君이 외당에서 거문고를 타면서 賈씨 집에서 향을 도둑질함과 같으매, 첩은 일로부

---

*노마 : 천자(天子)의 승마. 길말.

터 맹세코 문 밖에 나지 아니하고 몸을 마칠지라. 난양은 성품이 유순하여 나와 같지 아니하니, 바라건대 상공은 난양과 더불어 백년해로하소서」 하시더이다.」
승상이 마음에 대노하여 이르되,
「천하에 여자로 勢(세)를 믿음이 이 영양 같은 자 있으리오. 과연 부마의 괴로움을 알겠도다.」
이에 난양에게 이르되,
「내 정녀로 더불어 상봉함이 곡절이 있거늘, 이제 영양이 도리어 음행으로 내게 씌우고자 하는데 이는 상관없거니와 욕이 이미 죽은 사람에게 미치니 이 실로 한탄할 바로다.」
난양이 이르되,
「첩이 마땅히 들어가 저저에게 깨닫도록 말씀하겠나이다.」
하고, 곧 몸을 돌이켜 들어가더니 날이 저물도록 또한 나오지 아니하고 이미 방 안에 등촉을 벌여 놓았으매 난양이 시비를 시켜서 말을 전하되,
「첩이 萬端開諭(만단개유)하여도 저저 마침내 마음을 돌리지 아니하시나이다. 첩이 당초에 저저와 더불어 사생고락을 같이하자 언약하여 천지 신명께 언약하였기로, 만일 저저가 깊은 궁에서 홀로 늙으시면 첩도 또한 깊은 궁에서 늙고자 하오니, 바라건대 승상은 숙인 방에 나아가사 오늘 밤을 안녕히 지내소서.」
하거늘, 승상이 노기 치밀어 撑中(탱중)하나 마음을 억제하여 얼굴과 말에 드러내지 아니하고, 빈 방장과 찬 병풍이 또한 무료하므로 침상에 비스듬히 의지하여 진씨를 바라보니, 진씨 곧 촛불을 들고 승상을 인도하여 침방으로 돌

아가 금화로에 龍香을 피우며 象牙平床에 비단 금침을 펴고서 승상께 고하되,

「첩이 비록 불민하오나 일찌기 군자의 風度*를 듣사오니 예법에 「첩을 거느림에 감히 當夕*치 못한다」 하니 이제 두 공주마마께서 다 내전에 드신지라 첩이 어찌 감히 상공을 모시고 이 밤을 지낼 수 있사오리까. 오직 승상은 안녕히 취침하소서.」

하고 雍容*히 걸어가거늘, 승상이 비록 만류치 아니하나 이 밤의 景色이 자못 쓸쓸한지라 드디어 방장을 드리우고 베개를 베고 드러누우매 엎치락뒤치락 不寐하고 스스로 이르되,

「이 무리가 떼를 짓고 꾀를 내어 장부를 조롱하니 내 어찌 저들에게 애걸하리오. 내 전일 정사도 집 화원에 있으매, 낮이면 정십삼랑과 더불어 酒樓에서 취하고 밤이면 춘랑과 더불어 촛불을 대하여 술을 마시니 하루도 불쾌함이 없거니와 이제 부마된 지 삼일에 마음이 심히 번뇌하도다.」

하고 손을 들어 깁창을 여니 은하수는 하늘에 비끼고 월색은 뜰에 가득하거늘 신을 끌고 나아가 거닐다가 멀리 영양공주의 방 쪽을 바라보니 촛불이 휘황하여 깁창에 영롱하거늘, 승상이 마음에 헤오되,

「밤이 이미 깊었거늘 宮人이 어찌 지금껏 자지 않느뇨, 영양이 내게 노하여 나를 이리 보내더니 이미 침실로 돌아갔도다.」

신 소리 없이 고이 걸어 가만히 창밖에 나아간즉, 두

---

* 풍도 : 풍채와 태도.
* 당석 : 자기 차례가 돌아온 밤에 잠자리에 모심.
* 옹용 : 마음이 화락하고 조용함.

공주의 말소리와 웃는 소리와 주사위 雙陸 소리 창밖으로 새어 나오거늘, 가만히 창틈으로 엿본즉 진숙인이 두 공주 앞에 앉아 한 낭자로 더불어 주사위 판을 대하고 一을 빌며 六을 부르더니* 그 낭자 몸을 돌려 촛불을 돋우는데 자세히 보니 가춘운이라. 원래 춘운은 공주들의 大禮를 올리던 날 궁에 들어옴이겠더라. 그러나 그날은 춘운이 몸을 감추어 승상을 보지 아니한고로, 승상이 이에 춘운이 있을 줄을 어찌 알았으리오. 승상이 놀라 괴이하게 여기며 이르되,

「필연 공주 춘운의 자색을 보고자 하여 불러옴이로다.」

하더니, 진씨 홀연 주사위판을 다시 벌이며 이르되,

「내기가 아니므로 沒滋味하니 마땅히 춘랑으로 더불어 내기를 하리로다.」

춘운이 대답하되,

「춘운은 본래 빈한하여 한 그릇 酒肴도 다행하거니와, 진숙인은 귀주의 곁에 있어 능라금수와 경거옥패 풍족하실 터이니, 춘운더러 무슨 물건을 내기하라 하시나뇨.」

진씨 이르되,

「내 이기지 못하면 내 허리에 찬 노리개와 머리에 꽂은 비녀 중에 춘랑이 구하는 대로 줄 것이요, 낭자가 이기지 못하면 내 청을 들을지니, 이 일은 실로 낭자에게는 허비할 바 없도다.」

춘운이 대답하되,

「청코자 하는 바는 무슨 일이며, 듣고자 하는 바는 무슨 말이뇨.」

─────────────

*일을 빌며 육을 부르더니 : 일홍육백(一紅六白).

진씨 이르되,

「내 향자에 두 공주님께서 하는 말씀을 들으매 춘랑이 신선도 되고 귀신도 되어 그로써 승상을 속이었다 하는데, 내 그 자세한 이야기를 듣지 못하였으니 낭자 지거든 이 일로써 古談삼아 내게 들리라.」

춘운이 이에 주사위판을 밀고 영양공주를 향하여 여쭈오되,

「소저, 소저! 소저는 평일에 춘운을 사랑하심이 지극하시더니, 이런 이야기를 공주께 들리사 숙인이 이미 들었다 하오니 궁중에 귀 있는 사람이야 뉘 알지 못하였사오리까.」

진씨 이르되,

「채봉이 춘랑에게 책할 말이 있도다. 우리 공주 어찌 춘랑의 소저 되리오. 영양공주는 곧 대승상의 부인이요 위국공의 女君이시니, 연세는 비록 젊으시나 지위는 이미 높으시니 어찌 감히 소저라 부르리오.」

춘운이 사과하되,

「십 년 익은 입을 하루아침에 고치기 어렵고 꽃을 다투고 가지를 싸우던 일이 완연히 어제 같으니, 이 몸 공주를 두려워하지 않는 데서 실언함이니 용서하소서.」

하고, 인하여 呵呵大笑하거늘 난양이 영양공주에게 묻자오되,

「춘운의 말끝을 소매도 미처 듣지 못하였거늘 과연 승상께서 춘운에게 속았나이까.」

영양이 대답하되,

「승상이 춘운에게 속은 일이 많으니 불 아니 땐 굴뚝에 어찌 연기가 날 수 있겠나이까. 다만 그 겁내는 형

상을 보고자 하였더니, 너무 愚迷하여 귀신을 미워할 줄 알지 못하니, 옛말에 이르기를「호색하는 사람은 계집에 餓鬼라」하는 말이 과연 거짓말이 아니니 주린 귀신이 어찌 귀신을 미워할 줄 알리이까.」

하니 좌중이 크게 웃더라.

승상이 정녕 영양공주 정소저인 줄 알고 且驚且喜하여 창을 열고 돌입하고자 하다가 도로 멈추며 스스로 이르되,

「저들이 나를 속이고자 하니 내 또한 저들을 속이리라.」

하고, 이에 가만히 진씨 방에 돌아가 잘 자고 나니 이튿날 일찌기 진씨가 나아와 시녀에게 묻되,

「승상이 이미 起寢하셨느뇨.」

시녀 대답하되,

「아직 기침 아니하시나이다.」

진씨 오래 창밖에 섰더니, 아침 날이 창에 가득하고 조반상이 장차 들이겠으되 승상이 일어나지 아니하고 이따금 신음하는 소리 들리거늘, 진씨 나아가 묻자오되,

「승상이 未寧하시니이까.」

승상이 눈을 떠 직시하되 사람을 보지 못하는 듯하고 왕왕 囈語를 하니 진씨가 다시 묻기를,

「승상께서 어찌 잠꼬대를 하시나이까.」

승상이 어지러운 듯 잠시 머뭇거리다가 갑자기 묻자오되,

「네 뉘뇨.」

진씨 대답하되,

「승상이 첩을 알지 못하시나이까. 첩은 진숙인이옵나이다.」

승상이 點頭[점두]할 뿐이요 눈을 도로 감으며 목 안의 소리로,

「진숙인, 진숙인이 뉘뇨.」

하거늘, 진씨가 놀라며 손을 들어 승상의 이마를 어루만지며 이르되,

「이마 자못 더우니 승상께서 患候[환후] 계심을 가히 알겠으나 하룻밤 사이에 무슨 병이 이렇듯 위중하시나뇨.」

승상이 다시 눈을 떠 정신을 차리며 이르되,

「이상하다! 정녀 밤새도록 나를 괴롭히니 내 어찌하리오.」

하거늘, 진씨 그 자세함을 물은대 승상이 다시금 어지러운 듯 대답치 아니하고 몸을 옮겨 돌아눕거늘, 진씨 매우 憫迫[민박]하여 시녀로 하여금 공주에게 고하되,

「승상이 환후가 계시니 속히 나와 뵈옵소서.」

영양이 이르되,

「어제 술 마시던 상공이 무슨 병이 있으리오. 아무래도 이는 우리들로 하여금 나아가 보게 함이리라.」

하더라. 진씨 급히 들어와 고하되,

「승상이 신기 혼미하사 사람을 보아도 알지 못하시고, 오히려 어두운 데를 향하여 잠꼬대를 자주 하시니, 황상께 아뢰옵고 醫官[의관]을 불러 치료하심이 어떠하니이까.」

하더니, 태후 들으시고 공주를 불러 꾸짖으시되,

「너희들이 승상을 과도히 속였거늘 그 병의 중함을 듣고도 나아가 보지 않으니 이 무슨 도리냐. 급히 문병하고 만일 증세 중하거든 의관 중에 의술이 신묘한 자를 불러 진찰하고 치료케 할지어다!」

영양이 난양으로 더불어 승상 침방으로 나아가 마루에

머무르고, 먼저 난양공주가 진씨와 더불어 들어가 보게 하였더니, 승상이 혹은 두 손을 휘두르고 혹은 두 눈을 부릅떠 처음에는 난양이 묻는 말을 듣지 못하는 듯하더니 비로소 목 안의 소리로 말하되,

「내 명이 장차 다할지라, 영양으로 더불어 영결하려 하거늘 영양은 보지 못하겠도다.」

난양이 말하되,

「승상께서 어찌 그런 말씀을 하시나뇨.」

승상이 처량한 말로 이르되,

「간밤 非夢似夢간에 정녀 내게 와 말하되, 「상공은 어찌 언약을 저바리시나이까」 하고 노기 추상 같으며 眞珠 한 움큼을 내려 주거늘, 내 그것을 받아 삼켰으니 이는 실로 흉한 징조요, 눈을 감은즉 정녀가 내 몸을 누르고 눈을 뜬즉 정녀가 내 앞에 섰으니 어찌 능히 살리오.」

말을 마치지 못하여 또한 기진하는 시늉을 지으며 낯을 돌려 벽을 향하더니 다시 橫說竪說하기에 난양이 그 동정을 살펴보매 놀랍고 우려하여 밖으로 나와 영양에게 이르되,

「승상의 병인즉 과시 疑疾이오니 저저 아니면 능히 고칠 자 없도다.」

하고 인하여 병의 증세를 말하니, 영양이 반신반의로 주저하므로 난양이 손을 끌고 들어가니 승상이 아직도 헛소리를 하는데 모두가 정씨를 향한 말이라, 난양이 소리를 높이어 이르되,

「승상, 승상! 영양저저 왔으니 눈을 떠 보소서.」

승상이 잠깐 머리를 들고 자주 눈을 회번덕거리며 일

어나고자 하는 시늉을 하기에 부축하여 일으켜 평상 위
에 앉히니, 승상이 두 공주 대하여 이르되,

「소유 편벽되이 天恩을 입어 두 분 귀주로 더불어 성
혼하매 백년해로하자 했더니 나를 잡아가려는 듯한
자 있기로 세상에 오래 머무르지 못하겠으니 이를 슬
퍼하나이다.」

영양이 이르되,

「승상은 이치 아는 군자어늘 어찌 허망한 말씀을 하시
나이까. 정씨의 흩어진 넋이 남아 있을지라도 百靈이
호위하는 구중 궁궐에 어떻게 들어오며, 또 어찌 대
승상 台體*를 침노할 수 있사오리까.」

승상이 소리 높여 외치되,

「정녀 方將 내 곁에 있거늘 어찌 들어오지 못한다 이
르느뇨.」

난양이 이르되,

「옛 사람이 「술잔의 배암을 마시고 疑疾을 얻더니, 벽
에 걸린 활그림자가 배암 모양임을 안 후로는 병이 쾌
차하더라」* 하였더니, 승상의 병이 또한 그 같고 쾌차
하실 방법도 그와 비슷한 줄로 아뢰나이다.」

승상이 눈을 감고 부대답하며 다만 손만 놀릴 따름이
어늘, 영양이 병세 점차 위중함을 보고 나아가 앉아 이
르되,

「승상은 다만 죽은 정녀만 생각하고 산 정녀는 보고자
아니하시나이까. 승상이 정녀를 보고자 하실진대 첩
이 곧 정녀 瓊貝로소이다.」

---

*태체 : 귀한 몸. 지체가 높은 이에게 한하여 쓰는 말.
*술잔의~ 쾌차하더라 : 서진 낙광(西晉 樂廣)의 친구가 술잔 속에 비친 뱀
　　의 그림자에 놀라서 병이 생긴 일.

승상은 거짓으로 믿지 않는 체하며 이르되,

「이 무슨 말이뇨.　정사도에 한 딸이 있다가 죽은 지
己久(이구)한지라.　죽은 정녀는 이미 내 몸 곁에 있은즉 그
밖에 어찌 산 정녀가 있으리오.　죽지 않은즉 살고 살
지 않은즉 죽는 것이 사람의 정한 일이요, 「죽은 자는
다시 살아나지 못하나니라」 하니　귀주의 말씀을 내 믿
지 못하나이다.」

난양이 이르되,

「우리 태후낭랑이 정씨로 양녀를 삼으시고 영양공주를
봉하사 첩과 한가지로 승상을 섬기게 하였으니, 영양저
저 곧 전일의 거문고를 듣던 정소저니이다.　그렇지 않
사오면 어찌 정녀로 더불어　一毫(일호)도 틀림이 없으리까.」

승상이 대답치 아니하고 적이 신음하는 소리를 내더니,
홀연히 머리를 쳐들고 숨을 크게 쉬며 이르되,

「내 정씨 집에 있을 때에 정소저의 비자 가춘운이 내
게 와 사환 노릇을 하였더니, 이제 춘운에게 한 말을
묻고자 하니 그는 어디 있느뇨.　보고자 하나 그 역시
어렵도다.　슬프다 !　한스럽기 그지없도다 !」

난양이 이르되,

「춘운이 영양저저께 뵈옵고자 궁중에 들어왔다가 또한
승상의 병환을 근심하여 이제 밖에서 문후하나이다.」

하더니, 춘운이 들어와 여쭈오되,

「승상의 氣體(기체) 어떠하시니이까.」

승상이 이르되,

「춘운만 머무르고 그 외는 다 나가기 바라오.」

하니, 두 공주와 숙인이 밖으로 나와 난간을 의지하여
서니라.

승상이 곧 일어나 梳洗하고 의관을 정제한 다음 춘운을 시켜 세 사람을 다시 불러들이니, 춘운이 웃음을 머금고 나와 두 공주와 숙인더러 이르되,

「승상이 청하시나이다.」

하고 네 사람이 함께 들어가니, 승상이 華陽巾을 쓰고 官錦袍를 입고 白玉如意을 잡고 안석에 의지하여 앉았으니, 기상이 화창한 봄 날씨 같아 조금도 병들었다가 일어난 사람 같은 기색이 없으므로, 영양공주 비로소 속은 줄을 알고 웃으며 머리를 숙이고 다시 문병치 아니하나 난양이 묻자오되,

「승상의 기후 지금은 어떠하시니이까.」

양승상이 정중한 태도로 정대히 이르되,

「소유 근래 풍속이 괴이함을 보매 미인계로써 장부를 속이니, 幽閑貞靜한 부덕을 장차 어디로 좇아 볼 수 있으리오. 소유가 대신의 반열에 있기로 이에 교정할 방책을 골똘히 생각타가 병이 되었으되, 이제 쾌차하니 귀주는 염려를 마소서.」

하니, 난양과 숙인은 다만 웃으며 대답치 아니하고 영양이 이르되,

「이 일은 첩들이 알 바 아니오니, 승상의 病根을 알고자 하실진댄 스스로 돌이켜보시고 남 속이던 일을 뉘우칠 것이요, 한편 태후마마께 품달하여 보소서.」

승상이 마음에 가려움을 이기지 못하여 이에 크게 웃으며 이르되,

「양소유의 神出鬼沒한 계교로 전후 미인계의 실상을 알았으니, 「부인은 사람의 아래 엎드린다」는 말이 옳도다. 그러나 소유가 오직 공경하고 감복함은 태후마마

께서 자식같이 보시는 은덕과 황상 폐하의 親信하시는
어념과 귀주의 우애하시는 덕행이오니, 소유 정성을 다
하여 琴瑟의 즐거움을 오래오래 누리리이다.」

두 공주와 숙인이 부끄러운 빛을 띠어 點頭黙黙하더라.

이때 태후 궁녀를 불러 승상의 병을 칭탁한 사유를 아
시고 크게 웃고 이르시되,

「내 진실로 의심하였다.」

하시고, 이에 승상을 불러 보실새 두 공주가 또한 모시
고 앉았거늘 태후 하문하시되,

「승상이 이미 죽은 정녀와 더불어 끊어진 인연을 다시
이었다 하니 정녕인고.」

승상이 부복하여 대답하되,

「은덕이 造化로 더불어 한가지 크시니, 신이 粉骨碎身
할지라도 갚기 어려울 줄로 아뢰나이다.」

태후 이르시되,

「다만 희롱함이니 어찌 은덕이라 하리오.」

하시더라.

이날 천자 正殿에 群臣의 조회를 받으실새, 신하들이
아뢰되,

「근자에 밝은 별이 높이 뜨며 단 이슬이 내리고, 黃河
의 물이 맑고 곡식이 풍성하고 세 鎭의 절도사가 땅
을 들어 조회하며 강한 토번이 항복하였으니, 이는 다
성덕으로써 이룬 바로 아뢰오.」

상이 겸양하사 공을 모든 군신에게 돌리시므로 군신이
한가지로 아뢰되,

「양소유 근일 궁중에 오래 있사와 정부의 公事가 많이
지체되온 줄로 아뢰오.」

상이 크게 웃고 이르시되,

「태후 연일 불러 보시는고로 승상이 감히 나오지 못함
이니 짐이 친히 효유하리다.」

하시더니, 이튿날 양상서 정부에 나아가 공사를 처리하
고 드디어 疏를 올려 그 모친을 모셔오려 하거늘, 그 상
소문에 하였으되,

「승상 위국공 駙馬都尉 신 양소유는 돈수백배하옵고 황
상폐하께 삼가 아뢰옵나이다. 신은 본디 초 땅의 미천
한 백성이오라 노모를 供饋함에 넉넉치 못하므로 斗筲
같은 작은 재주로 외람히 國祿으로써 노모를 봉양코자
하여 분수를 헤아리지 않고 鄕貢을 입사와 과거에 뽑
히고 조정에 들어선 지 수년에 조서를 받들어 강적을
치매 節度는 무릎을 굽히옵고, 또 명을 받자와 서로 치
매 흉한 吐蕃이 꼼짝 못하고 나아와 항복하오니, 어찌
이를 신의 한 계책이라 하리이까. 이는 다 황상폐하
의 威德이 미친 바이요 모든 장수가 죽기로써 싸웠음
이어늘, 폐하께옵서는 도리어 이에 적은 수고를 권장
하시고 중한 벼슬로써 襃揚하옵시니 신의 마음에 그지
없이 황송하오이다. 또 부마 간택에 하교가 간절하옵
고 천은이 깊사오매 신의 미천함으로 능히 도망치 못
하여 받들어 따랐사오나 또한 황송하오이다.

노모 신에게 바라던 바는 얼마 되지 않는 국록이옵고
신이 원하던 바도 微官末職에 지나지 아니하옵더니, 이
제 신이 將相의 자리에 있사옵고 公侯의 爵에 있사와
국사에 犬馬之忠을 다하려 하기로 노모를 데려올 겨를
을 내지 못하오니, 거처와 음식이 신의 노모와는 판이
하온지라, 이는 부귀로써 몸을 處하고 빈천으로써 어

미를 대접하옴이니 자식의 도리에서 크게 벗어남이 아
니겠나이까. 하물며 신의 어미 이미 늙고 신병이 무거
우나 다른 자녀가 없사와 가히 구호치 못하오며, 산천
이 아득하여 소식이 또한 자주 통치 못하와 노모를 보
고 싶은 마음이 간절하옵는데, 이제 국가의 무사함으
로 官府 한가하오니 엎드려 비옵건대 폐하께서는 신
의 다급한 형편을 살피시어 신의 奉養코자 하는 소원
을 돌아보시와 각별히 두어 달 겨를을 허락하시오면
그 사이에 돌아가 先塋에 성묘하고 노모를 데려와 모
자 함께 성덕을 기리며 그로써 反哺*의 정성을 다하게
하옵시면 신은 마땅히 충성을 다하여 천은을 갚사오
리니, 聖上은 이를 딱하게 여기시와 윤허하옵소서.」
상이 상소문을 다 보시고 탄식하시되,
「孝哉라, 소유여!」
하시고, 특별히 황금 일천 斤과 비단 팔백 필을 하사하
사 그 노모를 獻壽케 하고 또 노모를 만나 속히 데리고
돌아오라 하교하시매, 승상이 대궐로 들어가 사은하고 두
공주와 진숙인, 가유인과 더불어 작별하니라.
서울을 떠나 천진교에 다다르니 계섬월, 狄驚鴻의 두
기생이 府尹의 기별을 받고 이미 객관에 와 等待하였기
에 승상이 웃으며 두 기생더러 이르되,
「내 이 길이 사사로운 길이요 君命이 아니거늘, 그대
들이 어찌 내가 오는 줄을 알았느뇨.」
경홍과 섬월이 대답하되,
「승상 위국공 부마도위의 행차를 깊은 산 험한 골짜
기에서도 다들 알고 떠들썩하게 들려오는데, 첩들이 비

─────────
*반포 : 까마귀 새끼가 어미에게 먹이를 물어다 먹임.

록 두메에 사오나 어찌 귀와 눈이 없사오리까. 하물며 부윤이 첩들을 대접하기를 상공의 다음으로 치니 어찌 기별하지 않으오리까. 상년에 상공께서 여기를 거치시매 첩들이 오히려 생색이 만 길이나 높았사온데 이제 상공의 지위 더 높고 공명이 더 크시니, 첩들의 영광이 또한 백 배나 더하나이다. 듣자오니 상공께서 두 공주의 부마가 되셨다 하옵는데, 두 공주가 능히 첩들을 용납하실는지 알고자 하나이다.」

승상이 이르되,

「공주 한 분은 황상폐하의 매씨요, 또 한 분은 정사도 댁 낭자로서 황태후의 양녀가 되었으매 이는 곧 계량의 천거한 바이니 정씨 어찌 계량의 천거한 은혜를 잊어버리리오. 또한 공주 더불어 사람을 사랑하고 물건을 용납하는 덕행이 있으니, 어찌 두 낭자의 복이라 하지 아니하리오.」

경홍과 섬월이 서로 돌아보며 하례하더라.

승상이 두 사람으로 더불어 밤을 지내고 다시 길을 떠나 고향에 다다르니, 지난날 십오세 서생으로 모친 슬하를 하직하고 멀리 갔다가 이제야 돌아와 覲親(근친)하매, 승상의 거마를 타고 위국공의 章服(장복)을 입고 아울러 부마의 귀함을 겸하니, 사년 동안 성취함이 과연 장한 일이로다.

들어가 모부인께 뵈온즉, 노모 아들의 손을 잡고 그 등을 어루만지며 이르되,

「네 참 우리 아들 소유뇨. 내가 아무래도 믿지 못하겠도다. 전일에 六甲(육갑)을 외며 글자 모으기를 할 적에 어찌 오늘의 영광이 있을 줄을 알았겠느뇨.」

하고, 기쁨을 이기지 못하여 눈물을 흘리므로, 소유 공
명을 이룬 일과 장가들고 첩들을 가려잡게 된 사연을 자
세히 아뢴즉, 노모 이르되,

「너의 부친이 매양 너더러「우리 집을 빛나게 할 자라」
 하셨는데, 이제 너의 부친과 영화를 함께 누리지 못함
 이 한이로다.」
하시더라.

 승상이 선산에 榮墳*하고 천자가 내리신 금과 비단으
로 대부인을 위하여 잔치를 베풀어 오래 삶을 기리고 일
가 친척과 친구들을 청하여 열흘 동안이나 손님 치레를
하고서 대부인을 모시고 길을 떠나니, 연도의 백성들과
여러 고을 수령들이 분주하게 護行하니 광채가 한길에 빛
나더라.

 승상이 낙양을 지날새, 본 고을에 분부하여 경홍과 섬
월을 부르라 하였더니 돌아와 고하되,

「두 낭자 이미 동행하여 서울로 떠난 지 여러 날이옵
 니다.」
하거늘, 승상이 交違*함을 섭섭히 여기고 皇城에 이르러
대부인을 丞相府로 모시고 대궐로 들어가 황상을 뵈오니,
兩宮에서 불러 보시고 금은과 채단 열 수레를 나누어 하
사하시니, 이로써 대부인께 헌수하고 만조 백관을 청하
여 삼일간 잔치를 크게 즐기더라.

 승상은 다시 날을 가려잡아 대부인을 모시고 황상께
서 내리신 새 집으로 옮겨 드니, 누각과 정자 동산과 연
못이 굉장하더라.

---

*영분 : 영화(榮華)와 부귀(富貴)를 누리게 해달라고 선영(先塋)에게 아뢰
    는 일을 일컫는 말.
*교위 : 길이 어긋남.

영양공주와 난양공주 新婦禮(신부례)를 행하고 진숙인과 가유인이 역시 예를 갖추어 뵈오니, 대부인은 화기가 흐뭇하며 마음속으로 기꺼워하더라.

승상이 이미「대부인의 장수를 기리라」하는 명을 받은 고로 위에서 내리신 물건으로써 다시 삼일간 대연을 베풀매, 양궁에서 궐내의 樂工(악공)들을 보내시며 상께서 잡수시는 음식을 내리시고 조정의 고관들이 모두 모인지라, 소유가 채색옷을 입고 두 공주와 더불어 옥잔을 높이 들어 차례로 대부인께 올려 장수함을 기리며 매우 즐겁게 노닐새, 잔치가 아직 파하지 아니하였는데 문 지키는 자가 들어와 고하되,

「문밖에 두 여자 있어 대부인과 승상께 名帖(명첩)을 드리나이다.」

하거늘, 받아 보니 섬월과 경홍이니라. 이에 대부인께 이 뜻을 사뢰고 곧 불러들이매 두 기생이 섬돌 아래에서 절하고 뵈오니 모든 손님이 다 이르되,

「낙양의 계섬월과 하북 땅의 적경홍이 이름난 지 오랬거니와 과연 절세의 미인이로다! 양승상의 풍류가 아니면 어찌 능히 이르게 하리오.」

하더라.

승상이 두 기생에게 명하여 그 가진 바 재주를 보이게 하매, 경홍과 섬월이 동시에 일어나 구슬신을 끌고 구슬자리에 올라 가벼운 소매를 날리며 霓裳羽衣曲(예상우의곡)에 맞추어 춤을 추니 떨어지는 꽃과 나부끼는 가지는 봄바람에 떠다니며 구슬 그림자와 눈비는 비단 장막에 비치니 漢宮(한궁)의 趙飛燕(조비연)이 다시 駙馬宮(부마궁)에 나타났고, 金谷(금곡)의 錄珠(녹주)*가

---

*녹주 : 석숭의 애첩. 미희(美姬).

다시 魏國公(위국공)의 당상에 섰기에 대부인과 두 공주 능라와
錦繡(금수)로 두 기녀에게 상금을 내리고, 진숙인은 본디 섬월
과 더불어 아는고로 옛일을 말하며 쌓였던 회포를 풀새,
영양공주 몸소 술잔을 잡아 따로이 계량한데 권하여 그
로써 천거하여 준 은혜를 갚는지라, 柳부인이 승상께 이
르되,

　「너희들이 섬월에게 사례하고 내 외사촌은 잊었느냐.」
　승상이 대답하되,
　「소자 오늘의 즐거움이 모두 杜鍊士(두연사)의 덕이요, 또 모
　친께서 이미 서울에 오셨으니, 비록 모친의 말씀이 없
　으실지라도 진실로 받들어 청코자 하나이다.」
하고, 즉시 사람을 紫淸觀(자청관)으로 보내었더니 바로 女冠(여관)이
이르되,

　「두연사 蜀(촉) 땅에 간 지 이미 삼년이옵니다.」
하거늘, 유부인이 심히 섭섭히 여기시더라.

樂遊原會獵鬪春色
油壁車招搖古風光

양승상이 府中에 각각 거처를 정할새, 정당은 慶福堂이니 대부인이 거하고 경복당 앞은 廷禧堂이니 좌부인 영양공주 처하고, 경복당 서쪽은 鳳韶宮이니 우부인 난양공주 머무르고 연희당 앞의 凝香閣과 淸和樓는 승상이 거처하며 시시로 거기서 잔치를 베풀고 그 앞의 延賢堂은 승상이 손을 응접하는 집이요, 봉소궁 남쪽의 尋紅院은 진숙인 채봉의 방이요, 연희당 동쪽의 迎春閣은 가유인 춘운의 방이요, 청화루 동과 서에는 각각 작은 누가 달렸으니 푸른 창과 붉은 난간이 서로 비추며 행랑이 돌아 청화루를 접하고, 응향각 동쪽은 賞花樓요 서쪽은 望月樓이니 계섬월과 적경홍이 각각 한 누씩 차지하고서 궁중 樂妓 팔십 인이 다 천하에 자색이 드러나고 재주 있는 사람들인데 이를 동서부로 나누되, 동부 사십 인은 계랑이 주장하고 서부 사십 인은 적랑이 맡아 가무를 가르치며 풍악을 공부시키고 매월 청화루에 모여서 동서 양부의 재주를 비교하니, 승상이 대부인을 모시고 두 공주를 거느리며 누각에서 관상할새, 이기는 자 석 잔 술로써 상을 주고 머리에다 꽃 한 가지씩을 꽂아서 영광을 빛내고 지는 자에게는 한 잔 냉수를 벌로 먹이고 먹붓으로 이마에 한 점을 찍어서 그 마음을 부끄럽게 하는고로 모든 기생

들의 재주 날로 점점 성숙하니 魏公府와 越王宮의 女樂
이 천하에 이름이 드날리어　비록 梨園*의 악공이라 할지
라도 이 두 악공을 따르지 못하겠더라.

　하루는 두 공주가 모든 낭자로 더불어 대부인을　찾아
모셨더니, 승상이 한 封 글을 가지고 들어와 난양공주에
게 내주며 이르되,

「이는 즉 월왕전하의 글월이니이다.」

공주 펴보니 하였으되,

「봄날이 정히 화창하온데 승상궁 鈞體 만복하시나이까.
지난 적에는 나라에 일이 많고 公事에 겨를이 없어, 樂
遊原에 말을 머무르게 하는 사람을 보지 못하고　昆明
池 머리에 다시 배를 대는 즐거움이 없으니, 마침내 가
무를 즐기는 곳이 어느덧 잡풀의 마당을 이룬지라 장안
의 노인네들이 매양 列聖朝의 성덕으로 시절이 번화하
던 옛일을 그리며, 때로는 눈물을 흘리는 자 있으니 이
는 자못 태평한 기상이 아니외다. 이제 황제폐하의 은
덕과 승상의 큰 공을 힘입어 四海가 태평하고　백성이
안락하며　다시 開元과 天寶 때와 같이 즐거운 일을 치
르는 것이 곧 이때요, 또 봄빛이 저물지 아니하고　날
씨가 화창하여　고운 꽃과 부드러운 버들이 능히 사람
의 마음으로 하여금 기쁘고 평안케 하니, 아름다운 경
치와 좋은 구경이 또한 이때에 있는지라, 승상과 더불
어 낙유원 위에 모이어　혹은 사냥하는 것을 보며　혹
은 풍악을 들어 태평한 기상을 돋구고자 하오니, 승상
의 마음이 이에 있거든 곧 일자를 정하여 회답을 주어
과인으로 하여금 따르게 하시면 다행이로소이다.」

---

*이원 : 예원(藝苑). 당현종이 속락(俗樂)을 익히게 하던 곳.

글월을 보고 난 공주가 승상께 이르되,

「相公은 월왕의 뜻을 아시나이까.」

승상이 대답하되,

「무슨 뜻인지 알 수 없으나 소유의 생각으로는 꽃놀이에 불과할 듯하니 실로 귀공자다운 풍류로다!」

공주 이르되,

「상공이 오히려 다 알지 못하시리이다. 월왕 형의 좋아하는 바는 오직 미녀와 풍악이라, 그의 궁녀에 절세의 미녀가 한둘이 아닐러니, 요즈음의 새로운 寵妾으로는 武昌*의 명기로 꼽히는 萬玉燕이니, 월왕국의 미인들이 옥연을 한번 보매 정신이 없어 스스로 無鹽*과 嫫母*같이 아리땁지 못한 여자로 자처한다 하오니, 옥연의 자색과 용모가 세상에 견줄 바 없음을 가히 짐작하옵는데, 형이 우리 궁전에 미인이 많다 함을 듣고 아마도 王愷*와 石崇*의 서로 비교함을 본받고자 함이로소이다.」

승상이 웃고 이르되,

「과연 범연히 보았더니 공주 먼저 월왕의 뜻을 알았나이다.」

영양공주 이르되,

「이 비록 한때의 놀이하는 일이나 남에게 지지 아닐지라.」

하고, 경홍과 섬월에게 눈짓하며 이르되,

「군사를 비록 십년 기르나 쓰기는 하루아침에 있는지

---

* 무창 : 중국 무한시(武漢市)의 일부.
* 무염 : 극녀추추(極女醜醜). 제(齊) 선제(宣帝)의 왕비.
* 모모 : 추부(醜婦). 황제의 제사비(弟四妃).
* 왕개 : 진대(晉代)의 장군. 대부호(大富豪).
* 석숭 : 진대의 대부호.

라, 이번 놀이의 승부는 오직 두 教師(교사)의 수중에 달렸으니 모름지기 힘쓸지어다.」

섬월이 대답하되,

「천첩은 아무래도 대적할 재주 없음을 염려하나이다. 월왕궁의 풍악은 천 명의 악공이 일제히 나서고 무창의 옥연은 九州(구주)에 그 이름이 떨쳤는데, 월왕전하께서 이미 이렇듯 풍악을 거느리고 또 이렇듯 미인을 두시니, 이는 천하에 대적할 자 없겠고 첩들은 이를테면 재주 적은 군사로서 규율도 밝지 못하며 旗幟(기치)도 제대로 갖추지 못함과 같사오니, 염려되옴은 싸우기에 앞서 갑자기 도망칠 생각이 먼저 나지나 않을까 하오니, 첩들의 가소로움은 족히 掛念(괘념)할 것이 없사오나 다만 승상부의 수치가 되올까 두렵나이다.」

승상이 이르되,

「계량으로 더불어 처음으로 洛陽(낙양)에서 만났을 적에 「청루에 세 절세 미녀가 있다」고 일컫는데, 옥연의 이름이 그 가운데 있더니 필시 이 사람이로다. 그러나 청루의 절색이 세 사람뿐일진대, 내 이제 張良(장량)*과 陳平(진평)*을 얻었으니, 어찌 項羽(항우)*의 한 范增(범증)*을 두려워하리오.」

섬월이 이르되,

「월왕궁의 화용월태 無非(무비) 「八公山(팔공산)의 초목이라」* 할이만큼 저들의 겉치장이 화려한지라, 군사 지레 겁을 내어

---

*장량 : 중국 전한(前漢)의 공신. 한(韓)의 세족(世族). 자(字)는 자방(子房). 유방(劉邦)의 모신(謀臣)으로 공을 세우고 유후(留侯)에 책봉됨. 소하(蕭何), 한신(韓信)과 함께 한나라 창업의 삼걸(三傑)이라 이름.
*진평 : 한 고조의 모신.
*항우 : 중국 진말(秦末)무장, 이름은 적(籍), 우(羽)는 자(字)임.
*범증 : 항우의 모신.
*팔공산의 초목이라 : 전진(前秦)의 왕 부견의 고사(故事). 적진(敵陣)을 치다가, 팔공산(八公山)의 초목이 모두 군병같이 보여서 지레 겁을 먹었다고 함.

달아날 뿐일 터이니, 우리가 어찌 감히 대적할 수 있
사오리까. 바라옵건대 공주낭랑은 계책을 적랑에게 물
어 보소서. 첩은 담약하여 이 말씀을 들으매 문득 목
이 잠겨 제대로 노래를 부르지 못하겠나이다.」

경홍이 분연히 이르되,

「계랑은 이 말이 참이뇨. 우리 두 사람이 關東(관동) 칠십여
고을을 돌아다니며 이름을 홀로 드날리던 기약이 어
찌 가히 옥연에게 첫 자리를 물려 주리오. 세상에 나라
를 쓰러뜨리며 성을 무너뜨리던 漢宮夫人(한궁부인)과 아침에는
구름이 되고 저녁에는 비가 되던 楚臺神女(초대신녀)*가 있으면
적이 부끄러운 마음이 서리려니와 그렇지 아니한즉 저
옥연 따위를 어찌 족히 꺼리리오.」

섬월이 또 이르되,

「적랑의 말이 어찌 그리 용이하뇨. 우리들이 일찌기
관동에 있어 큰즉 太守(태수)와 方伯(방백)이요 작으면 호기로운
선비와 俠氣(협기) 있는 風流郞(풍류랑)의 잔치뿐이요, 강한 대적을
만나지 못하였기로 남에게 첫째 자리를 빼앗기지 않았
거니와 이제 월왕전하는 大內(대내)의 귀하신 사람들 사이에
서 자라나신지라 안목이 매우 높고 평론함이 날카로우
시니, 마치 적랑의 말은 주먹을 보고 泰山(태산)을 업신여
긴다」는 옛말과도 같도다. 하물며 옥연은 智略(지략)이 월왕
궁중에서도 張子房(장자방)이라, 장막 가운데 앉아 천리 밖에
서 승리를 거두는 책략이 있거늘, 이제 趙括(조괄)*과 같이
큰소리를 치니 아무래도 패함을 보리로다.」

하고, 승상께 고하되,

---

* 초대신녀 : 무산지녀(巫山之女). 초(楚) 양왕(襄王)의 고당(高塘)에서 꿈
  에 선녀(仙女)를 만난 일.
* 조괄 : 대언장어(大言壯語)하다가 진군에 패하여 죽은 조장(趙將).

「적랑이 自矜(자긍)하는 마음이 있사오니 첩이 그 흠터를 말씀드리이다. 적랑이 처음으로 상공을 따를 적에 燕王(연왕)의 천리마를 도둑질한 하북 소년이라 자칭하고 상공을 邯鄲(한단) 길가에서 속였으니 그 용모 嬋娟(선연)하고 태도 嫋娜(요나)하오면* 상공께서 어찌 남자로 아셨사오리까. 또한 적랑이 상공을 처음으로 모시던 날 밤에 어둠을 타 첩의 몸을 대신하였으니, 이는 바로 남의 힘으로 소원을 이루었음이거늘, 이제 첩을 대하여 이러한 자랑을 내놓으니 역시 우습지 아니하니이까.」

경홍이 웃고 이르되,

「실로 사람의 마음이란 측량치 못하리로소이다. 천첩이 상공을 따르기 전에는 하늘 위의 姮娥(항아)같이 칭찬을 하더니, 이제 와 괄시하니 상공의 은총을 홀로 차지하고자 하여 질투하는 기미 있나이다.」

섬월과 모든 낭자 다 소리 내어 웃거늘, 영양공주 이르되,

「이 적랑의 섬약함이 저 같거늘 남자로 보았음은 승상께서 한 쌍 눈동자가 아마도 총명치 못하신 연고요, 적랑의 아름다움이 이로 말미암아 떨어지지는 아니하리라. 그러나 계랑의 말하는 바 과연 옳도다. 여자 남복으로써 사람을 속이는 자는 필연 여자로서의 고운 태도가 없음이요, 또 남자 여복으로써 사람을 속이는 자는 필연 장부로서의 氣骨(기골)이 없음이니 다 그 부족한 곳을 인하여 그 거짓을 꾸밈이로다.」

승상이 크게 웃고 이르되,

「공주의 말씀이 과연 옳도다! 한 쌍 눈동자 청명치 못

---

* 요나하오면 : 유미(柔美)한 모양.

하여, 능히 거문고의 곡조를 분별하되 여복을 입은 남자는 분별치 못하였으니, 이는 바로 귀는 가졌으되 눈은 없음이라면 면상의 일곱 구멍 중에 하나가 없음인즉 어찌 가히 온전한 사람이라 말할 수 있으리오. 공주는 비록 소유의 잔졸함을 비웃으나 기린각에 양원수의 화상을 보는 자는 다 외모의 웅장함과 위풍이 맹렬함을 칭찬하더이다.」

萬座(만좌) 또 크게 웃거늘, 섬월이 말하되,

「바야흐로 강한 대적을 상대로 진을 칠 터이온데, 어찌 가히 한 가지의 희롱의 말씀만 하리이까. 전혀 우리 두 사람만 믿기는 어렵사오니 역시 가유인이 동행함이 어떠하오며, 월왕이 또한 모르는 분이 아니시니 진숙인도 동행한들 무슨 혐의 있으리까.」

진씨 대답하되,

「계, 적 두 낭자가 만일에 여자의 科擧場中(과거장중)에 들어가면 내 마땅히 一臂之力(일비지력)을 도우려니와 歌舞(가무)하는 마당에서 첩을 어디다 쓰리오. 이는 이른바 시정아치를 몰아가 싸우는 것이나 다를 바 없으니, 성공치 못할까 두려워하노라.」

춘운이 이르되,

「첩의 한 몸이 남에게 조소를 받으며 재치없는 가무로 수치를 당할 뿐이라면 이러한 큰 놀이에 어찌 구경할 마음이 없으리오마는 첩이 만일 따라가면 사람들이 필연 손가락질을 하며 「저는 대승상 위국공의 첩이요, 영양공주의 媵妾(잉첩)이라」 하며 웃으리니, 이는 곧 상공께 비웃음을 끼치고 두 正室(정실) 부인께 근심을 남김이니, 춘운은 결단코 가히 가지 못하리로다.」

영양공주 이르되,

「어찌하여 춘운이 가는 것으로 상공께서 비웃음을 받으리오. 또 우리가 그대로 말미암아 근심이 있으리오.」

춘운이 대답하되,

「비단요를 널리 포진하고 구름 遮日(차일)을 높이 걷으면 사람들이 다 말하되, 「양승상의 첩 가유인이 온다」하며 어깨를 부비고 발꿈치를 돋우며 구경하거늘 마침내 걸음을 옮겨 자리에 오르매, 이에 蓬頭垢面(봉두구면)* 사람들이 모두 크게 놀라 하는 말이 「양승상이 登徒子(등도자)*의 호색하는 병이 있도다」하리니, 이 어찌 상공께서 욕을 당하심이 아니며, 월왕전하는 일찌기 누추한 물건을 보지 못하였기로 첩을 보시면 필연 구역이 나서 靡寧(미령)하실 터이니, 이 역시 마마께 근심이 아니리이까.」

난양공주 이르되,

「가씨의 겸사는 너무 심하다! 전자에는 사람으로 귀신이 되더니, 이제는 西施(서시)* 같은 미녀로써 無鹽(무염) 같은 醜婦(추부)가 되고자 하니 그 말을 아무래도 믿지 못하겠도다.」

하고, 이에 승상에게 묻자오되,

「어느 날로써 기약하셨나이까.」

승상이 대답하되,

「내일로 언약하였나이다.」

경홍과 섬월이 이에 대경하여 이르되,

「동 서 양부의 敎坊(교방)에 오히려 영을 내리지 못하였으니 일이 이미 급한지라.」

---

*봉두구면 : 쑥대강이의 더러운 얼굴. 《시경(詩經)》에 나옴.
*등도자 : 중국 고대(中國古代)의 호색한(好色漢)의 이름. 한문본에는 등도자(登都子)로 표기되어 있으나 잘못된 것임.
*서시 : 월왕(越王) 구천(勾踐)이 오왕(吳王) 부차(夫差)에게 미인계(美人計)로 바쳤던 월(越)의 미녀(美女).

하고 行首* 기생을 불러 명령을 내리되,「내일 승상이 월왕으로 더불어 낙유원에 모이기로 언약하셨으니, 양부의 모든 기생은 모름지기 새 단장으로 꾸미고서 악기를 가지고 내일 새벽에 승상을 모시고 갈지어다.」

팔십 명 기생이 일시에 聽令*하고 얼굴 치장을 하며 눈썹을 그리고 악기를 잡아 풍류를 익히어 내일 일을 준비하더라.

익일 새벽에 승상은 일찍 일어나 戎服을 입고 활과 살을 차고 눈빛같이 흰 千里戎山馬를 타고 사냥꾼 삼백 명을 불러 호위케 하며 성문 밖 남쪽으로 향할새, 경홍과 섬월의 의복 치장은 금과 옥을 아로새기고 꽃을 수놓아 잎새를 그렸으며, 각기 부하 기생을 거느리고 화초말 금안장에 걸터앉아 珊瑚鞭을 들어 구슬 고삐를 느슨히 잡고 승상의 뒤를 가까이 따르며, 팔십 명 기생들은 각기 빠른 말을 잡아 타고 적경홍과 계섬월의 좌우를 호위하여 나아가다 중로에서 월왕을 만나니 월왕의 사냥꾼과 妓樂이 족히 승상으로 더불어 對頭할러라.

월왕이 승상으로 더불어 말머리를 가지런히 하여 나아가더니, 월왕이 승상에게 묻되,

「승상이 타신 말은 어느 나라의 종자이니까.」

승상이 대답하되,

「大宛國*에서 났나이다. 대왕께서 타신 말도 宛種인 듯하나이다.」

월왕이 대답하되,

「그러하면 이 말의 이름은 천리 浮雲驄이니, 상년 가을

---

* 행수 : 항수를 잘못 전한 것임. 우두머리 기생이라는 뜻.
* 청령 : 명령을 들음.
* 대완국 : 지금의 아프가니스탄.

에 천자를 모시고 上林苑^{상림원}에서 사냥할새, 나라 마굿간에 만여 필 말이 모두 바람같이 빠르되 이 말을 능히 따르는 것이 없고 張駙馬^{장부마}의 桃花驄^{도화총}과 李將軍^{이장군}의 烏騅馬^{오추마}가 다 용마라 일컫되 이 말에 비하면 매우 둔하나이다.」

승상이 이르되,

「연전에 吐蕃^{토번}*을 칠새 깊고 험한 물과 높고 거대한 석벽에 사람은 도저히 발을 붙이지 못하거늘, 이 말은 그 곳을 평지 밟듯 하여 한번도 실족함이 없었으니, 소유의 공을 이룬 것이 실로 이 말의 힘을 입은 것인즉, 杜子美^{두자미}의 이른바「사람으로 더불어 일심이 되어 큰 공을 이룬다」함이 곧 이것인가 하나이다. 소유가 군사를 돌이킨 후에 爵品^{작품}이 높아지고 벼슬이 한가하여 편히 평교자를 타고 평탄한 대로를 서서히 다니는고로 사람과 말이 한가지로 병이 나려 하니, 청컨대 대왕과 더불어 채찍을 둘러 한번 駿驄^{준총}의 빠른 걸음을 견주며 옛 장수의 나머지 용맹을 다투어 보심이 어떠하나이까.」

월왕이 크게 기꺼워 응낙하되,

「또한 내 마음이로다!」

하고 드디어 모신 자에게 분부를 내려 두 집의 손과 기녀들을 군막에서 기다리게 하라 한 후 채찍을 들어 말을 치려 할 즈음, 마침 큰 사슴 한 마리가 사냥꾼에게 쫓겨 월왕의 앞을 지나치기에 왕이 말 앞의 장사를 시켜 쏘라 하니 여러 장사들이 일시에 활을 당기되 맞추지 못하므로 왕이 노하여 말을 채쳐 나아가며 한 살로 그 옆구리를 맞추어 죽이니, 모든 군사가 일제히 千歲^{천세}*를 부르

＊토번 : 당송 시대(唐宋時代)에 서장족(西藏族)을 일컫던 이름.
＊천세 : 옛날에는 중국의 제후국이나 속국에서는 만세를 못 부르고 천세를
　　　　불렀음.

고 승상이 이르되,

「대왕의 신통한 살은 汝陽王*과 다름이 없나이다.」

월왕 대답하되,

「적은 재주를 어찌 족히 칭찬하리오. 내 승상의 활쏘
는 법을 보고자 하나이다.」

말을 마치지 못하여 때마침 고니〔天鵝〕* 한 쌍이 구름
사이로 날아오니 모든 군사가 이르되,

「이 새는 가장 쏘기 어려운지라 마땅히 海東靑*을 쏠
지니이다.」

승상이 이르되,

「너희는 아직 쏘지 말렷다!」

하고, 살을 메어 고니를 쏘아 눈을 맞추어 말 앞에 떨어
지게 하니, 월왕이 크게 칭찬하되,

「승상의 묘한 수단은 이제 養由基*라!」

하고 두 사람이 채찍을 한 번 휘두르매 두 말이 일제히
별같이 흐르며 번개같이 달리고 귀신같이 번득이어 순식
간에 너른 벌판을 가로질러 높은 산에 오르더니, 두 사람
이 고삐를 당겨 나란히 서니라.

산천의 경개를 둘러보며 양승상과 월왕이 활쏘는 법과
검술을 논의하는데, 추종들이 비로소 따라와 사슴과 고
니를 은반에 담아 바치니 두 사람이 말에서 내려 풀밭
에 앉아서 허리에 찬 칼을 빼어 고기를 베고 구워 먹으
며 서로 술을 권할새, 멀리 보매 홍포를 입은 두 관원이
급히 오며 그 뒤에 사람의 한 무리가 따르니 이는 성중

---

*여양왕 : 당조(唐朝)의 왕자, 이진(李璡). 활을 잘 쏨. 두보의 시, 「음중
　　　　팔선(飮中八仙)」중의 한 사람.
*고니 : 백조(白鳥).
*해동청 : 새 이름. 매, 송골매.
*양유기 : 춘추시대(春秋時代)의 초(楚)나라 대부(大夫).

으로부터 나오는 자들이더라.

居無何*에 한 사람이 달려와 아뢰되,

「兩殿宮에서 술을 내렸나이다.」

월왕이 군막에 등대하니 두 내관이 御賜하신 술을 따라 두 사람에게 권하고, 이어 용봉의 무늬가 든 詩牋紙 한 봉을 주거늘 두 사람이 세수하고 꿇어앉아 펴보니 산에서 크게 사냥함을 글제로 하여 글을 지어 들이라 하셨더라.

월왕과 승상이 머리를 조아려 四拜하고 각기 글을 지어 내관에게 주어 드리게 하니 글에 하였으되,

새벽에 장사를 몰아 들로 나아가니
칼은 가을 연꽃 같고 화살은 별 같더라.
장막 속 뭇 계집은 천하 미인이요
말 앞에 쌍 깃촉은 송골매일러라.
어사하신 술 나누어 마시매 다투어 감동함을 머금고
취하여 금칼을 빼니 스스로 비린 것을 베었더라.
뒤이어 지난 해의 서새 밖을 생각하니
하늘의 풍설을 맞으며 왕정에서 사냥하였더라.

晨驅壯士出郊坰　劍若秋蓮矢若星
帳裏群娥天下白　馬前雙翮海東青
恩分玉醞爭含感　醉拔金刀自割腥
仍憶去年西塞外　大荒風雪獵王庭

월왕의 글에 하였으되,

나는 듯 내닫는 용마가 번쩍하는 번개같이 지나치니

____

*거무하 : 얼마 안 있어서. 한서(漢書) 《조삼전(曺參傳)》에 나옴.

안장을 어거하고 북을 울리며 평탄한 언덕에 섰더라.

흐르는 별은 기세가 빨라 푸른 사슴을 죽이고

밝은 달은 훤히 비춰 백조를 떨구었더라.

살기는 능히 호기로운 흥취를 일게 하고

성은은 머물러 취한 얼굴을 더욱 붉게 하더라.

여양왕의 신통한 射術(사술)을 그대는 말하지 말라

優劣(우열)을 다투어 오늘 아침에 살찐 고기 얻은 것이 많도다.

> 蹼蹀飛龍閃電過　御鞍鳴鼓立平坡
>
> 流星勢疾殲蒼鹿　明月形開落白鵝
>
> 殺氣能教豪興發　聖恩留帶醉顔酡
>
> 汝陽神射君休説　爭似今朝得雋多

내관이 두 글을 받고 돌아가니라.

이에 두 집의 손들이 차례대로 늘어 앉아 하례하매 술도감이 주안상을 드리는데, 낙타의 신기한 맛과 猩猩(성성)이의 연한 입술은 은가마에서 나오고 東越(동월)의 荔枝(여지)*와 永嘉(영가) 고을의 귤〔柑子(감자)〕은 옥소반 柏梁會(백량회)*러라.

수백 명의 기녀들이 촘촘히 모여들어 갑옷으로 장막을 이루고 패물 소리는 우뢰와도 같으며, 한 줌밖에 아니되는 가는 허리는 마치 버들가지처럼 부드럽고　아름다운 얼굴은 꽃빛처럼 곱고, 풍악 소리는 曲江(곡강)의 물을 끓어 오르게 하며　노래 소리는 終南山(종남산)을 움직이게 하니,　술이 거나하여진 월왕이 승상더러 이르되,

「승상의 후한 정을 입었기로 구구한 정성을 드릴 것은 데리고 온 수인으로 하여금 한 번 승상의 즐거움을 돕

＊여지 : 여주, 박과에 달린 일년생 만초, 고과(苦瓜).
＊백량회 : 한무제가 백량대를 짓고 시회(詩會)를 열었음. 한시(漢詩)에 백량체(柏梁體)가 있다.

고자 하니, 청컨대 앞에 불러 노래하며 춤추게 하여 주소서.」

승상이 사례하되,

「소유 어찌 감히 대왕 총첩으로 더불어 대면할 수 있으리이까마는 온전히 남매의 정의만을 믿고 감히 참람한 생각이 있사온즉, 소유의 첩 수 명이 역시 구경코자 따라왔으니 또한 불러들여 대왕의 첩과 더불어 각기 잘하는 技藝에 따라서 흥을 돕고자 하나이다.」

왕이 이르되,

「승상의 말씀이 또한 좋도다!」

하거늘, 이에 섬월과 경홍과 월왕궁의 네 미녀가 분부를 받고 일어나 장막 안에서 절을 하거늘 승상이 이르되,
「옛적에 寧王*이 한 미인을 두었으니 이름은 芙蓉이라, 이태백이 영왕께 간청하여 겨우 미인의 목소리만 듣고 그 낯을 보지 못하였는데, 이제 소유는 마음껏 너희들의 낯을 보니 그 얻은 바 이태백보다 갑절이나 낫도다. 네 미인의 성명은 무엇이뇨.」

네 미인이 일어나 대답하되,
「첩 등은 金陵에서 온 杜雲仙과 陳留의 蘇彩娥와 武昌의 만옥연과 장안의 胡英英이로소이다.」

승상이 월왕더러 이르되,

「소유 일찍 선비로 다니며 놀 때 옥연낭자의 이름을 들었는데, 이제 비로소 그 얼굴을 보니 그 이름보다 지나도이다.」

월왕이 또 섬월과 경홍의 이름을 들어 알고 있는지라 이르되,

―――――――――

*영왕 : 당 예종의 장자. 현종의 형.

「두 미인을 온 천하가 추앙하더니 이제 승상부로 들어왔음은 주인을 잘 만났도다. 승상은 언제 이 미인들을 얻었나이까.」

승상이 대답하되,

「桂氏는 소유가 과거 보러 올 적에 낙양에 다다르니 제 스스로 따랐고, 狄氏는 일찌기 燕王宮에 들어갔다가 소유가 사신으로 연나라에 가매 저가 빠져 나와 소유를 따랐나이다.」

월왕이 拍掌大笑하되,

「적랑의 호기는 楊家의 執拂妓生에 견줄 바 아니로다! 그러나 적낭자는 楊翰林을 귀한 사람임을 알고서 따랐거니와 계낭자는 한낱 서생을 따랐음은 능히 오늘의 부귀를 앎이니 더욱 기이하도다!」

인하여 월왕이 묻되,

「어찌하여 승상이 먼길 도중에서 만났나이까.」

승상이 천진교 주루에서 섬월을 만날 때 글을 지었던 전후 경위를 낱낱이 고하니 월왕이 크게 웃고 이르되,

「승상이 兩場에 장원함에 쾌한 일이라 하였더니 이 일은 더욱 상쾌한 일이오리니, 그 글이 필연 오묘할 터이니 가히 들으리이까.」

승상이 대답하되,

「취중에 무심히 지은 것을 어찌 기억하리이까.」

월왕이 섬월더러 이르되,

「승상은 비록 잊었으되 낭자는 혹시 기억할 수 있겠느뇨.」

섬월이 여쭈오되,

「천첩이 오히려 기억하고 있나이다마는 종이에 써서 드

리리이까, 혹은 노래로 아뢰오리까.」

월왕이 더욱 기꺼워하여 이르되,

「노래로 겸하여 들으면 더욱 기쁘리로다.」

섬월이 앞에 나아가 노래를 부르니 만좌 다 놀라는지라, 왕이 대단히 공경하며 칭찬하되,

「승상의 글 재주와 섬월의 밝은 노래는 세상에 으뜸이요, 그 글 가운데 「꽃가지가 미인의 단장을 부끄러워하니 고운 노래가 나오기 전에 입이 이미 향기롭더라」하는 구절이 능히 섬월의 姿色을 그려냈은즉, 마땅히 이태백으로 하여금 물러서게 할 터이니 감히 한 말로는 칭찬하지 못하리로다!」

하고, 술을 금잔에 가득 부어 섬월과 경홍에게 상으로 내리더라.

월왕궁의 네 미인으로 하여금 시켜 춤추며 노래 불러 獻壽케 하니 主客이 알맞는 好敵手더라.

월왕이 스스로 즐거움을 이기지 못하여 모든 손으로 더불어 장막 밖으로 나아가 무사의 칼 쓰며 서로 충돌하는 형상을 보고 승상을 향하여 이르되,

「미인의 말타고 활쏘는 것이 또한 볼 만하기로 우리 궁중에 활과 말에 익숙한 수십 인이 있는지라, 승상부중의 미인들에 또한 북방으로 좇아온 자 있으니 영을 내려 불러내어 꿩을 쏘고 토끼를 쫓아 한바탕 웃음을 돕게 함이 어떠하나이까.」

승상이 대희하여 분부를 내려 미인 수십 인을 골라 월왕궁의 미인으로 더불어 내기를 하게 하니, 경홍이 일어나 고하되,

「첩이 비록 활과 칼에 능치 못하오나 오늘 시험코자 하

나이다.」

승상이 기꺼워하며 즉시 몸에 찬 활을 끌러 주니, 경홍이 활을 잡고 서서 모인 미인에게 이르되,

「비록 맞지 못할지라도 모든 낭자는 웃지 마소서.」

이에 경홍은 준마를 잡아 나는 듯이 올라 타고 장막 앞을 달리는데 마침 꿩 한 마리가 풀숲에서 날아오거늘, 경홍이 잠깐 가는 허리를 젖히고 활시위를 당겨 올리매 꿩은 오색 깃을 펼친 채로 말 앞에 떨어지니, 승상과 월왕이 한가지로 손뼉을 치며 즐거워하더라.

장막 밖에서 몸을 굴려 말에서 내린 경홍이 천천히 걸어 자리에 나아가니, 모든 미인들이 각기 하례하되,

「우리들은 십년 공부를 헛하였다.」

하거늘, 섬월이 생각하되,

「우리 두 사람이 비록 월왕궁 기생에게 첫째를 빼앗기지는 아니하였으되, 저들은 네 사람이요 우리는 한 쌍이라 심히 외로우니, 춘랑을 끌고 오지 못함이 매우 한스럽도다. 노래와 춤이 춘운의 長技(장기)는 아니나 그 고운 용모와 아름다운 말씨가 어찌 두운선의 머리를 누르지 못하리오.」

하며 慨嘆(개탄)하더니, 문득 멀리 바라본즉 들 너머로 두 미인이 좇아오더라.

차시 두 미인이 油壁車(유벽거)를 몰아 장막 밖에 이르거늘, 문 지키는 자가 묻되,

「월궁으로 좇아오시느뇨.」

마부 대답하되,

「이 차 위의 두 낭자는 곧 양승상의 소실이시니, 마침 일이 있어 처음에 함께 오시지 못하였노라.」

문지기 군사 들어가 아뢰니, 승상이 이르되,

「필시 춘운이 구경코자 옴이니 너무 경망하도다.」

곧 명하여 불러들이게 하니, 두 낭자가 차에서 내리는데 앞에는 沈裊煙이요, 뒤에는 진중에서 꿈 속에 만났던 洞庭龍女 白凌波라. 두 사람이 승상의 자리 앞에 나아가 절하고 뵈니, 승상이 월왕을 가리키며 이르되,

「越殿下이시니 너희는 禮로 뵈올지어다.」

두 미인이 예로 뵈오매 승상이 자리를 주어 경홍과 섬월도 동좌하게 한 다음 월왕께 이르되,

「저 두 여인은 토번을 칠 적에 얻은 바이나 근래 다사하여 미처 데려오지 못하였더니, 저들이 스스로 따라오다가 필시 소유 대왕으로 더불어 놀이함을 듣고 구경코자 이에 이름이로소이다.」

월왕이 다시 두 미인을 보니, 그 용모 경홍, 섬월과 더불어 형제 같으면서 그 태도는 한결 빼어나니 마음에 이상히 여기고 월왕궁 미인들도 또한 부끄러워 얼굴이 잿빛 같은지라, 왕이 다시 묻되,

「두 낭자의 성명은 무엇이며 어디서 살았느뇨.」

심녀 대답하되,

「소첩은 심요연이라 하오며 西凉 사람이옵나이다.」

또 백녀 대답하되,

「소첩은 백능파라 하오며, 일찌기 瀟湘江 사이에 거처하옵다가 불행히 변을 만나 부득이 서방으로 피하였삽고, 이제 양상공을 좇아 나왔나이다.」

월왕이 이르되,

「두 낭자는 특별히 인간 사람이 아니라 신기할지니 능히 풍류를 짐작하느뇨.」

심요연이 대답하되,

「소첩은 邊方人이오라, 일찍부터 풍류를 듣지 못하였으니, 장차 무슨 재주로 대왕전하를 즐겁게 하올 수 있겠나이까. 다만 어렸을 적부터 劍舞를 배웠사오나 이는 軍中에서의 장난이요, 귀인이 보실 바 아닐까 하나이다.」

월왕이 대희하여 승상더러 이르되,

「玄宗朝 公孫大娘의 검무가 천하에 이름을 떨치다가 그 후로 그 술법이 세상에 전하여지지 못하매 내가 한 번 보지 못함을 한스러이 여겼는데, 이제 이 낭자가 검무를 안다 하니 매우 유쾌하나이다.」

월왕이 승상으로 더불어 각기 허리에 찬 칼을 끌러 내어 주니, 요연이 소매를 걷어 올리고 띠를 풀어 놓고는 몸을 날려 춤을 추매 상하로 번득이고 좌우로 뛰놀아 밝은 단장과 흰 칼날이 한빛이 되어 삼월달에 날리는 눈송이가 복사꽃 떨기 위에 뿌려지는 것 같더라. 이윽고 춤추는 소리 더욱 급하여 칼이 더욱 빨라지더니 눈서리 날리는 기색이 홀연 장막 속에 가득하며 심요연의 몸이 아주 보이지 아니하더니, 별안간 한 가닥 무지개가 하늘로 뻗치며 바람이 杯盤 사이에 스치니, 좌중이 다 뼈가 저리며 머리털이 으쓱하더라. 요연이 배운 술법을 다 하고자 하나 월왕이 너무 놀랄까 염려하여 이에 춤을 파하고 칼을 던지며 재배하고 물러가니, 왕은 오랜 후에야 정신을 가다듬고 요연더러 이르되,

「인간 사람의 검무 어찌 능히 이토록 신묘한 지경에 이를 수 있으리오. 내 들으매 신선 가운데 검술이 능한 자 많다 하던데 낭자가 바로 그 사람이 아니뇨.」

요연이 대답하되,

「서방 풍속에 兵器를 희롱함을 좋아하는고로 어렸을 적에 배운 바이오니, 어찌 신선의 기이한 술법을 따를 수 있사오리까.」

월왕이 이르되,

「궁중에 돌아가 마땅히 姬妾 중 춤 잘 추는 자를 가려 보내리니, 바라건대 낭자는 가르치는 수고를 아끼지 말지어다.」

요연이 절하고 분부를 받으니, 왕이 다시 백능파더러 묻되,

「낭자는 무슨 재주 있느뇨.」

능파 대답하되,

「첩의 집이 소상강 가에 있사오니 바로 黃陵廟*의 娥皇*과 女英이 노니는 곳이오라 밤이 고요하고 바람이 맑고 달이 밝은즉, 비파 소리가 아직도 구름 사이로 흐르는고로 첩이 어려서부터 그 아름다운 음률을 모방하여 몸소 비파를 타며 스스로 즐겼을 따름이오니, 귀인의 귀에 합당치 못할까 송구하나이다.」

월왕이 이르되,

「비록 옛 사람의 글로 인하여 아황과 여영이 비파를 낸 줄로 아나 그 곡조가 세상 사람에게 전함을 듣지 못하였는데, 이제 낭자가 그 곡조를 알고 있음이 사실이면 어찌 시속의 풍악이 견줄 바이겠느뇨.」

백능파 소매에서 비파를 꺼내어 한 곡조를 타니, 그 소리가 맑고 또렷하여 원망하는 듯 사모하는 듯하매, 물

---

*황릉묘 : 순(舜)의 이비묘(二妃廟). 《수경(水經)》주(注)에 「상수서류경이비
　　　묘 세위지황릉묘(湘水西流經二妃廟 世謂之黃陵廟)」.
*아황 : 아성, 여왕은 요(堯)의 두 딸. 순(舜)의 비(妃).

이 산골짜기에 떨어지며 기러기가 추운 하늘 가에서 우
는 것 같거늘, 모든 사람들이 어느덧 마음이 처량하여 눈
물을 흘리는데 이윽고 초목이 저절로 움직이며 가을 소
리가 잠깐 나더니 마른 잎새가 분분히 떨어지므로 월왕
이 이상히 여기며 묻되,

「인간 음률이 능히 天地造化를 부릴 수 있다는 말을 내
믿지 아니하였는데, 낭자가 어찌 능히 봄으로 하여금
가을이 되게 하며, 또한 나뭇잎이 저절로 떨어지게 하
느뇨. 凡人도 능히 그 곡조를 배울 수 있겠느뇨.」

백능파 대답하되,

「첩은 오직 옛 곡조의 찌꺼기를 전할 따름이온즉, 무
슨 신효한 술법이 있삽기로 남이 배우지 못하오리까.」

만옥연이 월왕께 고하되,

「첩이 비록 無才操하오나 평일에 익힌 바 풍악으로서
白蓮曲을 시험삼아 아뢰겠나이다.」

하고, 秦나라의 琵琶를 안고 자리 앞에 나아가 줄을 고
르더니, 능히 스물 다섯 가지의 소리를 내며 손 놀리는
법이 또한 아담하고 높아서 가히 들음직하기에 양승상
을 비롯하여 섬월과 경홍이 극찬하며 월왕 심히 기꺼워
하더라.

駙馬罰飲金厄酒
聖主恩借翠微宮

　　월왕과 양승상의 낙유원 잔치 즐겁고 또 흥이　남았으
나 날이 장차 저물어 가므로　이에 잔치를 파하고 각각
금은과 綵緞으로 상급을 주고　왕과 승상이 달빛을 띠고
돌아와 성문으로 들어가는데, 종소리가 들리매 두 집 樂
妓가 길을 다투어 앞을 서려 할새, 패물 소리가　요란하
며 향기가 거리에 가득하고　흐르는 비녀와 떨어지는 구
슬이 다 말굽 아래 밟히어　소나기 같은 소리가 티끌 밖
으로 들려오더라. 장안 백성들이 다 같이 둘러싸며 구경
하는데, 백세 노인들은 도리어 눈물을 흘리며 이르되,
　「내 어렸을 때에 현종황제 華淸宮에 거둥하시는　것을
　보오매 그 威儀가 바로 이 같더니　뜻밖에도 오래 살
　아 남아 다시 태평성세의 기상을 보는도다.」
하더라.
　　이 무렵 두 공주, 진씨 가씨 두 낭자로 더불어 대부인
을 모시고 승상이 돌아오기를 기다리는데, 승상은 심요
연과 백능파를 이끌어 대부인과 두 공주께 뵙게 하니 두
사람이 섬돌 아래 나아가 뵈므로 영양공주가 이르되,
　「승상이 매양 말씀하시기를 두 낭자의 힘을 입어 수천
　리 땅을 회복하는 공을 이루었다 하시기로　나도 매양
　보지 못함을 한스럽게 여겼거늘, 두 낭자의　찾아옴이

어찌 이다지도 늦었느뇨.」

요연과 능파가 한가지로 대답하되,

「첩 등은 먼 시골의 천한 몸이오라, 비록 승상의 한번 돌아보심을 입었으되 오직 두 부인께서 한 자리를 비어 주지 아니하실까 염려되기로 빨리 문전에 이르지 못하였삽거니와 듣자온즉 사람들이 일컫기를 「두 공주마마의 關雎와 樛木*의 덕이 첩들에게 이르고 상하에 고루 미친다」 하옵기로 외람되이 나아와 뵙고자 생각할 즈음, 마침 승상께서 낙유원에 사냥하시는 계제를 만나 성대한 놀이에 참석하왔거늘, 다시 이리로 데리고 오사 부인의 가르치심을 받잡게 되오니 첩들의 천만다행으로 아뢰나이다.」

공주 웃으며 승상께 이르되,

「오늘 궁중에 꽃빛이 가득하니 승상께서는 필연 오늘의 풍류를 자랑하실 터이오나, 그러나 이는 다 우리 형제들의 공이온즉 상공께서는 이를 가히 알고 계시나이까.」

승상이 대소하되,

「저 두 사람이 새로이 궁중에 들어와 공주의 위세를 두려워하여 아첨하는 말을 하였거늘, 공주는 이를 공으로 삼고자 하시느뇨.」

좌중이 가가대소하더라.

진씨 가씨 두 낭자 섬월에게 묻되,

「오늘 놀이에 승부 어찌되었느뇨.」

경홍이 대답하되,

「계랑이 첩의 큰소리 함을 웃더니 첩이 한 말로써 월

---

*관저와 규목 : 《시경》의 편명(篇名). 둘 다 왕비의 덕화를 칭송한 것임.

왕궁으로 하여금 奪氣하게 하였으니, 이는 諸葛孔明이
조그만 배 한 척으로 江東으로 들어가 세 치 혀를 놀
리어 이해를 들어 말한즉, 周公瑾 魯子敬의 무리 다만
입을 벌리고 의지가 눌리어 감히 한 말도 토하지 못함
과 같사오며, 또 平原君이 초나라에 들어가 合從을 협
상할새 따라간 십구인은 모두 보잘것 없었으되 능히
趙나라로 하여금 태산과 반석같이 평안케 한 자는 毛遂
한 사람의 공이온즉, 첩의 마음이 큰고로 또한 말이 크
온데, 이 큰 말에 반드시 실속이 있을지라 계랑에게
물으시오면 첩의 말이 허망치 않음을 족히 아시게 되
오리이다.」

섬월이 이르되,

「적랑의 활 쏘기와 말 재주가 가히 묘하다 하겠으나
풍류 마당에 쓰면 혹시 칭찬을 하려니와 화살과 돌이
비오듯 하는 싸움터에 내어 놓으면 어찌 능히 한 걸
음을 달리며 한 살을 쏠 수 있으리오. 월왕궁 편에서
기세를 잃었음은 새로 들어선 두 낭자의 신선 같은 모
습과 천신 같은 재주를 탄복한 바이니, 어찌 적랑의 공
이 되리오…… 첩의 한 말이 생각나니 마땅히 적랑을
향하여 털어놓으리라! 春秋時代에 賈大夫의 외모가 심
히 누추하므로 장가든 지 삼년이 되어도 그 아내가 한
번도 웃지 아니하더니, 그가 아내와 더불어 들에 나아
갈새 마침 꿩 한 마리를 쏘아 떨어뜨리매 아내가 비로
소 웃었다 하거늘, 오늘 놀이에서 적랑이 꿩을 쏘아 얻
음이 또한 이와 같도다.」

경홍이 이르되,

「가대부는 누추한 모양으로도 활과 말의 재주로 인하

여 그 아내의 웃음을 자아냈거늘, 만약에 그의 용모가
수려하고 능히 활로 꿩을 쏘아 얻었던들 어찌 사람들
로 하여금 더욱 사랑하며 공경케 하지 아니리오.」
섬월이 웃고 대답하되,
「적랑의 자랑이 갈수록 불어나니 이는 다 승상이 가히
총애하시매 그 마음이 교만한 탓이로다!」
승상이 웃고 이르되,
「내 이미 계랑의 재주가 많음을 알았으나 경서에 능통
한 줄은 아지 못하였으되, 이제 春秋의 古事를 즐겨 말
하는 버릇이 있도다.」
섬월이 대답하되,
「한가한 때에 혹은 經書와 史記를 훑어보오나 어찌 능
통타 할 수 있사오리까.」
익일에 양승상이 詣闕하여 황상께 조회하니, 태후 월
왕께 이르시되,
「월왕이 어제 승상으로 더불어 봄빛을 서로 겨루더니
뉘 이기고 뉘 졌느뇨.」
월왕이 아뢰되,
「양승상의 온전한 복은 사람이 다투지 못할 바이오나
그 복이 여자에게도 복이 될는지 의아하오니 승상에게
하문하소서.」
승상이 아뢰되,
「월왕이 신보다 낫지 못하다 함은 이태백이 崔顥*의 글
을 보고 놀라 기세가 꺾이었다 함과 같사온지라, 공주
에게 복되고 아니 됨은 신이 공주가 아니오니 어찌 능
히 아뢰리이까. 공주에게 하문하소서.」

＊최호：당 개원연대의 진사(進士).

태후 웃으며 두 공주를 돌아보신대, 난양공주 대답하되,

「부부 한 몸이오라 榮辱과 苦樂에 어찌 같고 다름이 있사오리까. 장부에게 복이 있은즉 여자 또한 복이 있삽고 장부에게 복이 없으면 여자 또한 복이 없을 터이오니, 승상이 즐기는 바를 소녀가 다만 즐길 따름이로소이다.」

월왕이 이르되,

「공주 누이 말이 실상 아니라 자고로 부마 된 자에게 승상같이 방탕한 자가 있지 아니하였사오니, 이는 나라의 기강이 바로 서지 못한 탓이온즉, 바라옵건대 마마께서는 소유를 法司에 내리사 조정을 업신여기고 국법을 멸시한 죄를 다스리소서.」

태후 대소하고 이르시되,

「양부마 진실로 죄가 있도다! 만일 이를 법으로 다스리고자 한즉 이 늙은 몸과 아녀의 근심이 되는고로, 부득이 국법을 굽히고 私情을 좇노라.」

월왕이 다시 아뢰되,

「비록 그러하오나 승상의 죄를 가벼이 풀어 주시지는 못하올지니, 청하옵건대 어전에서 問罪하사 그 供述하는 바를 보아 처결하심이 옳은 줄로 아뢰나이다.」

태후 대소하신대, 월왕이 대신하여 問目의 草를 내어하였으되,

「예로부터 부마된 자 감히 姬妾을 기르지 못함은 風流 족치 못함이 아니요 먹을 것이 넉넉치 못함이 아니라, 모두가 人君을 공경하며 나라를 높이는 바이라. 하물며 영양과 난양의 두 공주는 지위인즉 과인의 딸이

요 행실인즉 姙姒*의 덕이 있거늘, 양소유는 이를 공
경치 아니하고 방탕하여 미색을 몰아 들임이 목마른
자보다 심하며, 눈에는 燕趙之色*이 오히려 부족하고,
귀에는 鄭衛之聲*만이 들려 姐姐의 전각 댓돌의 개미
같이 방마루에 벌떼같이 지껄이니, 공주가 비록 규목
의 덕으로써 질투하는 마음을 내지 아니하나 소유의
공경하고 삼가는 도리가 어찌 감히 이러하리오. 교만
하고 방자한 죄를 불가불 징계할지니, 숨김없이 사실
을 바른 대로 아뢰어 그로써 처분을 기다리라.」
승상이 전각에 내려 복지하여 免冠待罪하니, 월왕이 난
간 밖으로 나서서 소리를 높여 문초하는 것을 다 들은 후,
승상이 供辭에 하였으되,
「소신 양소유 외람되이 두 殿宮의 성은을 입사와, 뛰
어넘어 승상의 높은 벼슬을 차지하였은즉 영광이 이미
극진하며, 또한 공주 사려 깊고 실속 있는 덕을 베풀
어 금실의 즐거움이 무궁하온즉 소원이 이미 족하거늘,
어리석은 마음이 오히려 남아 있고 사치스러운 기세 줄
지 아니하와 歌舞하는 계집을 많이 모았사오니, 이는
소신이 적이 富貴에 눌리고 성상폐하의 은덕이 넘치와
스스로 단속함을 깨닫지 못한 죄이오나 신이 국법을
곰곰이 살펴보건대 부마된 자가 설혹 비첩을 가졌을지
라도 혼인 전에 얻은 것은 분간하는 도리가 있사온지
라, 소신이 비록 시첩을 가졌사오나 淑人秦彩鳳 황상
이 명을 내리신 바이니 의당 손꼽아 논단할 바 아니옵

---

*임사 : 태임(太姙)과 태사(太姒). 태임은 주 문왕(周文王)의 어머니, 태사
　　　는 주 문왕의 비(妃).
*연조지색 : 한 무제가 광명궁(光明宮)을 짓고 연(燕), 조(趙)의 미녀 이천
　　　명을 끌어들임. 한 무제 고사(故事)에 나옴.
*정위지색 : 음란한 풍류, 정위상간(鄭衛桑間) 정, 위에서 유행됨.

고, 소첩 賈春雲으로 말할진대는 신이 일찌기 정사도 집

화원 별당에 머무를 무렵에 수종들던 자이옵고, 소첩

桂蟾月, 狄驚鴻, 沈裊煙, 白凌波 등 네 계집은 혹은 선

비 시절에, 혹은 외국으로 사신 갔을 적에, 혹은 출전

하였을 적에 따라온 자들이니, 이 모두가 역시 성례 전

일이옵고 丞相府中에 한가지로 있게 하옴은 대체로 공

주의 명을 따름이옵고, 소신이 감히 독단으로 하였음

이 없사온즉, 나라의 體例에 그 무엇이 손상되오며 臣

子의 도리에 그 무엇이 죄가 되겠나이까. 그러하옵거

늘 傳教를 내리심이 여차하시니 惶恐遲晚이로소이

다.」

태후 覽畢에 크게 웃고 이르시되,

「姬妾을 많이 기름은 장부 된 風度에 해로움이 없으니

가히 용서하려니와 술을 과음하니 可慮라, 차후로 삼

감이 가하도다.」

월왕이 다시 아뢰되,

「소유 부마 府中에 희첩 기름을 공주에게 미루오나 그

조처하는 도리에 만만불가하오니 다시 한번 문초하심

이 옳은 줄로 아뢰나이다.」

승상이 황겁하여 머리를 조아려 사죄하니, 태후 또 웃

고 이르시되,

「양공은 社稷之臣이니 내 어찌 사위로서만 대접하리

오.」

하시고, 이에 명하여,

「관을 정제하고 전에 오르라.」

하신대, 월왕이 또 아뢰되,

「소유 큰 공이 있으니 죄 주기는 어렵사오나 국법이

또한 엄하와 그대로 놓아 줄 수는 없사오니 마땅히 술로써 벌을 주려 하나이다.」

태후 웃고 허락하신대, 궁녀 백옥배를 내오기에 월왕이 이르되,

「승상의 주량이 고래 같고 죄명이 또한 무겁거늘 어찌 작은 잔을 쓰리오.」

스스로 한 말들이 金屈巵에다 진한 술을 가득히 부어 주니, 승상이 비록 주량이 적이 크나 잇달아 두어 말을 마시매 어찌 취하지 아니하리오! 이에 승상이 머리를 조아리며 아뢰되,

「牽牛 織女를 과히 사랑하다가 장인에게 꾸지람을 들었더니, 이제 소유 집에서 회첩을 기름으로써 장모에게 벌주를 받아 먹으니, 인군 사위 되기 진실로 어렵도소이다. 신이 이제 대취하였으니 물러감을 청하나이다.」

하고, 인하여 일어나고자 하다가 엎드러지거늘 태후 크게 웃으며 궁녀를 명하사 전문 밖으로 내어 보내며 공주더러 이르시되,

「승상이 대취하여 神氣 불편하리니 너희들은 곧 따라 갈지어다.」

두 공주 受命하고 곧 승상을 따라가더라.

차시 유부인이 촛불을 켜고 승상이 돌아옴을 기다리다가 승상이 대취함을 보고 묻되,

「전일은 비록 술을 내리실지라도 취하지 아니하더니, 오늘은 어찌 이토록 과취하였느뇨.」

승상이 대답하되,

「소자의 죄로소이다.」

하고, 인하여 취한 눈으로 공주를 노려보다가 오랜 후에
아뢰되,

「공주의 형 월왕이 태후께 알소하여 소유의 죄를 억지
로 만들어내매, 소유 비록 말을 잘하여 脫罰하였사오나
월왕이 기어이 죄를 씌우려 태후께 誣訴하여 독주로써
벌을 내렸거니와 만일 주량이 적었던들 거의 죽었겠
나이다. 이는 필시 월왕이 어제 낙유원 놀이에서 진 것
을 분하게 여겨 보복코자 함이오나 난양공주가 나에
게 희첩이 너무 많음을 시기하여 그 형으로 더불어 계
교를 꾸며 나를 괴롭히게 함이오니, 평일의 인자한 말
이 아무래도 믿지 못하겠기로 엎드려 바라오니 모친
께서는 난양공주에게 벌주 한 잔을 내리사 소자를 위
하여 雪憤하소서.」

유부인이 이르되,

「난양의 죄가 분명치 아니하고 또 능히 한 잔 술을 마
시지 못하니, 네가 나를 시켜 벌을 주고자 할진대는 茶
로써 술을 대신함이 옳도다.」

승상이 아뢰되,

「소자 기어이 술로써 벌하려 하나이다.」

유부인 웃으며 마지 못해 이르되,

「공주 만일 술을 마시지 아니하면 취객의 마음이 풀리
지 아니하리라.」

하고 시녀를 불러 난양에게 벌주 보내니, 공주 이를 받
아마시려 할 즈음, 승상이 문득 의심내어 그 잔을 빼앗
아 맛보고자 하니 난양이 급히 자리 위에 던지니라. 승
상이 손가락으로 잔 밑의 나머지를 맛보니 이는 꿀물이
라, 승상이 이르되,

「태후낭랑이 만일 꿀물로써 소유를 벌하셨으면 모친이
또한 꿀물로 벌하심이 마땅하시려니와 소자의 마신 바
는 술이거늘 난양이 어찌 홀로 꿀물을 마시리이까.」
하고, 시녀를 불러 술잔을 가져오라 하여 스스로 술 한
잔을 가득히 부어 보내니, 난양공주 부득이 이를 다 마
시거늘, 승상 또 유부인께 고하되,

「태후께 권하여 소자를 벌한 자가 비록 난양공주이기는
하오나 영양공주 즉 정경패가 또한 꾀에 참여한 연고
로 태후 앞에 앉아서 소자의 괴로와함을 보고 난양께
눈짓하며 서로 웃었으니, 소자는 그 마음을 가히 헤아
리지 못하올지라, 그러하매 다시 바라오니 모친께서는
정씨를 또한 벌하여 주소서.」

유부인 대소하고 잔을 보내니, 정씨 자리를 옮겨 이를
다 마시거늘, 부인이 이르되,

「태후낭랑이 소유를 벌하심이 그 희첩들을 벌함이어늘,
이제 두 공주 벌주를 마셨으니 희첩들이 어찌 안연하리
오.」

승상이 이르되,

「월왕의 낙유원 모임이 대개 미색을 다툼이어늘, 경홍
섬월 요연 능파 등이 以小敵大한 싸움에 먼저 승리
를 아뢰매, 월왕이 분심을 이기지 못하여 소자로 하여
금 벌을 받게 하였은즉, 이 네 사람을 마땅히 벌할지
니이다.」

부인이 이르되,

「싸움 이긴 자 또한 벌이 있느뇨. 취객의 말이 가히 우
습도다.」

하고 곧 네 희첩을 불러 각각 한 잔 술을 벌로 내리니라.

네 사람이 마시기를 마치매, 경홍과 섬월 두 사람이 꿇어앉아 부인께 고하되,

「태후낭랑께서 승상을 벌하심이 희첩이 많음을 나무람이요, 결코 낙유원에서 이긴 때문이 아니온데, 심요연과 백능파의 두 사람은 오히려 승상의 금침을 받들지 아니하였거늘, 첩들과 한가지로 벌주를 마시니 또한 억울치 아니하리이까. 가유인은 승상을 모심이 저렇듯 오래며 승상의 사랑을 받음이 저렇듯 편벽되오나, 낙유원 모임에 참여치 아니하와 오롯이 이 벌을 면하오니, 下情*이 나 분함을 참기 어렵겠나이다.」

부인이 이르되,

「너희 말이 가장 옳도다!」

하고 큰 잔으로 춘운을 벌하니, 춘운이 웃음을 머금고 마시는지라, 이로써 모든 사람이 다 벌주를 마시어 좌중이 분분하고 어지러운 가운데, 난양공주는 술이 취하여 괴로움을 견디지 못하되 오직 진숙인은 한녘으로 단정히 앉아 말도 아니하며 웃지도 아니하거늘 승상이 이르되,

「진씨 홀로 취하지 아니하여 취객의 狂態를 웃으니 다시 한번 벌하지 아니치 못하리라!」

하고, 한 잔을 가득 부어 전하니, 진씨 오히려 웃고 이를 마시는지라.

유부인이 공주에게 묻되,

「본디 마시지 못하던 술을 이제 마신 후 神氣 어떠하뇨.」

공주 대답하되,

「매우 괴롭도소이다.」

＊하정 : 자기의 심정을 어른에게 대하여 겸손하게 낮추어 일컫는 말.

하거늘, 유부인은 진씨로 하여금 붙들어 침방으로 돌아
가게 하고, 인하여 춘운으로 하여금 술을 가져오게 하
여 잔을 잡고 이르되,

「우리 두 子婦는 여자 중 聖人이라, 내 매양 損福할까
두려워하더니, 이제 소유 주정이 심하여 공주로 하여
금 편치 못하게 하니, 태후낭랑이 들으시면 과히 염려
하실지라, 내 능히 아들 교훈을 못하여 이런 妄擧 있게
하였으니, 내 또한 죄없다 못할지니 이 잔을 들어 스
스로 벌을 받겠노라.」

하고 한 번 마셔 다하거늘, 승상이 황송하여 꿇어앉아 고
하되,

「모친이 소자의 못된 소행으로 말미암아 스스로 벌하
시니, 소자의 허물이 어찌 종아리 채쯤 당하리이까.」

하고, 경홍으로 하여금 술을 큰 잔에 가득 붓게 하고 꿇
어앉아 아뢰되,

「소자 모친의 교훈을 받들어 따르지 못하고 모친께 근
심만 끼치니, 사죄할 도리 없사와 삼가 이 벌주를 마
시나이다.」

하고, 다 마시매 승상이 대취하여 능히 기동을 못하고 凝
香閣을 손으로 가리키기에 유부인이 춘운으로 하여금 부
축하고 가게 하시니, 춘운이 대답하되,

「천첩이 감히 모시고 가지 못하겠나이다. 계낭자 소첩
에게 승상의 寵이 있음을 투기하나이다.」

하고, 인하여 섬월에게 부탁하여 두 낭자 부축하라 명하
니, 섬월이 이르되,

「춘운이 내 말로 인하여 가지 아니하니 첩은 더욱 혐의
있도다.」

경홍이 웃고 승상을 붙들고 가매 모든 사람들이 다 흩어 지더라.

　양승상이 이미 심요연, 백능파의 두 사람이 산수 사랑 하는 성벽을 일렀더니, 화원 속에 연못이 있으니 맑기 호 수 같고 그 못 가운데 정자 있으니, 이름은 映娥樓(영아루)라, 능 파로 하여금 거하게 하고　연못 남쪽에 假山(가산)이 있으니 뾰 족한 봉은 옥을 깎아 세운 듯하고 겹겹이 싸인 석벽은 쇠 를 쌓은 듯하며, 늙은 소나무 그늘이 그윽하고 파리한 대 나무는 그림자를 그리는데, 그 속에 정자가 있으니 이름 은 氷雪軒(빙설헌)이라 요연으로 하여금 여기에 거처케 하니, 모 든 부인 화원에 노닐 때에는 요연과 능파의 두 사람이 산 중의 주인이 되더라.

　모든 사람이 조용히 능파더러 이르되,

「낭자의 신통한 변화를 한 번 볼 수 있느뇨.」

　능파 대답하되,

「이는 천첩의 前生(전생) 일일러니, 첩이 천지의 기운을 타 고 조화의 힘을 빌어 前身(전신)을 다 벗고 사람의 모습으로 변했으매 벗은 껍질과 비늘이 살같이 싸였으니,　이를 테면 참새가 변하여 조개 된 후에 어찌 두 날개가 있어 날아다니리오.」

　모든 부인이 이르되,

「理勢(이세) 그러하다.」

　심요연이 비록 시시로 유부인과 승상과 두 공주　앞에 서 칼춤을 추어서 일시 흥을 돋우나 또한 자주　추기를 아니하여 이르되,

「당시에 비록 검술로 인하여 승상을 만났으되, 살기 있

는 놀이 가히 항상 볼 바 못 되나이다.」

　이후에 두 공주와 여섯 낭자의 相得한 즐거움이 마치 고기가 물에서 헤엄치며 새가 구름을 따라 나는 듯하여, 서로 따르고 서로 의지하여 형 같고 아우 같은데 또한 승상의 애정이 피차에 균일하니, 이는 비록 부인의 婦德이 능히 온 집안에 화목한 기운을 이룸이려니와, 한편으로는 이들 아홉 사람이 전생으로부터 인연이 있음이라.

　하루는 두 공주가 서로 의논하되,

「이제 두 아내와 여섯 첩이 친함은 이 骨肉보다 더하고 정은 형제 같으니 이 어찌 하늘이 명하신 바 아니리오. 마땅히 귀천을 가리지 말고 呼兄呼弟할지라.」

하고, 이 뜻으로 여섯 낭자에게 말하니, 다 사양하는 중 춘운 경홍 섬월이 더욱 응하지 아니하거늘 영양공주 이르되,

「劉玄德, 關雲長, 張翼德*의 세 사람은 군신사이로되 桃園結義를 저바리지 아니하였거늘, 나는 춘운과 더불어 본디 규중에서부터 좋은 벗이니 형제 됨에 무슨 불가함이 있으리오. 석가세존의 아내와 摩登伽*의 계집과는 그 높고 천함이 아주 다르며 또 음행이 다르거늘, 오히려 대사의 제자가 되어 마침내 바로 연분을 얻었으니, 처음 미천함이 나중 뜻을 이룸에 무슨 관계되리오.」

하고, 두 공주 드디어 여섯 낭자로 더불어 나아가 觀音菩薩 앞에 목욕재계하고 서약문을 지어 아뢰니, 하였으되,

---

*유현덕, 관운장, 장익덕 : 유비, 관우, 장비.
*마등가 : 아난존자(阿難尊者)를 고행(苦行)케 한 음녀(淫女). 한문본에는 「본가(本家)」로 표기되어 있음.

「維歲次 모년 모월 모일 제자 鄭瓊貝, 李蕭和, 秦彩鳳, 賈春雲, 桂蟾月, 狄驚鴻, 沈裊煙, 白凌波 등 여덟 사람은 목욕재계하고 관음보살님 앞에 아뢰나이다. 불경에 일렀으되, 「四海之內 다 형제가 된다」 하였으니, 이는 다름이 아니오라 그 志氣와 뜻이 서로 통하는 연고이오며, 天倫의 친함을 들어 길 가는 나그네와 같다고 보는 사람이 있사오니, 이는 다름아니오라 그 정과 뜻이 서로 다른 연고이옵나이다.

부처님의 제자 저희 처음에는 비록 남북으로 갈리어 제각기 태어나서 다시 동서로 흩어졌다가 한 사람의 낭군을 함께 섬기게 되었삽고, 또 같은 집에 거처하오매 어느덧 志氣相合하며 情意相通하오니, 물건으로 비유하오면 한 가지 꽃이 비바람에 흔들려서 혹은 閨中에 날리고, 혹은 언덕 위에 떨어지며 혹은 산 속 시냇물에 떨어지오나 그 근본을 말하자면 同根生이라. 하물며 사람에 있어서 한 형제는 한 기운을 타고 났을 따름이온즉, 제각기 흩어졌다가도 어찌 한 곳으로 함께 돌아가지 아니하오리까.

예와 지금이 비록 멀고 너르오나 한때에 같이 있삽고, 사해가 비록 넓고 크오나 한집에서 같이 살고 있사오니, 이는 실로 前生으로부터의 연분이요, 인생에 좋은 期會라 하겠나이다. 이러므로 부처님의 제자인 저희들은 이에 함께 맹세하여 형제를 맺삽고 吉凶生死를 같이하려 하오니, 이 가운데서 혹시 다른 마음을 지니고서 맹세한 말을 저바리는 사람이 있으면 하늘이 반드시 죽이시고 神明이 반드시 꺼리시려니와 엎드려 바라옵건대, 관음보살님께서는 복을 이끌어 주시며 재앙을 없이하여 주시며, 그

로써 첩들을 도우사 百年偕老(백년해로) 후에 극락세계로 돌아가게
하옵소서.」

　두 공주 아우로 부르니, 여섯 낭자 스스로 명분을 지
키어 감히 형제로 부르지는 못하나 정의는 더욱 친밀하
더라. 여덟 사람 다 아이를 낳으매, 두 부인과 춘운, 섬
월, 요연, 경홍은 아들을 낳고 채봉과 능파는 딸을 낳아
다 잘 길러 내어 한번도 자녀의 참경을 겪지 아니하니 이
또한 범인과 다르더라.

　이때 천하 태평하여 사방 邊境(변경)에 일이 없고 백성들은
안락하고 곡식이 잘 되어 승상이 나아간즉 천자를 모시
고 上林苑(상림원)에 사냥하며 들어온즉 대부인을 받들어 당상에
서 잔치를 베풀어 노래와 춤 속에서 세월을 보내는데, 興(흥)
盡悲來(진비래)라 함은 예나 이제나 으례 있는 일이라, 유부인이
우연히 병을 얻어 세상을 떠나니 연세가 아흔 아홉 살이
더라. 승상이 비통하여 예를 갖추어 안장할새, 두 殿宮(전궁)
에서 내시를 보내어 조문하시고　왕후의 예로써 禮官(예관)을
보내어 장사를 치르시더라.

　鄭司徒(정사도) 내외 영화를 누림은 말할 나위도 없거니와　오
래 살다 별세하매 승상의 슬퍼하는 정경은 정부인에　못
지 아니하더라.

　양승상의 여섯 아들과 두 딸이 다 부모의 풍채가 있어
龍虎(용호) 같고 姮娥(항아) 같은지라, 장자 大卿(대경)은 정부인이 낳았으
니 吏部尙書(이부상서)에 오르고 차자 次卿(차경)은 적경홍의 소생인데 京(경)
兆尹(조윤)의 벼슬을 살고, 삼자 叔卿(숙경)은 가춘운의 소생인데 御(어)
史中丞(사중승)의 벼슬을 살고, 사자 季卿(계경)은 난양공주의 소생인
데 兵部侍郎(병부시랑)의 벼슬을 살고, 오자 五卿(오경)은 계섬월의 소생
인데 翰林學士(한림학사)의 벼슬을 살고, 육자 致卿(치경)은 심요연의

소생인데 힘이 남에게 뛰어나고 지략이 귀신 같은지라, 천자께서 매우 사랑하시어 金吾上將軍을 삼아 군사 십만 명을 거느려 대궐을 호위케 하시고, 맏딸 傅丹은 진채봉의 소생인데 월왕의 아들 瑯琊王의 왕비가 되고, 둘째 딸 永樂은 백능파의 소생인데 황태자의 婕妤가 되었더라.

하루는 양승상이 말하되,

「너무 성하면 쇠하기 쉽고 너무 가득하면 넘기 쉽다.」

하고, 이에 상소하여 벼슬에서 물러감을 비니, 그 글에 하였으되,

「승상 臣 양소유 돈수백배하옵고 황제폐하께 상언하나이다. 사람이 세상에 태어나서 소원이 將相公侯를 지나지 못하오며, 벼슬이 장상공후에 다다르면 남은 소원이 없사옵고, 부모는 자식 위하여 功名富貴를 축원하나 몸이 공명부귀 이루면 나머지 소망이 없사옵니다. 그러하온즉, 장상공후의 영화와 공명부귀의 즐거움이 어찌 인심의 흠모하는 바와 時俗이 다투는 바가 아닐 수 있겠나이까. 세상의 영화와 부귀가 어찌 흡족함을 알며 화를 스스로 만드는 줄을 헤아릴 수 있겠나이까. 신이 재주 적고 능력이 부족하되 높은 벼슬을 차지하고 있으며, 공이 없고 名望이 낮되 한자리에 오래도록 머무르니 귀함이 신에게 이미 극진하오며 영화가 부모에게 이미 미치었나이다. 신의 처음 소원이 이의 만분의 일이옵더니, 외람되이 駙馬 되어 예로 대접하심이 모든 신하와는 다르고, 은혜로 상을 주심이 격외로 각별하시어 채소를 먹고 자라난 몸이 기름진 음식을 배불리 먹삽고 미천한 신분으로 감히 궁중에 출입하여 위로는 성군께 욕되며 아래로는 신의 분수에 어긋나오니 어찌 감히 스스로 마음 편

할 수 있사오리까. 일찌기 자취를 거두고 영화를 피하며 문을 닫고 은덕을 사양하와 그로써 참람하고 몰염치한 죄를 들어 스스로 천지신명께 사죄코자 하오나 워낙 베푸시는 은택이 융숭하시매 갚을 길이 아득하옵고, 또한 신의 근력이 아직도 말을 타고 달릴 만하옵기로 부득이 도로 주저앉아 다만 만분의 일이라도 우러러 천은을 갚사옵고 곧 물러나 先塋을 지키며 나머지 세월을 마치고자 하였삽는데, 이제 각별하신 은덕을 갚지 못하옵고 천한 나이 이미 높으며, 또한 정성을 펴지 못하고 모발이 먼저 쇠하오매, 비록 이제 다시 犬馬의 충성을 다하여 태산 같은 은덕을 갚고자 하오나 사세는 이미 글러 어찌할 도리 없나이다.

이제 천자의 신명하심을 힘입어 변방이 항복하매 兵革을 쓰지 아니하옵고, 만백성이 편안하매 북채와 북이 놀라지 아니하오며, 하늘의 祥瑞가 더 이르매 三代*의 화락한 다스림을 이루게 되올지라, 비록 신으로 하여금 조정에 머무르게 하실지라도 祿俸만 허비하고 擊壤歌만 들으실 뿐이요 신기한 계교를 낼 일이 없겠나이다. 자고로 人君과 신하는 부자 같다 하오니, 부모의 마음에 비록 미흡한 자식이라도 슬하에 있은즉 기꺼워하고 밖에 나간즉 염려하는 법이오니, 신이 엎드려 생각하옵건대 황상폐하께서 필연 신을 가리켜 늙은 몸이고 옛 물건이라 불쌍히 여기시어 차마 하루 아침에 물러가지는 못하겠사오나 사람의 자식으로서 부모를 생각함이 어찌 그 부모가 자식을 사랑함과 다를 수 있사오리까. 신이 폐하의 은덕을 입음이 이미 깊사오니, 신이 어찌 멀리 하직하고 산

---

*삼대 : 하(夏), 은(殷), 주(周).

속에 엎드려서 堯舜같이 인군을 영결하올 수 있겠나이까.
이미 물이 가득 찬 그릇은 아무래도 못 넘치게 하지 못
할지며 이미 엎어진 멍에로는 아무래도 다시 타지를 못
하오니, 엎드려 바라옵나니 신은 많은 일에 견디어 내지
못할 것을 헤아리시고 또한 신이 높은 자리에 있기를 바
라지 않음을 살피시어 특별히 고향으로 돌아가게 하여
남은 세월을 마치도록 허락하시고, 신으로 하여금 성덕을
노래하며 은덕을 감격케 하옵소서.」

　황상께서 이 상소를 보시고 친필로 批答을 이르시되,

「경의 큰 업적은 조정에 우뚝 높고 덕택은 백성들에게
두터이 덮이니, 곧 국가의 柱石이요 짐의 팔다리로다. 옛
날의 姜太公과 召公*은 나이가 거의 백세로되 오히려 주
나라를 도와 능히 治績을 이루었는데, 경은 아직도 禮經
에 이른바 벼슬을 돌려보낼 나이가 아닌즉, 경은 비록 일
을 사례하고 지레 물러가려 하나 짐은 아무래도 허락지
않을 것이오. 경의 풍채가 요즈음은 오히려 새로와서 玉
堂*에서 조서를 내던 날에 견주어 손색이 없으며, 정력
도 여전히 왕성하여 渭橋에서 도적의 무리를 섬멸할 때
나 다름이 없으매, 비록 늙었다 일컬으나 짐은 이를 진실
로 믿지 아니하니, 모름지기 箕山*의 높은 절개를 돌이켜
그로써 唐虞*의 선정을 베풀도록 도움이 짐의 바라는 바
로다.」

　승상이 춘추는 비록 높으나 그 육체 쇠하지 아니하여,
사람들이 다 신선에 비기는고로 비답에 이와 같이 말씀

＊소공 : 주(周)나라 정치가. 이름은 석(奭).
＊옥당 : 한림원(翰林院).
＊기산 : 중국 하남성(河南省) 등봉현(登封縣) 남동쪽에 있는 산. 요(堯) 때
　　　　에 은자(隱者)인 소부(巢父)와 허유(許由)가 이곳에 숨어 있었음.
＊당우 : 요순, 당요우순(唐堯虞舜).

하셨더라.

승상이 또 상소하여 물러나기 구함을 심히 간절히 하니, 상이 불러들여 만나 보시고 하교하시되,

「경이 사양함이 이에 이르니 짐이 어찌 힘써 경의 뜻을 이루게 하지 않을 수 있으리오마는 경이 만약에 封한 나라로 나아가면 국가 대사를 가히 상의할 자 없을 뿐 아니라 하물며 이미 태후 승하하였으니 짐이 어찌 차마 영양과 난양의 두 공주와 멀리 떨어져 있으리오. 남문 밖 사십 리에 離宮이 있으니 곧 翠微宮이라, 옛날 현종황제께서 피서하시던 곳으로 이궁이 고요하고 깊으며 외져서 그윽하고 넓으니, 가히 늙어서 소일할 만한 곳이므로 특별히 경을 주노라.」

하시고, 곧 조칙을 내려 승상 魏國公에 太師 벼슬을 더 봉하시고 다시 상급으로 오천 戶를 더 내리시며, 아직 승상의 印綬를 걷으라 하시더라.

楊丞相登高望遠
眞上人返本還元

양태사 더욱 성은을 감격하여 돈수사은하고 가솔을 거느리어 취미궁으로 거처를 옮기니, 이 궁이 終南山 산 속에 있으매 누각과 정자의 장려하고 경치가 아주 기이하여 마치 삼신산의 仙景 같더라. 태사가 상께서 내리신 조칙과 어제하신 글을 봉하여 받들어 모셔 두고, 그 밖의 누각을 두 공주와 모든 낭자들에게 나누어 거처를 정하니라.

태사 날마다 물가에 나아가 달빛을 즐기며 골짜기로 들어가 매화를 찾고 석벽을 지난즉 글을 지어 쓰며 소나무 그늘에 앉은즉 거문고를 안고 타니, 늘그막의 조출한 복이 더욱 사람들로 하여금 부러워지게 하고 승상이 한가함을 즐겨 손을 맞지 아니함이 여러 해가 되겠더라. 팔월 열 엿새가 태사의 생일이라 모든 자녀들이 잔치를 베풀고 오래 삶을 기릴새, 잔치가 십여 일에 이르니 그 번화한 광경은 도저히 형언치 못하겠더라. 잔치를 파하매 모든 자녀들은 각기 집으로 돌아가니라.

어언간 구월이 되니 국화는 꽃봉오리가 벌어지고 茱萸는 검붉은 열매를 드리우매 하늘이 높아지는 가을을 맞은지라 취미궁 서쪽에 高臺 있으니, 그 위에 오르면 팔백 리 秦川이 손바닥같이 보이매 태사 그곳을 가장 즐기는데, 이날은 두 부인을 비롯하여 여섯 낭자들과 더불어 그 대에 올라 머리에 국화 한 송이씩을 꽂고 가을 풍경을 바라보며 서로 마주 앉아 술을 마시니, 이윽하여 지는 해는 높은 산봉을 넘어가고 흐르는 구름은 그늘을 너른 들에 드리우니, 가을빛이 한결 찬란하여 마치 그림 폭을 펼친 듯하기에 태사가 옥퉁소를 꺼내어 한 곡조를 부니, 그 소리 심히 슬퍼 如怨如慕 如泣如訴하여 모든 미인들이 서러운 생각으로 가슴을 메우므로 좋지 않기에 먼저 두 부인이 물어 보되,

「상공이 일찍 공명을 이루고 부귀를 오래 누리시옴은 세상 사람이 한가지로 일컫는 바요, 또한 옛날에도 보기 드문 사실이오며, 좋은 계절의 좋은 날을 당하여 경개를 정히 좇아 국화꽃잎을 술잔에 띄우고 미인이 자리에 가득하오니 이 역시 인생에 있어 즐거운 일이거늘, 퉁소 소리 너무도 처량하여 첩들로 하여금 눈물을 참을 수 없게 하오니, 오늘의 퉁소 소리가 지난날의 곡조와 다르옴은 어쩐 일이니이까.」

이에 태사 퉁소를 던지고 옮겨 앉으며 이르되,

「북으로 바라본즉 평탄한 들은 사방으로 넓고 무너진 고갯마루가 홀로 섰는데, 쇠잔한 석양볕이 거칠은 수풀 사이로 희미하게 비치는 것은 진시황의 阿房宮이요, 서으로 바라본즉 바람은 수풀을 스치고 저무는 구름송이가 산을 둘러싸니 이는 곧 漢武帝의 茂陵이요, 동으로 바라본즉 회 칠한 담장은 청산에 비치고 붉은 용마루는 하늘로 치솟으며 또한 밝은 달이 스스로 찾아들고 스스로 물러가매, 옥난간 머리에 다시 기댈 사람이 없는 곳은 바로 玄宗황제가 楊귀비와 더불어 노니시던

華淸宮(화청궁)이오니 슬프다, 이 세 人君(인군)이 모두 다 만고의 영웅이시거늘 이제는 어디 계시는고. 소유 초 땅의 미천한 선비로서 은덕을 성군께 입고 벼슬이 將相(장상)에 이르며, 또 부인과 낭자 여러분과 더불어 만나 두텁고 깊은 정이 늙도록 친밀하니, 만일 전생에 기약하지 않은 연분이면 능히 이에 이르지 못하리라. 우리들이 한번 돌아간 후면 높은 臺(대)는 스스로 무너지고 깊은 연못은 스스로 메워지며 노래와 춤을 추던 집이 변하여 메마른 풀과 싸늘한 연기를 이루리니, 필연 나무 하는 아이와 소 먹이는 더벅머리 총각들이 슬픈 노래를 주고받으면서 「이는 바로 양태사가 모든 낭자로 더불어 노니던 곳이라. 대승상의 부귀 풍류와 모든 낭자의 아름다운 용모와 고운 태도 이미 적막하도다」하리니 이들 樵童牧豎(초동목수)가 우리 노니던 곳을 보는 것이 바로 내가 저 세 인군의 宮(궁)과 陵(능)을 보는 것과 같을지라, 이로 보건대 사람이 살아 있는 것은 순식간이 아니리오. 천하에 세 가지 도가 있으니, 儒道(유도)와 佛敎(불교)와 仙術(선술)이라. 이 세 가지 중에 오직 불교가 높고, 유도는 倫紀(윤기)를 밝히며 사업을 귀히 하여 이름을 후세에 전할 따름이요, 선술은 허망한 것에 가까와 예로부터 하는 자 많으나 마침내 징험을 얻지 못하니 秦始皇(진시황)과 漢武帝(한무세)와 唐玄宗(당현종)의 일을 보면 가히 알리로다. 소유는 벼슬을 마친 후로 밤마다 꿈 속에서 부처님께 배례하니, 이는 필연 佛家(불가)의 연분이 있음이라. 내 장차 張子房(장자방)이 赤松子(적송자)*를 따르는 소원을 이루고 남해에 가서 觀世音菩薩(관세음보살)을 찾으며 五臺山(오대산)에 올라 文殊菩薩(문수보살)을 만나 불사불멸하는 도를 얻어 인간계의

---

* 적송자 : 중국 상고(上古)의 선인(仙人).

괴로움을 벗고자 하나 다만 그대들과 더불어 반평생을 상종하다가 장차 멀리 이별하겠기로 悲愴한 마음이 스스로 통소 속에서 나왔노라.」

모든 낭자들이 스스로 감동하여 이르되,

「상공이 번화한 중에 이 마음이 있으니 어찌 하늘이 정하신 바 아니리오까. 첩 등 형제 팔인이 마땅히 깊은 규중에 한가지로 거처하여 조석으로 부처께 展拜하고 상공의 돌아오시기를 기다릴 것이요, 상공이 이번에 가시면 반드시 밝은 스승을 만나고 어진 벗을 만나 큰 도를 이루시리니, 엎드려 바라옴은 상공께서 도를 터득하신 후에는 먼저 첩들을 가르치소서.」

하더라.

양태사 크게 기꺼워하며 이르되,

「우리 아홉 사람의 마음이 이 같으니 무슨 염려할 일 있으리오. 내 마땅히 명일로 행할 것이니 금일은 모든 낭자로 더불어 盡醉하리라.」

모든 낭자 이르되,

「첩 등이 각각 이 일배를 받들어 상공을 전별하리이다.」

인하여 잔을 내와 부으려 한대 홀연 지팡이 소리 돌길에 나거늘 고이히 여겨 생각하되,

「어떤 사람이 이곳에 올라오는고.」

이윽고 일위 노승이 앞에 나타났는데 눈썹은 자막대기만큼 길고 눈은 물결처럼 맑고 행동거지가 매우 이상하였더라. 대에 올라 태사를 보고 절하며 이르되,

「산중 사람이 대승상을 뵈옵나이다.」

태사 이미 시속 중이 아닌 줄 알고 황망히 일어나 답례하고 묻되,

「스승은 어느 곳으로 좇아오시니이까.」

노승이 웃으며 답하되,

「상공은 平生故人을 아지 못하시느뇨. 일찌기 들으니 「貴人은 잊기를 잘한다」하더니 과연 그러하도다.」

양태사 자세히 본즉 낯이 익은 듯하나 아직 분명치 아니하더니, 문득 깨닫고 낭자를 돌아보고 노승을 향하여 이르되,

「소유 일찍 토번국을 정벌할새 꿈에 洞庭龍王의 잔치에 참여하고 돌아오는 길에 잠시 南岳*에 올라 늙은 대사가 자리를 갖추고 앉아 모든 제자로 더불어 불경을 강론함을 보았거늘, 스님은 바로 그 꿈 속에서 만났던 대사 아니시니이까.」

노승이 박장대소하며 이르되,

「옳다, 옳다. 비록 옳으나 꿈 속에 잠깐 본 것만을 기억하고 십년 동거하던 것은 기억하지 못하니, 뉘 양승상을 총명타 하더뇨!」

태사 망연하여 이르되,

「소유 십오륙세 이전은 부모의 슬하를 떠나지 않았고, 십육세에 급제하여 이어서 職命을 받았으니 동으로 연나라에 사신 가고 서으로 토번을 정벌한 것밖에는 일찌기 京師를 떠나지 아니하였거늘, 언제 스님으로 더불어 십년을 상종하였으리오.」

노승이 웃어 이르되,

「상공이 아직도 춘몽을 깨지 못하였도다!」

양태사 묻되,

「스승은 어쩌하면 소유의 춘몽을 깨게 하시리이까.」

---

*남악 : 중국 남방에 있는 형산의 별칭.

노승이 이르되,

「이는 어렵지 아니하도다!」

하고, 손 가운데 錫杖을 들어 돌난간을 두어 번 두드리니, 갑자기 네 골짜기에서 구름이 일어나 놀이터를 뒤덮는지라 지척을 분별치 못하니, 양태사가 정신이 아득하여 마치 꿈을 꾸고 있는 듯하기에 한참 만에야 소리를 질러 이르되,

「스승은 어이 正道로 소유를 인도치 아니하고 幻術로써 희롱하시나이까.」

말을 맺지 못하여 구름이 걷히니 노승은 간 곳 없고, 좌우를 돌아보니 팔 낭자가 간 곳이 없는지라 매우 놀라 어찌할 바를 모르는데 다시 누대와 많은 집들이 일시에 없어지고, 자기의 몸뚱이는 한 작은 암자 속 蒲團 위에 앉았으되 향로에 불은 이미 꺼지고 지는 달이 겨우 창가에 비치더라.

스스로 몸을 돌아보니 百八念珠 손목에 걸려 있고, 머리를 손으로 만져 보니 머리털이 깎이어 까칠까칠하니 틀림없이 小和尚의 모양이요, 다시는 大丞相의 위엄 있는 차림새 되지 아니하는지라 정신이 황홀하더니 오랜 후에야 제 몸이 남악 연화봉 道場 性眞行者인 줄 알고 생각하되,

「처음에 육관대사께 受責하여 酆都獄으로 떨어져 인간세에 환생하여 楊氏門中의 아들 되어 장원급제 翰林學士 되고, 다시 나아가서는 장수 되고 들어온 후 재상 되어 공훈을 세우고서 벼슬에서 물러나 두 공주와 여섯 낭자로 더불어 여생을 즐기던 것이 다 하룻밤 꿈이로다. 짐작컨대 필연 스승이 나의 생각이 그릇됨을 알

고, 나로 하여금 이런 꿈을 꾸게 하여 인간의 부귀와 남녀의 사귐이 다 허무한 일임을 알게 함이로다!」

급히 세수하고 의관을 정제하여 법당에 나아가니 다른 제자들이 이미 모였더라. 어떤 대사 소리를 높여 묻되,

「성진아, 성진아! 인간 자미 과연 좋더냐.」

성진이 눈을 번쩍 뜨고 쳐다보니 六觀大師〔육관대사〕 엄연히 서 있는지라, 성진이 머리를 조아리고 눈물을 흘리며 뉘우쳐 이르되,

「제자 성진은 행실이 부정하오니, 自作之罪 誰怨誰咎〔자작지죄 수원수구〕리오, 결함은 세계에 처하면서 輪廻〔윤회〕하는 재앙을 받을 것이어늘, 스승이 하룻밤의 허망한 꿈을 불러 깨우시어 성진의 마음을 알게 하여 주시니 스승의 깊은 은혜 천만 劫〔겁〕을 지나도 가히 갚지 못하리소이다.」

육관대사 이르되,

「네 興〔흥〕을 타고 갔다가 흥이 진하여 돌아오니 내 무삼 간여할 바 있으리오. 또 네 말을 들은즉「꿈과 세상을 나누어 둘이라」하니, 이는 아직도 네 꿈을 깨지 못하였느니라. 莊周〔장주〕* 나비가 된 꿈을 꾸었다가 다시 나비가 장주로 화하니 어떤 것이 참인가를 분별치 못하였다 하니, 어제의 성진과 少遊〔소유〕에 있어 어느 것이 참이며 어느 것이 허망한 꿈이뇨.」

성진이 대답하되,

「제자 아득하여 꿈과 참을 분별치 못하겠사오니, 바라옵건대 스승은 법을 베풀어 이 몸으로 하여금 그것을 깨닫게 하소서.」

육관대사 이르되,

＊장주 : 장자(莊子).

「내 마땅히 金剛經 큰 법을 베풀어 네 마음을 깨닫게 하려니와 잠깐 후에 새로 올 제자 있으니 너는 기다릴 것이라.」

말을 맺지 못하여 문 지키는 도인이 손들의 왔음을 고하더니, 뒤이어 魏夫人의 시녀 팔선녀 다다라 대사 앞에 나아와 合掌拜禮하고 이르되,

「제자 등이 비록 위부인을 모시나 배운 바 없사와 망령된 생각을 억누르지 못하야 욕심이 잠시 고개를 쳐들매, 무거운 죄악이 뒤따라 이르러 인간계의 헛된 꿈을 꾸되 깨워 주는 사람이 없삽더니 大慈大悲하옵신 스승이 저희들을 깨워 다시 데려오시니 감격하였나이다. 어제는 위부인의 궁중에 가서 하직하고 이제 돌아왔사오니, 스승은 저희들의 묵은 죄를 사하시고 특별 밝은 교훈을 드리우소서.」

육관대사 이르되,
「女仙의 뜻이 비록 아름다우나 佛法이 깊고 머니 큰 역량과 큰 發願이 아니면 능히 이르지 못하나니, 선녀는 모로미 스스로 헤아려 할지로다.」

팔선녀 물러나 낯 위의 연지분을 씻어 버리고 각각 師妹로서 금가위를 내어 녹운 같은 머리를 깎고 들어와 대사께 사뢰되,

「저희들 제자 팔인이 이미 얼굴의 모습을 고쳤사오니, 맹세하여 스승의 교령을 태만치 아니하리이다.」

육관대사 이르되,
「善哉, 선재라! 너희 팔인이 능히 달라질 수 있으니 어찌 감동치 아니하리오.」
드디어 法座에 올라 經文을 강론하니,

「백호* 빛이 세계에 뻗치고[白毫光射世界], 하늘꽃이 비같이 내리더라[天花下如亂雨].」

설법함을 장차 마치매 성진과 여덟 尼姑 일시에 깨달아 불생불멸할 正果를 얻으니, 육관대사 성진의 戒行을 높이 보고 이에 대중을 모으고 이르되,

「내 불법의 포교함을 위하여 중국에 들어왔더니, 이제 비로소 정법을 전할 곳이 있으니 나는 돌아가노라.」

하고 염주와 바리와 淨瓶과 錫杖과 금강경 일권을 성진에게 주고 서천으로 가니라. 이후 성진이 연화도량의 대중을 거느려 크게 教化를 베푸니, 신선과 龍神과 사람과 귀신이 한가지로 존경하기를 육관대사와 같이 하고 여덟 사람의 여승들도 성진을 스승으로 섬기어 깊이 보살의 大道를 얻어 아홉 사람이 한가지로 극락 세계로 가니라.

〈목판본〉

---

*백호 : 부처의 미간에 있는, 빛을 발하여 무량의 국토를 비춘다는 털.

● 編著者 略歷

金起東：東國大學校卒. 文學博士
　　　　前 東國大學校 教授
　　　　主著「韓國古典小說研究」

全圭泰：延世大學校卒. 文學博士
　　　　現 全州大學校 教授
　　　　主著「高麗歌謠의 研究」

구 운 몽
한국고전문학 100 ③

1994년 8월 10일 인쇄
1994년 8월 20일 발행

편저자　김 기 동
　　　　전 규 태
발행인　최 석 로
발행처　서 문 당

서울시특별시 마포구 서교동 459-11
등록일자　1973. 10. 10.
등록번호　제7-69호
전　　화　(322) 4916~8